人们来来往往

程绍国◎著

图书在版编目（CIP）数据

人们来来往往 / 程绍国著. -- 北京 ：中国文史出版社，2020.10

（锐势力·中国当代作家小说集）

ISBN 978-7-5205-2286-1

Ⅰ. ①人… Ⅱ. ①程… Ⅲ. ①中篇小说－小说集－中国－当代②短篇小说－小说集－中国－当代 Ⅳ. ①I247.7

中国版本图书馆CIP数据核字(2020)第179727号

责任编辑：全秋生

出版发行：中国文史出版社

地　　址：北京市海淀区西八里庄路69号　　邮编：100142

电　　话：010－81136602　81136603　81136606（发行部）

传　　真：010－81136655

印　　装：廊坊市海涛印刷有限公司

经　　销：全国新华书店

开　　本：787×1092　1/16

印　　张：14.75　　字数：220千字

版　　次：2021年1月北京第1版

印　　次：2021年1月第1次印刷

定　　价：49.80元

目　录

CONTENTS

事情拜托你了大哥

丁西晓得老婆被人睡了，是子夜过后的事情。他把三轮车用铁链锁了，从车篷隐蔽处取出一把防身的刀来，到了里屋。老婆站在镜子前面。老婆在自己的脸上涂着什么东西。见丁西来了，老婆似乎迟疑了一下，突然转过脸来，对着丁西。丁西见老婆的脸上有十来条血蚯蚓，说，你别吓我哦，什么东西贴上去？老婆说，我吓你干什么。丁西说，那你这张脸……老婆便把自己被捉奸的事情前前后后说了一遍。说自己脸上的血蚯蚓是被人家老婆的指甲抓耙的。丁西问，不会吧？老婆说，什么不会，你看嘛。丁西仔细看，还真是的。他问，你只说人家人家，这人是谁！老婆说是薛蒙霸。丁西知道，薛蒙霸是大学校的人，却是农民工，在资料室干油印的。老婆的小酒店，就是大学校朝大路开设的。丁西知道了，薛蒙霸经常到老婆开的小酒店里喝酒，见到丁西让丁西也一起喝，原来是黄鼠狼！这狗生的！丁西呼呼来气。老婆说，这事也不能完全怪他，我也骚。如果你爸不是长年躺在医院，如果你有本事，把我养起来，我也见不到他了，见不到他就没这个事了。丁西说，你不要"推客观"！老婆说，什么"推客观"，我不多说了，事情我是错了，你可以离婚，我不带走一分钱，你好好照顾你爸，他是个好人，你不要老是埋怨他。

我要杀了薛蒙霸！临睡前，丁西说了最后一句话。

丁西第一次一下子睡不着。他知道，作为人，薛蒙霸本来是个坏人。他原是大学校食堂采购员，总务主任怀疑他贪污，有一天他推着菜车买了几十斤肉，总务主任尾随问了价钱，回到学校后，薛蒙霸被叫到校长室。总务主任说，今天的猪肉明明是八块五一斤，你却记账是九块一……我他妈的不干了！薛蒙霸指着总务主任鼻子叫道：你们把教室拆了，把地还给我！校长摇摇头，只好把他调到资料室，做了油印工。油印工也就期中、期末忙一点，他要印学生的复习资料和考卷，其他时间几乎无事，真是神仙过的日子。有一天见总务主任远远过来，他点燃一支烟，吸了几口，迎面过去，把自己吸着的半截烟硬是塞进总务主任的嘴巴。说：谢谢你，谢谢你。总务主任大喊：不要！不要！一边喊一边逃。薛蒙霸追着，喊：人家不吃敬酒，你他妈的敬烟也不吃吗！

丁西想到了王协警。王协警经常来喝小酒，他是薛蒙霸的“酱油”（麻将友）。王协警酒喝多了会说薛蒙霸老是输，原因是牌风不行，心态不行。说麻将，或者所有的赌博，无非三种情形：老是输老是输；老是赢老是赢；输输赢赢输输赢赢。前面两种情形就是考验人的牌风心态了。薛蒙霸遇到第一种，赢了，缩手缩脚，不肯押注，甚至早早走人。遇到第二种却相反，押钱凶狠，加倍下注，自己不走还不让别人走。一季半年下来，三年五年下来，薛蒙霸惨啊。在这城乡接合部的地方，农民富裕得很，房子很多，而薛蒙霸不要房子，他要现金，他的钱被牙医骗镶了两颗金牙之外，很快流进了别人的口袋。有时把牌一翻，站了起来，说，今天没钱。人已经走得很远了。

一天深夜，王协警还和人胡喝，见他歪歪斜斜出去，在店外随便摸出来撒了一泡，回座说薛蒙霸老婆可能是个骚货，他要把她睡了。他说，一天在薛蒙霸家搓麻将，站起来数钱时，薛蒙霸老婆的双乳往他背上拱了一下，酥软得要命……

丁西醒来时，将近十来点钟。他的气很是不顺，心堵，自己的老婆被人睡了，自己的老婆又被人抓耙出十来条血蚯蚓。这种事盘古开天有吗！他决定上午不出去拉客了。他要想一想，薛蒙霸这狗生的，要么牢房里坐一坐，要么罚个五千三千，反正这气总要出，出了气人才会顺，心才不堵。

丁西狠狠地骑着三轮车，向着所在地派出所。离派出所一百来米，他停住了。他的三轮车没有牌照，据说派出所出来的警察是不管车的，但谁知道呢，人家兴趣来了要管怎么办呢。你是黑车啊。他摸出了小灵通，给王协警打电话，说中饭请王大哥喝酒。王协警说好啊。丁西说大哥下来一会儿。王协警说有事吗，我在 102 室，这里现在没人，你过来吧。他说我坐在三轮车里，不方便过去，我这个车……王协警打嗝似的说，哦。

丁西使劲向派出所骑去。他到后，王协警恰好出来，坐上了后座。丁西扭着背脊和脖子向后看，王协警叫丁西坐到后座来。丁西说我这个车……没关系，王协警说，我们这边户籍警、治安警根本不理你。有人报警说两堆人要打起来了，快来。我接电话就说，究竟打起来了没有，没打起来，你报什么警！——你不在大街上拉客，我看交警也不会管你。丁西感慨大了：哎哟哦，我两年被拉走三辆了，我这辆车就是被拉走过的，到车行买车，一眼看见自己的车，自己的车亲。

丁西觉得自己比王协警小一半。王协警正转头看着自己，说：你好像忘了洗脸。又指着丁西两个裤脚上的夹子，说：这样夹着干什么？丁西答：骑着招风，不小心，裤会撕掉……。王协警哦了一声，说，你有什么正经事？

丁西像村妇一样叹了一口气，说：我爸是猪，我爸。别人拼老命要当官，他却有官不当，不是猪是什么！

你怎么这么说你爸呢？总是你爸。你说说，你爸怎么回事呢？怎么有官不当？

丁西说：一九五四年，当然我还没出生，我爸是镇干部。那时上面要精简干部，在会上说了说，我爸就主动响应号召，回到村里，光着脚丫，背起锄头，早出晚归。

王协警说：你爸光荣啊。都陈年八代的事了，现在还嚷嚷，你这人。

问题是，丁西马上加强语气说，我爸开了一个头，可后来谁都没有跟上，全镇就我爸一人辞职。你说说，我爸不是猪又是什么？

王协警说：就没了工资吗？医疗报销也没了？

农民啊，还有什么“工资”“报销”的？丁西说，我和老婆忙死忙活，只为他一个人忙。我每天还要跑一趟医院看他。

王协警说：你爸也是，但是思想好，思想好。不过你也不要猪啊猪的，毕竟是你爸，没有他，哪有你。

丁西说：他如果不回来当农民，他现在起码也是市级干部，我还住小矮屋吗，我还骑三轮车吗？有一天，拉了一个 KTV 小姐回来，花一样，看样子喝多了，不给钱，反而高跟鞋踹了我一屁股，好痛哦。女流之辈，我打她也不是，骂她也不是，只好说，你走好。如果我爸不是这样，我奔驰轿车在她身边一“嘎”，我立马把她拉到华侨饭店。

丁西坏笑了一下，立马阴了脸，说：是呢，我爸当大官了，我老婆能去开这么屁股大的小店吗？我老婆能碰到薛蒙霸吗？

王协警似乎警觉，说：奇怪了，薛蒙霸，你找我谈你爸的事呢，还是谈薛蒙霸。你爸跟我八竿子打不着呢，你又来了个薛蒙霸。薛蒙霸怎么了？

丁西理直气就很壮，差不多是吼：他、他妈的把我老婆睡了！老是过来喝酒，还让我也喝。我还以为他蛮客气，原来他正在悄悄给我戴绿帽子。这贼蟹儿！

哦，王协警说，真是个贼蟹儿。在哪里睡呢？睡了几次？你把他给捉了？

就是你们辖区的朝阳客栈，钟点房三个小时三十元钱。我老婆说前后只睡了三次。我相信我老婆，她是个爽直的人，不会说谎话。不过反正睡了，三次五次不是一个样？王大哥，我生气啊，不是我去捉奸，而是薛蒙霸老婆带着薛蒙霸的兄弟姐妹去捉奸，薛蒙霸老婆把我老婆脸上抓出十来条血蚯蚓，吓人啊。你要替我做主，事情拜托你了大哥。

王协警来了精神。说：原来在朝阳客栈这个破旅社，我跟治安警不知来过多少次了。我不明白，薛蒙霸老婆不带自己的兄弟姐妹，而带老公家的人。而且，薛蒙霸的兄弟姐妹在，薛蒙霸老婆一人怎么会把你老婆脸上抓耙出十来条血蚯蚓？再者，薛蒙霸老婆小小的、白白净净、笑笑甜甜的，会对人下这么个狠手？

大哥，这是事实啊！

丁西兄弟，你想叫我怎么为你做主？

最好是判刑关起来，且陪我七千五千，且向我道歉。

你是说把薛蒙霸……？

丁西下巴一扬：当然是薛蒙霸喽，睡了我老婆，以致我老婆的脸上被抓耙出十来条血蚯蚓。

王协警问：薛蒙霸和你老婆的事发生在朝阳客栈。三次。你老婆三次都是被诱骗过去的吗？到客栈后都是被迫的？

丁西答：那要实事求是，我不说谎，他们是通奸。这两个狗男女！

王协警说：薛蒙霸有没有罪，你找律师吧，给一些钱。

丁西说：给钱？……大哥在派出所干活，懂法，我就问你。

王协警说：他们是通奸，通奸无罪，通奸至多是道德有瑕疵。那么对薛蒙霸不可能进行刑事处理。至于罚钱，这只能是民间行为，谁家背景硬，谁家人多势众力量大，对方服软了，别说是七千五千，就是罚一万也是容易的。薛蒙霸老婆才有大问题。薛蒙霸和你老婆是通奸，薛蒙霸老婆说你老婆是荡妇，打一个巴掌，或者脖子上抓抓耙耙都是可以的。脸上就不行，脸是门面，脸上有十来条血蚯蚓，法医鉴定不会是轻微伤，这是轻伤……不过，薛蒙霸姐夫的表哥是市里一个局的大官，不知道是什么局，但事情千真万确是一个局里的大官。

丁西听得王协警说到“这是轻伤”，戛然而止。便问薛蒙霸：有法医吗？轻伤和轻微伤有区别吗？薛蒙霸关不起来，他老婆关起来也好。大哥，关他老婆！或者关他老婆逼他们拿出钱来也好。

王协警迟疑了一下，说：问题是你老婆有过错啊，你老婆不是偷汉吗。你老婆受了点伤，又没有伤筋动骨。对不？

王协警又把嘴凑着丁西的耳朵：薛蒙霸姐夫的表哥，可能是市公安局的局长。

丁西耳朵弹跳了一下，怯怯地说：没有王法了？公安局局长就不说道理了？

道理？你这个人啊……公安局局长的亲戚，卸你一条腿，扔到江里喂鱼，你又怎么样？我不是说你，你真是背时，我看你只能是踏三轮车的。王协警在丁西的肩膀上拍了三下。

丁西被拍了肩膀，哭了起来，说：你要替我做主啊大哥。我的老婆被人睡了，又被人抓耙出十来条血蚯蚓，要是你大哥的老婆，你会……

呸！王协警打断了丁西的话，说到哪里去了，你真是他妈的胡说八道！

对不起，大哥，我这是打比方。

比方也不好打！

好吧大哥，不打。丁西从车篷上抽出一把刀来，说：我就把他给骟了！这样，他不欠我，我也不欠他了。

王协警又在丁西的肩膀上拍了两下，说，薛蒙霸人比你高吧？力气比你大吧？手比你长吧？你能骗了他吗？我在派出所七年了，见到的案子多了去了。许多人挥着刀，原是吓唬吓唬人，结果一来二去，真把人杀了，结果怎么样？枪毙！砰！也有人拿着刀，挥挥舞舞的，却被对方夺了去，对方反倒把你给杀了，结果人家怎么样？没事！人家那叫正、当、防、卫！你懂吗？

丁西一脸茫然，他又哭了起来。说：那我怎么办呢！我的气要出，人活一口气，我的气一定要出。大哥……

王协警笑起来，说：依我的看法，把老婆离掉，自己再娶一个新的。她有大错，她自作自受，离了，睡了的是别人的老婆，这事也就一了百了了。

丁西赶忙说：薛蒙霸这狗生的天天到我家酒店里来，是他长期勾引，不是我老婆贱。离婚我不离。我老婆辛苦啊，天天守着店，上午忙着买菜洗菜，中午很少客人，她还是守着，说店是守出来的；有时深夜十二点钟了，客人还要加菜，我老婆高兴，回来经常很迟了。几年来都为了我爸，还叫我一天看一次我爸，这猪……

王协警打断他，说，你老是叫你爸猪，我受不了。这样吧，这件事，你忍一忍。当然喽，忍是难的。古人造字，忍字是心头上面一把刀。不是一般的人能做到的。能做到的经常是大咖豪杰，你看胯下之辱，说的是韩信。兄弟，当忍也得忍啊。——慢慢来吧，君子报仇，十年不晚。你听我的话，我是同情你的、向着你的，我是知道的，薛蒙霸不是个好人。

丁西闭着嘴，嘴有些扭曲。他把刀插回车篷。起身爬到前面骑座上，夹子把裤脚一夹，双脚踏上脚踏板。三轮车掉了个头。他软绵绵地说：到我酒店去。

他的瘦腿在空中刚打了几个圆圈，耳朵听得王协警说：看着兄弟骑车，我特难受，你停吧，我自己在派出所吃中饭。吃了饭我去找薛蒙霸，大骂一通，再做道理。他妈的岂有此理，睡我朋友的老婆！

丁西的双腿不仅没有停，反而使劲起来。说：大哥，我要喝酒，你陪我喝酒。我老婆今天不会到酒店来了，我看十天半月要关门歇业。冷盘是有的，我简单再炒几个菜，将就将就吧。……嗐。这样吧，你把薛蒙霸也叫来。

王协警好像听错了，说：把薛蒙霸也叫来？好好好。大度大度。

后边有声音。丁西回过头，原来是王协警把车篷上插着的刀取下，放在坐板下的屉桶里。

一会儿，丁西听得王协警大声说：薛蒙霸，怎么，我是谁你都听不出来吗！……你说我火气猛？我还没有向你发火呢！你他妈像个人吗，你睡的是谁的老婆你知道吗？是丁西，是丁西的老婆！丁西是我的好朋友你知道吗！你睡丁西的老婆等于是睡我的老婆你知道吗！我把你骗了，你这个狗生的！再说呢，你的老婆把丁西的老婆脸上抓耙出十来条血蚯蚓，你他妈的怎么回事？你一个大男人怎么会拦不住，你他妈像个人吗！气死我了！

王协警长嘘了一口气似的。丁西听得王协警在嘀嘀按键，又听得王协警说：你过来，我和丁西在丁西老婆的酒店里。你放心过来。丁西不像你这么烂，他是个好人，有修养也有涵养，比你大度多了，比你理智多了。……道歉是必须的，而且要诚恳。……知道了？知道了就好，马上过来。

丁西很是感谢地回过头来。王协警在发短信。

只见“嘎”一声，丁西已经刹了车。丁西自言自语地说：今天也来开门。

丁西和王协警下了车，丁西老婆已经在店里忙着。丁西问：今天就来干什么？丁西老婆说：店靠守，一日关门一月就没人。……王大哥你来了？王协警赶紧回答：哦哦，我来了。王协警在扫一眼丁西老婆的脸时，丁西验明正身似的指着老婆的脸，说：就是这一张。王协警显出大吃一惊的样子。

酒店的三面，贴着一些风景画。其中有一张是荷兰郁金香的田畦，还有一张是瀑布，瀑布中间有山石。

丁西老婆说：我不怕，你倒怕啦？

丁西说：还怕全世界的人不知道吗？

丁西老婆说：知道也好，不知道也好，已经是破鞋了，补起来还是破鞋。

丁西说：你休息十天半月，结痂掉痂，再来不迟。

丁西老婆说：你说得轻巧，我不是说了店靠守吗？

丁西说：店由我来做啊。

丁西老婆说：你炒的菜能吃吗，客人不逃个精光才怪呢。那真是关门大吉了，你爸的药也断了。

丁西没话了。说：做四个人的菜。

还有个人是谁？

薛蒙霸。

叫他来干什么？

丁西老婆有些奇怪，盯着丁西的脸看。丁西扭着头，王协警看看丁西老婆的脸，又看看瀑布；看看丁西老婆的脸，又看看荷兰郁金香的田畦。

丁西想表达“来的都是客”的意思，却找不到什么词句，说：给他吃。

一个大男人，拦不住那么小的老婆，还让他吃！丁西老婆把刀扎在俎砧上，愤愤地说。

王大哥已经大骂了薛蒙霸。他来赔礼道歉。给他吃。

这下丁西老婆用感谢的眼神看了一眼王协警，说：你辛苦。

王协警说：不辛苦。大家向前看，向前看。

夫妻忙起来。丁西洗刷切剁，丁西老婆操勺掂锅。一会儿，丁西端上来四个冷盘：羊肉卤片、温州鸭舌、冰镇咸蟹、纸山嫩笋。丁西老婆先后做好六个热菜：炸熘黄鱼、三丝敲鱼、清蒸带鱼、红椒牛柳、清炒丝瓜，最后一个是主食：炒粉干。炒粉干端上来，薛蒙霸也就到了。

薛蒙霸也是坐着三轮车过来的。他手里拎着一瓶酒，说：不好意思，我来迟了。丁西老婆马上接嘴：你贼娘的，哪里迟了，正好赶到吃！

王协警拿过薛蒙霸手上的酒，鹿州老窖二麯，这种酒市场上极少，丁西没见过。丁西注意到王协警剜了薛蒙霸一眼，但还是让薛蒙霸坐下。薛蒙霸不坐下，晃着两颗金牙齿，踌踌躇躇的，向丁西走了两步。丁西在分碗碟筷子，薛蒙霸在身后站定，拍拍他的肩膀，说：对不起哎！

丁西不言语。王协警瞥了一眼鹿州老窖二麯，问薛蒙霸：你这酒多少钱？薛蒙霸含糊地答：两百五。王协警有些愤怒地对薛蒙霸说：你这“对不起”，对丁西重复说一遍。

薛蒙霸就对丁西重复了一遍：哎，对不起。

你贼娘的，你对得起我吗！你就不对我说声对不起！这时丁西老婆已经坐下来了，挨着薛蒙霸，对面是王协警。

薛蒙霸笑着，连说对不起对不起。瞅了一眼丁西老婆的脸，又笑着重重说了一声：对不起。

丁西说：蒙霸，只有你老婆一个人，来的其他人都是你的兄弟姐妹，你一个大男人怎么会让她把我老婆脸上抓耙出十来条血蚯蚓的呢？你就拉不住她？

薛蒙霸说：当时慌乱。七八个人来，我一见是我的兄弟姐妹，我就生气了，我说你们来干什么，关你们什么事吗！想不到我这狗生的老婆已经在乱抓乱耙了。我一激灵，急忙把她拉开，乱子已经出来了。

你不小心谨慎，是傻逼。王协警说，你兄弟姐妹无头苍蝇一样跟过来，也是傻逼。王协警把鹿州老窖二麯打开，给每个人都倒上酒。丁西急忙阻止给他老婆倒，说是不利伤口。他老婆说：倒倒倒，今天不管了，让薛蒙霸害死算了。

我这狗生的老婆说，薛蒙霸在朝阳客栈出事了。她在前面只管走，我家兄弟姐妹就在后面跟过来了。

我以为是她家的人，才怕，哪知道是你家的呢？知道是你家的兄弟姐妹，我就把她给抓给耙了。你妈的！

我这狗生的老婆人小鬼多。她家在龙泉县，她在自己父母面前说到我，每次说我怎么好怎么好。有一天我觉得高帽太热，对她父母说，她是瞎编的，我没那么好。她父母信她的，不信我的，真以为我很好。

王协警问薛蒙霸道：你老婆，今天在家吗？

今天回娘家了。昨天被我狠狠打了一顿。我的五个指头印在她的脸上了。今天早晨一起来，她回娘家龙泉去了。我对她说，做人要正派，说话要正直，别虚情假意，这回回家说真话，就说脸上的五个指头是我的。听到了没有？你永远别回来了。

丁西这时有些气呼呼的，好像也要凑上去打薛蒙霸老婆一顿，而他攥筷的手也有一些紧。

王协警低了一下头，说，丁西，你把裤脚上的夹子拿下，你这样夹着，好像夹在我心里什么地方，别扭。丁西笑起来，丁西老婆也笑起来。丁西两手把夹子拿下了。这下子，丁西老婆“嗖”的一个动作，筷头一块肥肉塞进薛蒙霸的嘴巴。薛蒙霸的嘴笑眯眯地嚼起来。丁西老婆说：你贼娘的，嘴巴说说打老婆有什么用，你就好好伺候你老婆吧。

薛蒙霸说：这回啊，我要离婚了！他妈的小事大作，让我太难堪了，这回不会饶她了，一定要离婚。

老婆“嗖”地塞给薛蒙霸一块肥肉，丁西看到了。这个动作轻佻，但终究塞的是肥肉。而薛蒙霸关于离婚的话，倒有些严重。丁西看看老婆，老婆是笑笑的，似乎同意。认真看看薛蒙霸，薛蒙霸似乎非常认真。丁西不能不说话了。丁西说：蒙霸，你有气，也要忍一忍。忍是难忍的。忍字是……心头上面一把刀。已经打了嘛，打了就是教训了，婚就不要离了。鼓词里说一日夫妻百日恩。你也不要得理不饶人，鼓词里也说宰相肚里好撑船嘛。

王协警说：丁西就是大度，话说得好。

薛蒙霸也说：说得好，说得好。

丁西笑起来，自己干了一杯，又把大家的酒斟满。

王协警端着酒杯，站了起来，说：大家都是朋友，今天就此别过，往后来日方长。

薛蒙霸佩服地看着王协警，自己的老婆也有些欣赏地看着王协警。

真有才。

丁西拿出一包烟，抽出三支，一一点上。说：我看我爸去。顺路把你们两个带过去吧。王协警说好好好，薛蒙霸也说好好好。于是王协警向丁西老婆道了别，丁西老婆又说：你辛苦。

坐在车上，王协警和薛蒙霸跷起二郎腿。丁西的裤脚已经夹了夹子，他使劲地扭着小得不能再小的屁股。后座是两个大男人，丁西要使一倍的劲，不然不行，真的不行。

丁西依稀听到王协警问：今天这几个菜还是蛮可口的吧？薛蒙霸嘿嘿笑起来，说：蛮可口，蛮可口。王协警又说：叫你姐夫同他表哥说说，快快把我“转正”了。我们是好兄弟，我是警察，不等于你是警察吗？薛蒙霸说：是是是，我们是好兄弟，我马上去说。

丁西光听着说话，刚见到路面被人挖出的半条沟，紧急避让，右轮还是剧烈地颠簸了一下。丁西回了一下头，见薛蒙霸有些难受，而车篷上的刀也似乎没有了。他问王协警，大哥，我的刀呢？王协警指了指自己的胯下。丁西忽然想起，王协警把刀藏在屉桶里，他是看到过的。看来老婆的事，把自己给严重搞糊涂了。

派出所到了。王协警跳了下来。丁西说：大哥，你这就走？谢谢大哥。王协警走着，一只手在空中挥了一挥。

丁西想着薛蒙霸刚才难受的脸，暗暗高兴。想着薛蒙霸在自己酒店里的表现，觉得他的道歉是不诚恳的。他在“对不起”之外，很有可能仍然惦记着自己的老婆。丁西觉得不能这样就完事。但怎么样才算完事呢？他又想不出。在薛蒙霸说自己家到了的时候，丁西说：我到你家也坐一坐吧。——坐一坐，熟悉薛蒙霸住在哪里，意指以后说不定径直过来，拿大刀长矛说不定，也是一种威压。对了，薛蒙霸说他妻子回娘家了，真的假的？倘是真的，马马虎虎，薛蒙霸刚才打老婆云云或许让人相信。倘是假的，他老婆在家，丁西可要说她几句，灭灭她的淫威，而薛蒙霸是欺骗他丁西，今天这事就不能一阵风过去。

薛蒙霸说：你到我家来？好啊。

丁西掀起屉桶，把刀拿出，插在自己右肾外面。薛蒙霸笑道：你带刀干吗，我家刀很多。丁西只好说：万一被人拿去杀人，我也有责任。薛蒙霸不屑地说：杀了就杀了，每天都死人，屁的责任！

丁西跟随薛蒙霸进屋。薛蒙霸的房子比自己家的好不了多少，也是挨着别人的一间二层平房，可见薛蒙霸就是个败家浪荡子。薛蒙霸说：兄弟坐坐坐，老婆被我打回去了，我也不会沏茶，茶叶也不知道放在哪里，他妈的。丁西的确没有看见薛蒙霸老婆。薛蒙霸看着张望着的丁西，说：兄弟，我的家有什么好看的？我的家被我赌光了，到现在还欠着别人钱呢。

丁西有一句话憋着，没法问：钟点房的钱都是我老婆出的吗？

丁西从后腰拔出刀来，插刀坐着腰部不适。

值钱的就是这一把东西！薛蒙霸说。丁西听得刺啦一声，薛蒙霸手里忽然多了一把剑，剑已出鞘，寒光闪闪。薛蒙霸说，我结婚的时候，我舅子送过来的，说是龙泉宝剑，已经开锋，可以驱邪。我当时想，送钱嘛，送什么龙泉宝剑。不过挺好玩，我在剑头抹了砒霜，以防万一，有贼过来，一剑毙命。

薛蒙霸玩耍了两下，剑身颤抖，呼呼有声。丁西站了起来，刚要开口说一句话：以后别跟我老婆相好了。只见薛蒙霸嘿嘿笑着，把剑头指向丁西的肚皮。丁西这句话怎么也说不出口。

丁西真想把薛蒙霸杀了。他和薛蒙霸并身，突地把龙泉剑夺了过来。他退了一步，龙泉剑猛地刺向薛蒙霸。薛蒙霸骇然大叫一声，喉咙里的血汩汩喷出来。薛蒙霸轰然倒地，倒在他自己的血泊中，死了。这样是不是王协警所说正当防卫？算是，丁西敢不敢？丁西不敢。

我走了，丁西说。

走好哎，薛蒙霸露出两个金牙齿，拍拍丁西肩膀，说。

丁西走出了薛蒙霸的家。他的心里还不敞亮。心想我怎么说不出这句重要的话呢：以后别跟我老婆相好了。这句话绝不拗口，怎么说不出，为什么呢？刚才在薛蒙霸家，自己的心气是占下风的。他又想起老婆夹了一块肥肉，薛蒙霸要离婚，而自己的老婆还笑笑，似乎同意。问题还是严重。单凭王大哥骂了薛蒙霸，薛蒙霸说对不起，还是不够的。薛蒙霸就是人渣，人渣的话是话吗？薛蒙霸和自己老婆似乎还没有完全剥离，不是死灰，当要复燃。

心堵啊。

丁西的刀握在右手，刀尖向后，在右腿外空中捅了三下。一刀刺入薛蒙霸的心窝，一刀刺入薛蒙霸的肚子，一刀刺入薛蒙霸的下部……这下好了，薛蒙霸真正死了。世上已无薛蒙霸。

他把刀插在车篷上，左手攥着车把，右手搭在车座上。他犹豫了，他决定回到小酒店里去。他还要喝酒，还要给老婆一点颜色看看。他要让自己站得比老婆高一点。晚上再去看望他爸。老婆说不要埋怨父亲，怎么能不埋怨呢！他出生在一九六三年，鱼米之乡刚刚饿死许多人，只有一点点吃的。营养不够，他才这么小。他骑三轮车，扭着的屁股、打圈的腿小得不能再小，寒碜呢，所以，三陪小姐都敢踢他。父亲当着官，家里还没营养吗，有营养他就高大了。他如果一米八一米九的个子，坐着就把薛蒙霸吓死，一站起来，薛蒙霸就跑得没影子了。当然，父亲是好人，邻里村人都这么说。父亲从小就教导他，人要从善，吃亏是福，高处不胜寒……丁西想，什么高处不胜寒，父亲为自己辩护，这猪。

丁西踏着空车，轻，像是飞起来似的。两条腿举着屁股，像是有些兴奋。

他是三轮车的真正的主人。当回到酒店时，“嘎”的一声，特别地响。老婆被吓了一跳，有些愠恼，说：你不是看你爸吗，怎么回来了？

丁西不说话，从裤脚上取下夹子，手里拿着刀子。老婆觉得有点异常，笑着说：你妈的，不说话，又拿着刀，像是杀我似的。

还杀你似的，以后还这样，那我是说不定的。人活一口气，我也会控制不了自己的。

老婆已经收拾好桌面，手里拿着抹布。她说：那你杀吧。我一点也不怕死，真的。年复一年忙一个店，人也枯了。

老婆说着，把抹布扔在桌上，把丁西提刀的手抬上来，刀尖指向自己的心窝，而且还要往前靠。

丁西赶忙大叫：别胡来！

丁西把刀抽了回来。心想王协警说得没错，刀真不是好玩的。

老婆也重新拿起抹布。老婆说：我也对不起你，脸上被人抓耙出十来条血蚯蚓，也是罪有应得。这样吧，你也找个女人睡睡吧，我不会拿刀晃来晃去的。据说汽车西站那里的鸡，十块二十块的都有。男女平等，这样我们就扯平了。对不对？而且你是做好事，扶贫嘛，她们比我们更穷。

想不到老婆会说出这样的话来。丁西想了一想，掉出五个字来：腐朽的灵魂！

老婆也想不到老公会说出这样文雅的词来，什么腐朽的灵魂，她笑得弯了腰。一会儿才缓过气来，说，你妈的，扶贫不是好思想、做雷锋吗？我也不信有好看的女人脱给你，你却不要。

丁西说：我刚才到了这贼蟹儿的家。和我们家差不多。这里的农民富得全身流油，他家只剩下一把龙泉剑，还是他舅子送的。我真想夺过这把剑，把他剁成几段。

丁西，你到他家干什么，丢人现眼！你好好听着，我再也不会让薛蒙霸睡了。说到做到。不是他穷，而是我看清楚了，这个人没有脑子，没有志气，是个赌徒，是个不负责任的孬种。我动都不会让他再动一下了，你妈的放心。

你这是说真的？

你妈的我什么时候说假话了！

这还是真的。那还会让别人睡吗？丁西怯怯地问。

老婆虎起了脸，“瀑布”曲了几折，几乎是吼道：你妈的，你想得太多了！

丁西笑了起来，跑了几步，把刀放在三轮车的屉桶里。外走几步，用小灵通给王协警打电话：大哥，不再麻烦了，我老婆回心转意了。

丁西回来对老婆说：我还想再喝一杯。老婆看了他一眼。她的眼角红了。她有些心疼他。她一声不响。慢慢地，端出两副餐具，一个大盘。大盘里是四人刚刚吃剩的冷菜和热菜。老婆说：我陪你吧，陪你喝。

爸！丁西嘟噜道。

拯救木沛骥

一

当年那所初中，在括苍山下，面朝瓯江。瓯江潮水，涨了又落，涨了又落，涨涨落落，永永远远。教师离的离了，调的调了，退的退了，死的死了。学制原先是两年制，后来三年，一拨又一拨。学校也废弃了，选择了新校址。这都过去了。

我原先也是这所学校的学生，高中毕业后，回校当民办教师。当年公办教师少，多数是民办教师，也有代课教师。代课教师极少转为民办教师，但也有人抢着教，争得头破血流。我的父亲二十世纪四十年代过游击生活，后来跷着二郎腿过日子，我当个民办教师，像是瓯江流水一般自然，自自然然。

学校老师十多人，我不便把他们一一介绍给大家，需要时再说。我先介绍饶老师，因为他原先就是我的老师。饶老师聪明机灵，一生大略顺风顺水，今天七十多了，瘦而硬，还能唱赞美诗，很是不易。饶老师是我村里的人，我们村子很大，那时有两千多人。我开始记得他，那时六七岁，他的儿子和我同龄，后来一直是我的同学。那一天，他和哥哥闹纠纷，他派儿子把两个成年的舅子叫来，两家打了起来。打起来是多么有趣啊。那时没有娱乐，电影也极少，同伴们说谁家和谁家打起来了，大家像打了鸡血，蜂拥而至。我们赶到时，打斗接近尾声，因为劝架的人渐渐多了，两家也不想认真而结实地打下去。但是饶大庆的哥哥不肯。对围拢的人说，共有的一块自留地被饶大庆卖给了某某人了，饶大庆占尽了便宜，举例一二三。这回倒把舅子喊了来打架，他哪里哪里被打了一拳，哪里哪里被打了一拳。指示给大家看，大家深表同情。觉得饶大庆把舅子喊来打架不应该。一时间，饶大庆的哥哥和三个儿子堵住饶大庆的家门，不让两个舅子离开。可是戏剧性的一幕来了：两个舅子抬着一副担架出来了，饶大庆的妻子躺在竹靠椅上，额头箍着一块布，“哎，哎，哎”地叫痛。

出其不意。围着的男人们也不知道如何是好，稍稍一缓，担架踏着节拍，匆匆而过。

我对饶老师清晰起来，是他记得我父亲的生日。我父亲的生日我父亲都记不得，当年的人太不把生日当生日了。可饶老师记得。有一年，饶老师送来一斤干面条，我母亲非常喜欢。因为面条虽然不贵，但生日煮出的就是长寿面。说：“大庆这个人真好，今年又送来面条了。”我父亲把一口烟吐干净，慢悠悠地说：“他这个人聪明啊，生日送长寿面，你还不能拒绝。”母亲说：“这是好事。人家祝你长命百岁。”父亲说：“他肯定是有求于我。”母亲说：“有求于你他去年就说了，今年也没有说。”父亲说：“事情还没来，你等着。这个人放长线，聪明得很。”母亲说：“他是中学教师，妻子家务，大儿子和我们可可年龄仿佛，他求你什么吗？”父亲说：“你等着吧。”

我那时小学接近毕业，心想这个饶大庆聪明，能聪明过我父亲吗？果然，一天周日晚上，饶大庆和妻子带着一刀肉来到我家。他妻子打扮得花枝招展的，脸上有香水，紧紧挨着我父亲，我母亲都看不下去。原来是我们村小新增一个民办教师的名额，他妻子希望用上。我父亲瞥了一眼我母亲，意思是“来了，来了”。问：

“你是什么文化程度？”

他的妻子支支吾吾。饶大庆说：

“她自学已经到了高中程度了。”

我父亲问：

“你到底是什么文化程度？”

“毕业证是小学的。我当年也是小学毕业教小学。她自学已经到了高中程度了。”饶大庆替老婆回答。

“大庆，小学毕业教小学，当年全乡只有一个你。那时是五十年代，现在进入七十年代了。你自己说，说得通吗？”

“他的水平我知道，她能行。”

“老公说老婆能行，你说能行吗？”

“她是某某某、某某某的学生。”

“你这是什么话！”父亲对饶大庆几乎是吼着。饶大庆却笑着，他相信漂亮的老婆能够征服我父亲。

他的老婆一个劲地绽放妩媚。

饶大庆没错。我的父亲见了美女就快活，的确是个没有原则的人，最后，说：

“某某某、某某某口碑好，但不能证明某个学生成绩好，更不能证明你真有高中文化程度啊。即使你有初中毕业证书，或者一个初中毕业的证明，我也替你办了。懂吗？”

很快，饶大庆弄了一张证明。

证　明

兹证明毛雪芹同学为我校一九五七届初中毕业生。

特此证明。

乌牛县岩头中学

一九七〇年六月二十九日

乌牛县属于别的地级地区。我父亲仔细看了看，哈哈笑起来。哈哈笑起来，是告诉饶大庆，你这证明书，是自己肥皂刻的，你花一二块钱请人家刻也行啊。

但，我父亲还是指示公社“贫管会”，让毛雪芹同志担任我们村的小学民办教师。她请我父亲到她家吃饭，父亲酒喝多了，一只手搭在毛雪芹同志的大腿上。

大腿一搭，算是两讫了。从此以后，饶大庆再也没有到我家来。父亲又到生日时，他也没有拿干面条来了。母亲有些不习惯，以为是饶大庆不小心忘了。父亲说：

“他记得很牢。——你不知道吧，他当年追随着我，斗争积极，不是我让他当教师的吗？当上了后来还摇尾巴吗？没有。这种人，今后还要当心他呢。”

二

木沛骥老师年年到我家拜年，他拜了几十年，到死为止。

木沛骥老师原先也是我的老师。饶老师教数学，木老师教语文。他是我们乡犁把坑村人。他的父亲有五六亩田，算是那个山村最富有的人家，后来划为地主。在台上批斗时，表现不佳，说是民兵把他绑得太紧。事情很快变得严重起来，他被逮到乡政府。他说自己曾经帮助地下党，大搜捕时，我的父亲曾在他家谷仓里睡过，临走给过我父亲七斤米。那时我父亲正在别的区领导“土改”，回到本区，他已经被枪毙了。

地主儿子木沛骥，后来当上教师，移居和我家临近的下冯村，完全是我父亲的一句话。

木老师长得很英俊。挺拔，高鼻，浓眉大眼。他见人都笑，尽说好话，强调别人的优点，他的人缘很好。特别是女教师，都说木老师好。因为他总夸她们。“哎哟，这衣服真漂亮。衬得脸上那么鲜艳。又是竖纹的，人就更苗条了。选衣服也是学问，你这是懂美学哎。”夸得别人不好意思，夸得别人像一条麻花了。尽管女老师对木老师很有好感，但木老师绝不动手动脚，至多睃一眼女人的胸部和臀部。睃一眼，急急收回。对于木老师的内敛，我不知道女人们是不是怨恨，而他的确把名誉看得很重。现今有爱惜羽毛之说，我想木老师不是什么爱惜的问题，本分做人，完全是由于他的出身。

他对妻子却没有笑容。他的妻子高、瘦、黑，牙齿有些外向，鼻梁上架着眼镜，整体像是一柄黑柴扒。教师背地里都这样叫她。我也没看到她有笑容。和木老师相比，面貌差距是大的。据说妻子老是对他不放心。我的印象中，我记不清木老师对妻子说过什么话，我也不记得他的妻子说过什么话。他的妻子走来走去，一直黑着脸，孤孤单单的样子。她也是一个村小的教师。我知道，他讨这样一个较丑的女人，应当和他地主成分有关。当年“成分”两字如同霹雳，非常要命。后来我们一同教书，他当然对我亲切，随便起来，说：“当年娶老婆，只要是个母的，我都同意。”

他是个规矩人。他把自己的工作都做得很仔细。备课认真，讲课认真，批改认真。有时必须要去听别的老师的课，他也拣人家上课的长处说，缺点绝不会当众说。校长是个厚道人，对他非常看重。

他的儿子比我小两岁，而成绩却出奇地好，小学跳级，是我的初中同学。高中需推荐，天州市“地富反坏右”的后代被一刀切掉了。我的父亲虽然是本区的头头，但爱莫能助，木老师着急得不得了。父亲只好走了一趟瓯江彼岸的永好县，那是丽水市管的，永好县委书记和父亲是革命伙伴，现在级别相同，结果我的同学被安排到桥都中学读高中。木老师领着儿子到我家道谢时，我父亲说：

“恩义，你好好学习就是。只要伯伯还在位，你吃不了亏。”

我和恩义分别在瓯江两岸念高中。在那两年里，整个社会打派战，我没有作业，也没有考试。我不知念了什么书，学到了什么，也不知恩义念了什么书，学到了什么。但，高中毕业证书还是有的。这样，我回来当了教师，等待推荐上大学。恩义做了我们公社农械厂工人。

次年，一九七四年八月。台风在我们天州登陆，船只被狂风掀离瓯江，砸烂人家的木房。木房下的石础，被狂风裹挟着，往半山腰滚去。大风呜呜，大雨瓢泼。我父亲躲在家里“抗台”，有人敲门，父亲有些吃惊。我母亲门边过来，说：“是沛骥。”父亲才披衣下床，打开房门。说：

“沛骥，不怕台风把你抛到东海喂鱼？”

沛骥不说话，把不成形的雨伞放在门边。原来是这样一件事：他想让儿子恩义离开公社农械厂，因为农械厂终究没有大前途。那么，他想让恩义干什么呢？当兵去！父亲沉吟许久，说：

“沛骥，你觉得当兵就有大前途？”

“恩义高中毕业了，人懂事，能上进，当个营长、团长回来就是大干部。”

“这是你一厢情愿吧，沛骥。高中毕业就能当营长、团长？高中毕业就你儿子一个人？”

“恩义比别的人聪明。”

“自己的孩子当然全世界最聪明。”

“他知道自己的成分，他会比一般的人更加努力。”

“努力就有用？努力就能当官？”

“总要努力吧。我有预感，他能够改变自己的命运。”

我父亲想到了什么，叹了一口气，说：

“沛骥，当兵是要打仗的。打仗是要流血的。你要想到这个。”

木沛骥坚决地说：

“不会。我们这里离苏联远。珍宝岛战争早结束了。”

父亲以为幼稚，但恩义是他沛骥的儿子，而且当兵为了爱国，也就同意了。

我的父亲便同公社书记打了招呼，也同体检的医院打了招呼。体检自是过关，想不到公社人武部长却不同意。开会时，公社书记说恩义在农械厂表现积极，体检合格，让他去当兵。想不到人武部长是个年轻愣头青，说：“恩义成分不行，文件不允许。”公社书记心想你这家伙吃错药了，这事还是区委书记交代的！他把茶杯“砰”的一声，蹾在桌上：“我拍板，定了！”愣头青说：“拍板也没用。他是地主的孙子，他爷爷是被人民政府镇压了的。他当兵，掉转枪口，对准人民怎么办！”

事情就这样僵在那里。公社书记就给区里打电话，区里说，周书记下乡抗台去了。公社书记就叫秘书找到木沛骥，木沛骥过来了。

我父亲笑了，想不到人武部长强硬至此。他对这个年轻人有了好感。

那一夜我母亲把人家送的一大块三斤来重的黄牛肉烧了，温了酒。不管外面风声雨声，父亲、我和木老师吃喝到子夜。

第二天，区人武部长给公社人武部长打了电话。指示他必须同意，而且要签上他的名字。公社人武部长连声说“好的，好的”。

恩义入伍，对木老师一家非常非常重要。几年后，对越自卫反击战打响，恩义所在的战斗部队，归大名鼎鼎的大将许世友指挥。略有常识的人都知道，许世友作战以果敢、凶狠著称。

三

我们学校的教导主任姓龚，宁波慈溪人。龚这个音在我们天州是操的意思。他娶了我们本乡一个漂亮的女子。大家经常同他开玩笑，他脾气特好，你随便怎么开都没关系。一个学期排课一次，教师让他照顾，他尽量照顾。教师临时有事，让他为你调课，他也千方百计为人着想。但他调走了，调宁波去了。

谁接替当教导主任呢？教导主任很重要啊。校长以为我刚刚工作，让我来当，我父亲也不会同意，他桌面上还能自知。校长清楚，一有机会，我马上推荐上大学。校长选定木沛骥老师，木沛骥老师人品素养都好，像龚老师，做他的副手，他肯定不吃力。校长便找木老师谈话。木老师说，让他多干活没关系，只是自己的地主成分不宜当主任，主任大小是个官。校长说，七品开始才算官，我们算个屁，干活而已。木老师还是不依，他推荐饶大庆。校长知道，木沛骥是怕饶大庆，饶大庆一直在校长面前说木沛骥的坏话。饶大庆是什么好处都要的人。谁优秀，谁得到好处，饶大庆都不高兴。即使别人和他一样得到，他也不高兴，只有他有，别人没有，他才高兴。校长对木沛骥说："这事你别管，我找公社书记。"

校长找到公社书记，先把毛主席的话拿出来："有成分论不唯成分论，重在政治表现。"公社书记笑起来，说："你教育我啊？"——木沛骥当教导主任，公社书记自是赞成的。他知道木沛骥和我父亲的关系，这可以作为礼物，送给我父亲。说："你是一校之长，我充分尊重你的意见。"

校长道谢回来。

饶大庆得到消息，立马跑到公社。说木沛骥当教导主任不妥，缺点一大堆，主要的，他是地主儿子，地主儿子当教导主任，学生们焉得不反动？又说自己教书多少年了，工作优异，毕业的学生中有些是军官，有些是国家干部了，云云。公社书记还算耐心，只说人事我们会考虑的。

想不到饶老师跑到区上找到我父亲。那时交通不便，步行到区上要爬一座崎云山，整个要费三个小时。饶老师呼呼喘气，我父亲已经接到公社书记的电话，一见饶大庆，知道是怎么回事。他给饶大庆沏了茶，说：

"你是特意从家里来的？"

"是啊。"

"有什么重大事情吗？"

"有个机会。"饶大庆掏出一包烟，抽出一支给我父亲。我父亲说：

“我已经戒烟了。”

饶大庆手有些抖，想把烟点上，听我父亲说不抽烟，又艰难地把烟插回去。

父亲有些不耐烦，但还是耐心地问：

“大庆，有什么机会？”

大庆看了我父亲一眼，说：

“龚续航调到宁波去了，学校多出一个教导主任职位。我想让你家可可当教导主任。”

父亲非常惊讶。但这个机灵鬼阅人多了，知道饶大庆拉的是什么屎。说：

“大庆，谢谢你。这事我知道了。今天事多，有些特别，我就不留你吃饭了。你先回去吧。崎云山陡，荆棘多，有蛇，你要小心爬。千万要小心。”

自己就站了起来。饶大庆傻了一下，也就说：

“周书记，那我回去了。”

“好的好的。慢走，慢走。”

我父亲踱到报务室，把吉林籍的高大的女接线员亲了一口，哈哈大笑。父亲是个络腮胡子，扎得接线员莫名其妙。

木沛骥老师还是退让。对校长说，饶老师长期发狠自学，知识水平、教学水平都是高的。校长认为木沛骥不知好歹，有些恼怒，说：

“别啰唆！”

在我的家里，父亲狠狠地骂了木沛骥：

“哪里有官不当的！”

木沛骥对我父亲交了底。他是怕饶大庆告状，别的都不怕，只怕饶大庆纠缠着地主成分，告到儿子恩义所在的部队里去，儿子被退伍就糟了。我父亲哎呀哎呀了几声，说：

“说梦话一样。你想得实在是太多了。”

木沛骥还是不安。总觉得儿子那里会有什么事。

四

入秋九月，木沛骥在战战兢兢里上任了。木老师排课比原来的龚老师更能照顾人。照顾不照顾，大有讲究。学校里，一般是上午四节课，下午两节课。比如你一天有两节数学课，甲班一节，乙班一节，甲班第一节课，乙班第二节课跟着上，你会高兴的；如果甲班第一节课上了，再上乙班第四节课，你会不高兴，因为中间要等两节课。比如语文老师，通常教两个班，每个班一周六节课，有两节课是连在一起的，因为写作文。一二两节在甲班上，三四两节在乙班上，学生在写，你在休息，四节课轻松打发了，好。如果甲班乙班分两天上，即使分上午下午一天上，也麻烦。再比如体育教师，一周十二节课，每个班级一周都有两节，两节又不能放在一起，起码要隔天。上午一二节课一般是上语文、数学，第三节课开始到下午，可以上体育课。排课时，一天可以上四节，那么三天就完事，分散了，天天都得来。

木沛骥老师问我喜欢教什么，我说我只能教语文。我们那个时候，虽然教师文化水平低，但似乎个个是通才全才，什么都会似的。木老师和饶老师，语文、数学、化学、物理、政治都会。木老师还会教英语和体育。

饶大庆老师那里，出来一个事。严格地说，这事早就出来了，只是现在才丢到外面被人看见罢了。我村小学校长早就知道这件事，从前保着密，现在不替别人保密了，这事才出来，越发严重了。事情是这样的：去年底，寒假时候，饶大庆女儿生大病，他带女儿到上海去，开了一刀，一刀奏效。事近年终，他想得到公社教育系统年终补助。他用一个信封给妻子写寄了一真一假两封信。假信说女儿已做手术，不见病痊，费用达千余，请校长传达上去，争取特殊补助云云。真信却说手术完美，女儿无事，爱妻勿挂念，请将假信交给学校，让校长交给“贫管会”主任，争取较大补助。哪知事情阴差阳错，妻子抽出的是假信，不知里头还有真信，鼻涕眼泪，找了校长；校长抽出的却是真信，然后才抽出假信。饶老师的妻子也看了真信，竟抱着校长哭起来，乳房顶着校长的肩膀。校长说，别哭，别哭。女人说：“那怎么办呢？”校长和我的父亲也有点像，被女人的乳房一拱，软了。说：“一不做，二不休。我把假信递给‘贫管会’主任吧。”

年底，饶大庆夫妇得到“贫管会”一等补助。

事情已经超出半年。前几天排课，饶大庆妻子拿回自己的课程表，丈夫一看，课程散乱不集中，气坏了。因为村小是没有教导主任的，什么事都是校长一人。饶大庆找到校长，说："你这是有心为难人。"校长说："怎么会为难人呢？""你睁开眼睛看看，休息的时间太少了。""就四位老师，大家都是这样子的。""我替你重新排，好吗？""都是革命教师，要强调工作，不能强调休息。""村小校长，不要在我面前拉什么大旗……"一来二去，校长站了起来，说："饶大庆啊饶大庆，想不到你恩将仇报……"饶大庆也火了："恩将仇报……你他妈的对我有恩？你也太把自己看大了。"校长看看饶大庆妻子，她的脸色煞白。她用恳求的眼光看看校长，看看老公。校长拉开抽屉，把装着真信假信的信封用两个指头夹举起来，像举着一面旗帜，目无旁顾，一直走向公社"贫管会"。

"贫管会"主任批评，校长自我批评。校长虽然作假，但总是为自己学校教师好，情有可原嘛。但，饶大庆和老婆赶到了。老婆向主任告状说，校长摸她的屁股！主任想，这对夫妻是急中生傻了，哪门跟哪门啊，两不相干啊。主任把一真一假两封信摆在桌上，问饶大庆是不是你写的。饶大庆没法抵赖。主任又来了兴趣，问女人："校长怎么摸你的？"女人一时说不出。鬼主意肯定是男人出的。倒是校长说："你说我摸你？你当时抱着我，拿右边乳房顶我的肩膀呢！"女人说："你摸是摸过了。"校长说："放屁！我用哪只手摸你哪爿屁股？"答曰："你用右手摸我左爿屁股。"校长说："主任你看"，他坐在靠椅上示范，"我坐着，她站在我左后抱住我，右边乳房顶着我左肩，我的右手靠椅挡着，怎么够得着她的左爿屁股？"主任说："那是够不着的。"

"贫管会"决定，收回给他们的年终补助，饶大庆做出深刻检讨。说还是宽大的，没有行政处分。

事情丑且好笑，一传百里。

饶大庆一时间蜷在家里，自舔伤口。

木沛骥老师拿着饶大庆的课程表，给饶老师，征求排课的意见。饶老师连声说：

"谢谢谢谢，你怎么排，我就怎么教。"

饶大庆觉得世界对他不公平，太不公平了。

对了，你木沛骥算个什么！

五

木沛骥觉得不好意思，对不住人，在饶大庆边上走过，自己比饶老师矮三分。

“你吃了吗？”

“吃了。”

“好好好好。”

饶大庆不再接话。木沛骥见人就笑的样子，今天在饶大庆看来，是得意得有些狰狞了。但木老师还是有法子，起码在表面上“笼络”了饶老师。这法子就是一个字：吃。

虽然荤菜还很少。见到猪肉、羊肉、牛肉（牛肉极少，杀耕牛是有罪的）、鸡肉、鸭肉、鹅肉，垂涎欲滴。能够喝上酒，非常幸福。木沛骥老师撺掇校长打牙祭，校长准允。校长理解：木沛骥的地主成分和教育经历，好色不可能实施实质性行动，非分之想只能胎固腹中。这种欲望无奈被压抑，吃的欲望便大大方方地蹿起。

食堂里，我们有一个铅脸盆专供使用，铅脸盆不釉，灰白色，看起来很亲切的样子，大家的筷子都伸向这铅脸盆中。吃的什么呢？炒粉干居多。猪肉、鱼干、鸡蛋、球菜、细粉干。这细粉干细如发丝，用开水一浸即夹出来，拌少许酱油。油煎好，蛋煎好，微湿的粉干倒进去炸炒，加球菜少许。倒进铅脸盆之后，热烘烘的，眼睛见到了，人便舒坦了。有时我去打酒，很远很远炒粉干的香气就袅袅钻进了鼻子，这香气像块石头击在狗的屁股上，我便会身不由己地跑起来。炒粉干入了口，香、脆都忘记了，什么味道都忘记了，只觉得整个人非常痛快。

一个学期有期中期末两次家访。教师一般不喜欢到平原学生家中去，平原家长不够热情，不同木老师一起去，一般总是喝一杯茶。故而结伴到山上去的，就多了。木老师在做早操之前广告学生们，哪些老师哪个时候到哪个村家访，家长务必在家。山上的家长其实早有准备，肉已腌好，红田鱼也捉来养在水缸里。有的家长重点活不干，特意在村口山路边劳动，只怕被别的家长拉了去，落得红田鱼白捉。我在山上吃的时候，每回吃得很舒服——家长是诚心让吃，那老酒常是十来年陈在地下，口颊生香，家长还送你到村头，“走好，走好”。

饶老师喜欢带我上山。他对我说：“吃粉干的时候，你要注意肉粒身上有没有面条粘着。我是看见过的，这肉是先前什么时候客人吃剩的，宝贵留下。家里穷，也是热情招待你。那要见‘肚’行事，肚子空着便吃，饱了我们走人。”

放暑假的时候，正值杨梅成熟。饶老师说：“可可，我问问你，今天上山，肯定吃杨梅，也肯定吃瘦肉，你的牙齿怎么办？”这真是矛盾，吃了杨梅牙齿发酸，再吃瘦肉就不好办。我答不出。饶老师认真说：“可可你牢牢记住……左牙右牙分开吃。”——那天在山上，我杨梅瘦肉两不误。饶老师真叫我佩服！

木沛骥老师也有心得。有一回跟木老师上山，木老师笑着对我说：“可可，若是女家长做汤圆给你吃，你就要留点心。女人一手抱着小儿子，一手在大腿上揉汤圆，汤圆外边有一层似绿非绿似黄非黄的颜色。若做汤圆，我们就走，还愁没得吃！”跟上木老师，当然不愁没得吃。木老师说的揉汤圆的情景，我却从来没有看到。

在平原，木老师也能找吃。他几乎认识所有的家长，见到某学生家长，他早早笑起来。家长便问学生情况，他便说：“三言两语说不清，我今晚有些事，明晚到你家坐坐吧。”也有家长已经“吃”熟，他会直言道：“陈老酒还有吗？”学生家长很喜欢木老师，因为他尽说学生好话，“这回进步挺大的”。其实学生是差生。他还善于奉承家长，使得家长总是超计划地上菜。也有家长的儿子不属他教，他会说：“某老师对你儿子真关心，你家可能还没走！”见木老师这么说，家长高兴了：“木老师，你请他来，托你了。”“那……”木老师说，“明天晚上吧。”

木老师总喜欢拉上另一位老师做伴。一则加上一双箸，家长高兴请到两位任课老师；二则为了气氛，人多生乐，且木老师也让家长明白破费并非为了他一人；三则为了广开吃路，其他教师一有机会，也会请他的。我很喜欢同木老师出去吃，吃得很自在很轻松很愉快。

木老师当上教导主任后，吃路更广了。他总要拉上饶老师，也拉上我。

饶老师莞尔。一晚，请我们吃饭的家长是供销社的职工，上啤酒。啊，太好喝了！饶老师说：“我一口气喝一瓶，你们信不信？”木老师说：“这能喝吗？我不信。”木老师举瓶咕噜咕噜喝净，把空瓶给人看。其实他还想喝。我们知道，商标上有麦穗的上海啤酒很少见，谁不想喝，一瓶谁喝不掉？木老师只是示好而已。

话说回来，聚吃的味道还是最好的，我村一个渔队捕到一只鼋鱼，有四十来斤。鼋同鳖都吓人，鼋大而腥。村人要吃的窭窭，总觉罕见的鼋是神物似的。因而少人买，十分便宜。我把鼋的消息告诉了木老师，不到一二分钟，许多教师都知道这件事。女厨工从我们脸上看到“吃”来，赶忙问：“吃什么东西哇？”大家故意不告诉她。她很急，找到在校读书的孩子，吩咐孩子把食橱里的冷饭温一温当晚饭吃了。

因为我要买鼋鱼，必须要人代课，木老师想叫饶老师代课，却有些担心。这时正好饶老师赶到，饶老师说：“这还有不代的！”他的喉咙吞着口水，样子非常紧急。

我把十来斤鼋块拎到学校的时候，见不到一个学生：校长把最后一节课放了。饶老师已把袖套戴好，把生姜和大蒜切好，菜油也已下锅。其他老师已把铅脸盆刷净，在厨房附近踱来踱去。又是一个节日啊，大家非常兴奋。

那一餐，大家吃得好极了，几月之后，木老师悄悄对我说：“你那鼋鱼吃了，李英痛经都没了。”李英，就是学校那天问吃的女厨工。

六

女厨工的老公原也是学校的教师，教我化学。化学教了些什么，讲了些什么，我真不知道。据说他教得很糟糕，因为没有考试，我都装听装懂，也不知道怎么个糟糕法。只记得他说话有些阴阳怪气，煞有介事，“这道题目”四个字，他一字一拍，说：“这、道、题、目！”四字说完，头突地一别，像是京戏上的角色。有一天，他说着说着脱轨了，说夜里走路打手电，不能在胸前，手须撑开来，与大地水平，否则一枪打过来，正中心脏，呜呼哀哉“古德拜”。

他得过乙肝，酒还是乱喝。硬化了，癌化了，死了。他很爱自己的老婆，他的老婆李英非常漂亮，据说垂死时，坐在床上，挣扎了很长时间。当时我已经读高中去了。校长和教导主任龚续航商量，让他老婆到学校里做厨工，也就是给学生蒸蒸饭，凑巧给教师做几个菜。那时李英三十多一点吧。我原来就认识她，我发现她死了老公，倒比以前更加年轻漂亮了。

李英在，厨房像是花园了。上了岁数的男老师喜欢到厨房逛逛，特别是木老师和饶老师。木老师口袋里有一把缺几个齿的梳子，到厨房前，总要梳一梳。有一天刚拿了出来，一位同事马上说："木老师要到厨房了？"木老师有些脸红，却叹了一口气，说："做教导主任哪。"

我觉得李英是喜欢木老师的。木老师英俊，是夸人大师嘛，但还有一个重要的原因，是他品行好，从来不动手动脚。动手动脚的男人多讨女人嫌啊，我就是这样认为的。动手动脚的是饶大庆老师。有一回我和饶老师拿着饭盒一同进厨房，我洗了米，注入水，交给了李英，人出来了。我走了几步，忽然听得李英一句话："干什么！"饶老师哈哈着掩饰，答非所问："玉兰有进步。"玉兰是李英的女儿，数学和班主任都归饶老师。饶老师的话尽量平坦、温和。李英不说话了。饶老师还说了些什么，我就听不到了。

第二个学期，玉兰当了班级的学习委员，母女都笑眯眯的。

有一天，李英让木老师帮忙，把一个洗净的蒸屉和她一起抬一下放在大镬上。当时好几个老师在，饶老师也在。我们正要鱼贯而出的时候，李英叫木老师一个人留下来，帮忙。她也可以自己不干，叫木老师和饶老师两个人帮忙，把蒸屉抬上去的。李英只请木老师，这事太小了，而饶老师脸上有些不尴不尬的神色。

那么，木老师和李英有进一步的关系吗？他怎么知道李英痛经呢？我是这样想的：或者是黑柴扒老婆说的，或者就是同我玩的。如果真有一腿，他会包装，会掩饰，哪会说出去？尽管我父亲好色，但对于"不正当关系"，他是言辞正色，大加鞭挞的。木老师如果真和李英好上，他怎么面对我父亲呢？但是，一般人正因为会包装、会掩饰，才不讲什么痛经。木老师哪是一般人啊？

地主儿子真刀真枪了？不明白。

饶大庆老师和李英好上，我就更不相信了。他干瘦，自私，一般人心里都鄙视他，李英不会不知道。那一天“干什么”！肯定是他在她的屁股上扭一把。如果亲昵，能让我听见“干什么”吗？还有那个蒸屉，会叫木老师帮忙吗？那应该是饶老师的活。问题是，李英喜欢谁，就叫谁留下帮忙，这不是公开关系了吗？叫木老师帮忙，让人感觉她和饶老师没有关系，这也是道理。不是说男人越坏女人越爱吗？她没有老公了，像是闲置干旱的土地，不必春风细雨，需要狂风裹挟着暴雨，瓢泼倒下，需要铁犁深耕。饶老师把什么都当筹码，他不是把学习委员给了李英的女儿了吗？

不明白。

狂风暴雨来了。那是一九七五年八月的台风。乱云飞渡。瓯江里迷迷蒙蒙，浊浪排空，船只早已躲尽。柚子不再牢牢挂在树上，风刮着柚子在空中飞舞。杨梅和桃子已经早已没有踪影了。时值暑假，家里闲书读尽，我想起学校办公桌抽屉里还有一本《封神演义》。那是一个高中同学借给我的，他的父亲从前买的，不知读过没有，因为扫除“封资修”，把《封神演义》连同《水浒传》《三国演义》《红楼梦》等等，统统装在一个木箱里，钉死了，早已蒙尘。他的父亲不让他看，同学偏偏拖出，偷偷撬开，自己看，还借给我看。我说多少时间还，他说估计十年后老头才会想起。

傍晚，风雨的空当里，我骑着村里独有的天津“飞鸽”，向学校骑去。一边是拿书，也有炫耀的成分。我记得我的右手大拇指一直揿着铃钮，“铃”出村庄。台风时候，村街没有人，我打铃干什么，完全是说我有自行车，别人没有。我不仅在村里打铃，出村后，还是“铃铃铃铃”不停，你看我这习惯！直到看到学校的厨房有亮光，我才住“指”。厨房在教学楼的对面，操场的东边，我的村庄走不远，就能看到厨房。暑假期间，台风期间，谁还待在厨房？为什么待在厨房？我警惕了。当时人的警惕性都高，天州离台湾近，台湾“反攻大陆”之心不死，很可能出现“敌特”。我骑得飞快。当我将近学校时，厨房里的灯居然灭了。真是奇了怪了！我把自行车悄悄翻倒地上，蹑手蹑脚靠拢，把耳朵凑近厨房。

几只脚在进进退退的声音。喘大气的声音。噔一声，像是身体抵达灶边墙壁。我想大吼一声：“谁！”可是听到李英的呻吟声。李英呻吟什么呢？有病到医院啊。这时“啪啪啪啪”声起，有男人喉头发紧的声音。“啪啪啪啪啪啪啪啪”……李英呻吟里，我听出她极大的满足。这时风又来，雨泼到我的身上。李英的呻吟放肆了，是杀人或者被人杀。男人也哞哞有声。俩人都痛不欲生、生不如死、死不瞑目的样子……好像是校长……但不对，校长可以在校长室里进行，校长室在二楼，而且叫谁“谈话”都有理由。好像是木老师，但不温和，声音的轮廓也不像。是饶老师吗，饶老师的声气好像也不是这样的……当然喽，我没有和女人做过，做时的声音肯定变样吧。不是饶老师，就是木老师。

事情就是这么一回事了。我不能大吼一声“谁!”了，觉得这样站着听李英和人做事也不是什么好活儿。这时雨住，风还是大。我回去把自行车扶起，骑上去逆风回家了。居然把《封神演义》给忘了。晚上躺下来，脑子里还是一阵阵“啪啪啪”的声音。多年后我知道男人这是“进后门”，像是猪牛羊一样。但这“畜生”是谁呢？

七

对于木老师，黑柴扒爱心拳拳，每次寻找老公的时候，来去突然，都带着捉奸的心情。有一天，下午刚刚第一节课的时候，黑柴扒出现了。她知道老公没课，办公室却没人，刹那间喘气就立刻大声起来。走廊里碰到饶老师，就问了。饶老师神色怪异，眼睛虚虚在闭合之间，眼神笑笑在诡诈之中。他不说话，他努一努自己的嘴巴。他的嘴巴朝向学校的厨房。这个非同小可。黑柴扒一直担心着这个。李英漂亮啊，主要的，她死了老公啊。死了老公的女人会放过她的木沛骥吗？当然不会。

她呼呼向厨房走去，她紧急的步伐传达着小的苦痛、大的喜悦。她总算抓住“你们”了！可是没走几步，她的老公就从厨房里出来了。老公的脸是笑着的，可是看到她后，笑脸僵冻，马上就变成愠恼。他知道黑柴扒紧紧急急的意思，发了一声：“哦？”她像是抓住了把柄，占了上风了，说：

“哦什么哦，你在厨房干什么？”

“回去。”

“你在厨房干什么？”

“蒸饭呗。”

“现在什么时候了，还蒸饭？”

“我忙迟了，刚想起了饭没拿来蒸。”

“你天天往厨房里钻，你以为我是傻瓜？”

“谁说的？”

“大家都在说。”

“你太不像话了！”

“谁太不像话了？是我吗！”

“回去！”

“我要把狐狸精的皮扒了！”

“这是什么地方？操场。师生的眼睛都看着。”

“我不管。”

“你不管，你后果自负。你在这里闹起来，我只好离婚。”

木老师“离婚”二字，刹那间把老婆镇住了。

但，事情没有完。几天后，黑柴扒失踪了。尽管老公向她做了解释，说同情李英是有的，李英毕竟是同事的妻子，但我是爱你的，你要放心。但黑柴扒还是不放心。她要测试一下老公，他究竟对她有多少爱。她对小学校长说，自己头很痛，要到天州医院看医生。她上山去了，到自己表妹家里去了。表妹是姑妈的女儿，她对表妹说了自己的来意，表妹把她藏到自己的表妹——舅舅女儿家里去了。

木老师觉得事情蹊跷。老婆偶有头痛，这几天没有叫啊，到天州看医生干什么。夜里没有回家睡觉，奇怪了！居然三天不回，他即到了天州医院，但查无此人。他一下子慌了神，但他相信他的老婆不会自杀。他报告了校长，他要到老婆要好的几个亲戚家走走寻寻。校长问我说，你愿意陪木老师去吗？我说好啊。

木老师第一个就是到这个表妹家去。俩女人最亲。刚上得山，木老师就说饶大庆努嘴的事，唯恐天下不乱。我迟疑了半天，还是问：

“木老师，你和李英到底有没有关系？”

“你是说男女关系吗？可可，木老师没有。”

“真的没有？我不会和我父亲说的。”

“可可，真的没有。”

“那我总觉得你们暧昧。”

“她可能有想。我是不敢。”

“她怎么有想呢？”

木老师轻轻笑起来。说：

“你还小。男女的事情，有些体会是真真切切的，但不好表达。”

“你喜欢她吗？”

“哦……喜欢。”

“喜欢她什么呢？”

“首先当然是漂亮。还有，这个女人纯净。”

我想，李英想着木老师，在暑假里、台风里、厨房里，如果是和别的男人干事，纯净吗？

“木老师……你就没有跟李英……那个？”

木老师没有马上回答我，走了几个石级，说：

“我是想都不敢想。还那个！”

“为什么？”

“你不知道？你父亲就知道了。我是什么成分？男女关系，这顶帽子多重啊，弄不好要枪毙的。”

“有这么严重吗？”我觉得木老师似在说谎，似在掩盖。

木老师搜寻我的眼睛。他的眼睛里闪烁着阴惨的雾气。我有些相信他的话。

我想把暑假里的事情和盘托出。又一想，李英不是和木老师做爱，那么就是和饶大庆了。啊，依木老师对李英的情愫，把事情说出来，他好受吗？现在找他妻子还没得，李英又丢了，而且是被饶大庆叼走的，他会生出怎样的心情呢？

到了一个叫西坑的村庄。黑柴扒的表妹非常热情。她像是早就知道木沛骧会来的。山里女人无知无识的单纯让人一眼就看穿，这里有戏。木沛骧问她我老婆呢，她说没有。但她只是笑着，不慌张，不反问。木老师和我交换了一个神色。表妹一边把田鱼干浸泡了，切着肉，要做炒粉干招待我们。

吃罢，木沛骥说：

“如果碰到我老婆，你叫她明天或者后天回家吧。”

表妹说：

“好的。”

当天晚上，黑柴扒就回家了。

八

周恩来、朱德、毛泽东先后去世了。哀乐过后是欢呼，因为“四人帮”被逮起来了。一时消息汹汹，说我父亲被隔离审查了，不日将拉到各个公社轮流批斗。

父亲没有回家，母亲哭了。我即到区上探望，究竟怎么个情形。木老师也赶来了，样子如丧考妣。我俩几乎没说一句话，翻过崎云岭，到达区政府，已是薄暮时分。还好，父亲还坐在自己的办公室，二郎腿还跷着，绿茶冒着烟。只是门口要登记，问访者住址、姓名、成分等等。看来隔离不严密，审查也不严厉。登记的人问木老师住址、姓名、成分，木老师不答成分。他是怕说了真实成分，连累我父亲。一时胸闷，他竟哭了起来。父亲笑起来，踱出了房间，说：

“你们俩回去，回去。我肯定没事的。”

“不是说隔离审查你吗？”我说。

“这就是隔离审查啊。几十年我都审查几十次了。”

“还说要批斗你。”

“不会吧。我是老干部，不是造反派。”

我看看门口登记的人，他朝我微笑。我放了心。我就拉木老师回家。木老师一个大人，却是一步一回头。

区政府不远，那里有个小广场。小广场边上有饭店，木老师说吃个早晚饭，我们回家去。我说好的。

远远看，那里有大字报。我要看看大字报，这事比吃饭要紧多了。有没有贴我父亲的，我父亲的“罪行”是什么。木老师忽然说：

“那不是饶大庆吗？他在这里干什么……贴大字报！”

好生奇怪。他贴谁的呢？他有什么深仇大恨呢？我还看到他的老婆毛雪芹，端着一盒糨糊，站在饶大庆的身边。饶大庆哪里借来了一张方凳，他一只脚踏上去的时候，木老师叫他了：

“大庆。”

饶大庆回头，手里的大字报晃了一下，见到木老师和我。他像是根本不认识我俩，干脆把另一只脚也蹬上去了。

“大庆，你干什么呢？”

饶大庆口气好像公事公办：

“我不管那么多了。”

我全明白了。他是贴我父亲的大字报。

他的老婆毛雪芹怔住了。半天，怯怯地招呼我俩：

“木老师。可可。”

“不用同他们说话！”饶大庆吼道。

饶大庆的大字报愤怒地在墙壁上展开了。题目叫《周作人和他的孝子贤孙》。

周作人是我父亲的名字。大字报大意说：周作人生活糜烂，姘头贼多，吃酒时候手一定要放到美女的大腿上。他和党羽公社书记提携地主儿子木沛骥，木沛骥居然当上中学的教导主任，沆瀣一气。他的儿子周可可竟说朱德死得太迟，而周总理应当死在毛主席之后。反动之至。是可忍孰不可忍！

木老师一向脸色红润，现在一下子白了。我气坏了，想揍饶大庆一顿，却被木老师拉住了。又想撕掉大字报，木老师摇摇头。当然我也知道，“四大自由”，大字报是不能撕的。我几乎是吼道：

“我只说我的部分，我什么时候说过这样的话！”

“你是说过的，你不用赖账！”饶大庆左右手“唰，唰”对拂袖口，同样几乎是吼道。

“可可没说过这样的话。”木老师说。

饶大庆对着我说：

“你有没有说周恩来年龄最小，一月走了，大十二岁的朱德倒是七月才走？”

我回答说：

“我没有！”

“你就是有！”

木老师把我拉到一边：

“我们先吃饭。让他们先回去，天黑了，我把大字报撕了。”

我点了点头。我们就朝饭店走去。饶大庆像是知道怎么回事，尾随着我们，像是我们是贼，也到了饭店。他们来了，木老师还是维持关系，叫大家坐在一张桌上。他去点菜点饭。毛雪芹跟随木老师去了，她大概觉得都是熟人，老公做事太绝，不落后路，亏欠了我们。板凳上只有我和饶大庆。饶大庆说：

“周可可，我有些事还没写上呢。我是你的老师，你的成绩一塌糊涂，你凭什么当教师？你父亲利用职权，把你弄的，这是利用特权！我的儿子雄鹰，高中早毕业了，无业游民，将来不知道还能娶到老婆不？”

饶大庆说着，眼角竟然红起来，嘴巴扁扁的像要哭。太好笑了。我想说“娶不到老婆可以娶李英啊。”这样想着，我忽然来了灵感。这个灵感带来的效果，一剑封喉，使我多年沾沾自喜。我说：

“饶老师，我父亲对你和师母的好，你都忘了。那我也不客气了，现在我也要开始清算你了。你明天会看到一张惊天大字报的。去年暑期，来台风，晚上我骑车到学校拿《封神演义》。你和李英在厨房里站着干那个事，叫得天响。”

我一拳捶在桌上，立即站了起来。在我刚刚站起来的时候，戏剧来了，饶大庆慌忙把我拉住，说：

“可可，这个事不讲。”

“我为什么不讲！”

我气死了。

他一时语塞，脸已经大白。是啊，这事要是大字报贴出来，那真是重磅炸弹。男女都想外遇，而规范、教育、经历使人不得动弹，看哄别人的，兴趣就大了。事情公开，李英就赖上了。李英的小叔子也来报复了。还有毛雪芹老师这一关。最最可怕的，“男女关系”，饶大庆可以开除！饶大庆看了看即将回来的木老师和老婆，重重捏着我的手。说：

“看在老师的面上，事情到此为止，不要说出去，好不好！边上的大字报，一会儿我自己撕。我们公社那儿还有一张，回去我也自己撕了。”

此话一出，他的教导主任梦也就碎了。我心里得意异常，答曰：

“好吧。”

九

我就不再说我们四人尴尴尬尬地吃饭，饭后饶大庆假装着付钱的样子；也不细说夜黑狗叫时饶大庆去撕自己的大字报，木老师感激涕零的样子。木老师自是惊讶，经常看看我。在崎云山一起撒尿的时候，我也故意惊讶似的反问木老师：“怎么回事呢，变了个人似的？”心想，我也不能告诉我父亲，一告诉，木老师很快就知道了。啊，爱情可怜人。只是后来见到李英，觉得她没有以前好看了。我拿着饭盒进厨房了，她问：“可可，来了？”我说：“来了。”她说：“今天你迟了。”我说：“是，迟了。”她说：“放着，我替你注水吧。”我说：“不用。”

父亲油头粉面回来了。在公社揭批“四人帮”动员大会上，他亲自回来主持。因为，天州市那几个“四人帮爪牙”那里，没有我父亲的表忠信件，而“爪牙”的“认罪”里也没有我父亲的只言片语。不能不说，我的父亲是老辣的。市里主要领导对我父亲做了结论性的批示：

“该同志政治觉悟高，立场坚定。”

我也不细细说一拨一拨的人到我家来，带来礼物，带来问候，带来阿谀奉承、溜须拍马，只说饶大庆老师惶惶不可终日的样子实在可怜。他的大字报贴在公社最热闹的地方，停留过久，周作人有多个姘头，吃酒时手一定要放到美女的大腿上，许多人都看到了。他们在猜姘头是谁谁谁，有的猜中，有的可能也没有猜中。我父亲回来之后，他们噤若寒蝉，自己觉得肯定是猜错了。周书记作风哪有问题吗？不可能。过来看我父亲的人，都告了饶大庆一状，样子非常愤怒。

饶大庆老师惶惶不可终日的样子，我老早就看到了。他的双腿像是铸着千斤铁镣，在我的家边绕来绕去，却又不敢进门。我觉得这个人非常可怜。我想把他拉进来，向我父亲赔个不是再说，刚去找他，他不见了，我回到家里，玻璃窗外，他又站在那里摇晃了。一个人怎么会变得这么没有尊严，我替他难过，而且他曾经教过我数学，虽然我的数学一塌糊涂，不知道他教得究竟好不好。

傍晚时分，我的同学饶雄鹰拎着一条鱼，走进了我的家门。饶雄鹰哆哆嗦嗦，我就知道他一家正处于极度的恐惧之中。我们四目相对，饶雄鹰显出哀求的神色。这是一条鲢鱼，我觉得事情糟了。因为我家从来不吃鲢鱼。鲢鱼我们这里叫塘鱼、包头鱼，特别腥，几无鲜味。它不能跟鲚鱼、鲈鱼、鲻鱼、鲅鱼相比，几个小时不吃，鲢鱼就变臭。我母亲痛恨鲢鱼，像是父亲痛恨国民党一样，还因为它的臭气久久不愿离去。万一有人送来低廉、卑贱的鲢鱼，人一走，我母亲马上叫我把它扔到茅坑里去，她自己急得噼里啪啦打开窗户，嘴巴噘着，发出“去去去去”的声音。

雄鹰走进了我的家门，脸无血色，目光呆滞，鲢鱼滴着血水。我母亲一看，大惊失色，厉声说：

“你想干什么！”

“鱼给你们家。”雄鹰嗫嚅道。

“你到底想干什么！”

“鱼给你们家。”

“你到底想干什么——！”母亲歇斯底里一般，拉开了长音。

“鱼给你们家。”雄鹰傻在那里。

我一手搭着雄鹰的肩膀，推他往外走，说：

“我妈正在着急。你先回去。”

雄鹰像是哭了，低沉地说：

“你帮帮我家。”

我拍拍他的肩膀，算是答应。

当然喽，我的答应是没用的。父亲不会听我的。换句话说，他想整谁就整谁，按需整人，他的人生辞典里，没有“怜悯”这个词。这下，他躺在靠椅上，牙帮发出“嘎嘎”的声响。我知道，他在嚼着饶大庆的骨头，脊梁骨嚼完了，正在嚼脑盖骨。我问他：

“父亲，你有没有男女关系？”

“对了，你有没男女关系？”母亲忙不迭地靠过来。

父亲狠狠地白了一眼母亲，母亲立刻一边去了。

“你说你父亲有男女关系吗？”

“当然没有。”

“认识问题提高了一层。”父亲笑起来。

“父亲，你想怎么处理饶老师？”

“牢房里待几年吧。”

“大家都说，你是他的老师嘞。”

“此话怎讲？”他好像从我眼里看到了我母亲仁慈的品质。

“他们说，饶老师从前是跟你出去斗争的。”

“我有他这样做人的吗？他只有小学毕业，我让他去工作。这条狗却反咬主人。”

“他紧跟你，当你的狗，他得到工作，这是顺理成章的事。不能看成是自己的恩赐。”

“对事物的认识又提高了一层。”父亲又笑了起来。

毛雪芹来了。这回她身上喷了好多香水，因为我母亲老远就闻到了。母亲狠狠剜了毛雪芹一眼。毛雪芹比她儿子那条鲢鱼难闻多了。毛雪芹年轻，身材高挑，我母亲醋意大发，居然说：

“不要到我家来！”

我父亲却来了兴趣。轻轻对我母亲说：“来的都是客。”母亲就再没一句话了。他用目光把毛雪芹迎接进来，没有让她坐下。靠椅上，他的眼睛在毛雪芹身上逡巡。重点肯定是那两个乳房了。好一会儿，父亲长叹一口气，说：

“免得今后说不清。这样吧，你回家把饶大庆叫来。”

毛雪芹扭了一下屁股回去了。一会儿，饶大庆、毛雪芹双双来了。饶大庆突然变小了，精瘦精瘦，喉结非常夺目，像是五步蛇拱出的蛇头。

我父亲让他们坐下。毛雪芹又挨着我父亲坐下。我父亲问：

“毛雪芹同志，我有没有把手放在你的大腿上？”

“没有。”

“饶大庆，我有没有把手放在毛雪芹同志的大腿上？”

“没有。”

“你的大字报是这么说的。那么，你见到我把手放在哪个女人的大腿上？”

“那是我瞎编的。”

“哦，瞎编的。那么，我再问毛雪芹同志，我和你有没有发生男女关系？”

“没有。”

“饶大庆，我和你老婆睡觉过吗？”

“没有。”

“又是瞎编的？”

“是，瞎编的。”

“没有，偏偏你说有。再没有，偏偏说你有多个姘头。哦……从前我没有想到和毛雪芹同志睡觉，现在我想到了，我必须要和毛雪芹同志睡觉。而且，我和毛雪芹同志睡觉时，饶大庆还要站在身边，观察、记录、做证。饶大庆，你有没有不同意见？”

饶大庆像是便秘了似的，想了半天，说：

“没有不同意见。”

我母亲“扑哧”一声笑了，非常欣赏似的，看了我父亲一眼。我父亲又重复问了一句：

“真的没有不同意见？”

“真的没有不同意见。”饶大庆这回不再便秘。

父亲从靠椅上一跃而起，吼道：

“‘没有不同意见。’你他妈的还像个人吗！好，开除公职，牢房先坐三年再说！滚！”

饶大庆含泪“滚”了。毛雪芹向我父亲点了点头，崇拜地看着我父亲，好像和我父亲已经有什么默契。

让饶大庆开脱，还是木老师最后完成的。饶大庆深夜找到木沛骥，完全变了一个人。说自己是人渣，真是没有用。和哥哥的矛盾，全是自己的自私。周书记让他不再种田当农民，他只有小学毕业，也让他教小学。老婆也是。想当教导主任，脑袋居然整个进水了，贴大字报，攻击了三个人。饶大庆非常诚恳。他说：

“看来周书记这次不会饶过我了。今天来，别的没有，我在牢里，你要照顾我儿子雄鹰。本来我是没脸见你的。但我想，我有什么朋友呢？没有。我一个朋友都没有。我只有找你了。”

木老师叫黑柴扒炒了两个菜，温了两斤绍酒。喝得差不多了，饶大庆嗬嗬哭起来。

次日一早，木老师就到我家了。他说了很多话，强调饶大庆是病人，这种病人遇到机会就会亢奋起来，什么正道和恩情都忘了。

而父亲忽然想起了什么，说：

“他怎么忽然又撕掉大字报，什么意思？”

木沛骥不失时机地说：

“对啊，我也弄不明白。这就是病人，神经病！”

十

高考恢复了，这真是一个不幸的决定。推荐上大学，哪怕全区只有一个，名额乖乖地也是属于我。现在要考试，娘的，我的数理化和英语根本不行，我能去考吗？别人一个个考走了，剩下了我，我将多么难堪啊。大家都会说，瞧，周作人的儿子，白痴一个，这下不好混了。

还好，连续两年，我们乡（现在不叫公社了）考走的也就两个人。两个都不是我周边的人。饶雄鹰拼命复习，但是考不上，饶大庆安排他到金华东阳读高复。一天，父亲狡黠地对我说：

“你也去高复，怎么样？”

我说：“你读过大学吗？你都只有读报的水平。”

父亲说：“他妈的，我是什么年代的人，我总不能替你去高考吧？”

“我可没想到去读什么大学。”

“现在中央不是说重知识、重人才吗？”

“不是人说了算吗？说我有知识，我就有知识，说我是人才，我就是人才。”

父亲看着我，狡黠地笑笑，说：

“那你怎么办呢，一直教书教下去？”

“有权不用，过期作废。这话可不是我说的。”

“他妈的。”父亲用欣赏的语气，说，“下个星期，你到市委办公室考试。可能是写一篇什么文章。做做样子，摸一摸底。像你这种官家子弟，不学无术，这回一篮子解决问题，消化到各个部门去。”

“什么时候上班？”

“具体还不知道，也许一个季度，也许要半年。”

这是一九七九年早春的时候。木老师接到《纠正地主分子帽子通知书》。“查某某乡，某某村，某某人（木老师父亲），经审查同意不予地主分子对待，现予纠正。此致　木沛骥　某某公安局”。本来地主不地主，有我父亲罩着，木老师根本没有什么事情。但这事对于木沛骥，算是天大喜事。木老师热泪盈眶，喜极而泣。他摆了一桌酒，叫上我父亲，并通过我父亲，叫来乡党委书记等人，算是给足了面子。木沛骥好像向全世界宣布，从此，我木沛骥就是一个“人”了。还有校长，当然也叫上饶大庆。饶大庆告诉我，这一桌酒，是他一生吃得最好的一桌酒。

不久，泰去否来，木老师家出大事了。我们这个区去当兵的，对越自卫反击战，牺牲五个人，我乡一人。父亲马上想到木沛骥儿子木恩义。他想不起我乡去打仗的还有谁。他挂了个电话给天州市人武部，问具体名单，答说还没有接到烈士名单。这种事传得很快，木老师电话来了。木老师一直提心吊胆，因为恩义来过一封信，说越南怎么在边境滋事进犯，反击是忍无可忍，民族大义，请父母大人谅解。却说不要回信，“回信我也收不到”。信是广西南宁边上一个地方发出的。“回信我也收不到”，这句话使木老师夫妇极其不安，预感像毒蛇一般纠缠着他俩。黑柴扒好长时间魂不守舍。神从他的脑顶跳进跳出，她经常叫头痛。

我父亲了解到参战部队是广州军区和昆明军区，兵员兵种都是混合的，老兵新兵一起上，让木老师不必担心。木老师理解偏了，认为是死是活，我父亲应当已经明白了，如果恩义还活着，父亲就会哈哈笑说：没事，活着！什么广州昆明，兵员兵种，老兵新兵，分明是拖延时间，让他慢慢接受事实罢了。

木老师痛苦不堪。黑柴扒像一段麻绳一样落在床上，可睡又睡不着。学校里上课，她又不能不到。她家离工作的村小有些远，她梦游一样，倒也准时到校。

下午四点多，我们学校接到一个电话，让木沛骥去听。木沛骥好像知道是怎么回事了，慢慢地站起来，一步步走向电话处。他拿起话筒，镇静地发声："喂。"对方却是十万火急，是黑柴扒学校的校长打来的。说黑柴扒讲课时候头晕，让学生自学一下，她坐一坐。坐下来没醒，摇她不醒。木老师说："你多摇摇。"答曰："摇很久了。"木老师问："有没有气？"答曰："气是有的，背部也在起伏。"木老师说："好，我马上来。"

一节课的工夫，木老师赶到了。他也摇摇，不醒。把上身板转来，不见异常。身上扭一把，像是橡皮人。木老师觉得大事不好，立即让人叫救护车。他背起黑柴扒，小跑到渡口，因为公路在瓯江对岸。一个小时后，救护车才来，又是一个小时，人才到急救室。

天州医院说是脑出血，脑颅大面积出血，已经没有医治价值了。木老师给我父亲打电话，父亲给医院院长打电话，多个医生过来会诊，结论是不治。

三天后，黑柴扒断了气。

木老师想到黑柴扒种种好处，比如对他深深的爱，无可挑剔的家务，痛苦不堪。静定下来后，他又想到儿子。他试着给儿子恩义的部队发电报：

"你母病重。速归。"

不料恩义回电：

"即归。儿。"

恩义很快回来了。

恩义说自己属于汽车连，运送伤员和尸体。可惜枪都没有摸到，枪声都没有听到，战斗没他的份。

我们乡唯一的烈士是我的学生金声合，矮个子、高颧骨、眯眼睛。他是山上夏家墩村人。我和饶大庆老师到过他家访问，吃过他家的杨梅和瘦肉，记得是左牙吃杨梅，右牙吃瘦肉。他一九七七年入伍。部队转来了他的骨灰，他的抚恤金应当是伍百元，乡里克扣了一百多元。乡党委书记亲自和他握了手，他很自豪。学校出烈士，校长不失时机地召开大家“学习烈士精神，争做革命事业接班人”。让木恩义做报告，恩义前前后后说了个大概。起因是越南忘恩负义，我们当年怎么抗美援越，死伤无数，支援多少多少物资，现在越南又反过来进犯我国边境。恩义的重点还是自己和战友们怎么救治伤员。烈士父亲不识字，不能讲话，同木恩义、校长并肩坐着，双手捧着一杯茶，似乎有点干部的模样，和蔼可亲。回家了，打厨房那边过去，遇见李英，大步走过去，和李英握手，说：

“我是烈士金声合的父亲。”

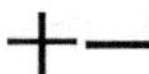

十一

我到市委办公室考试。题目是“论经济基础”。妈呀，这怎么写？这是政治题目。我语文写作尚可，政治题我怎么写。心想砸了，老头子啊，你来写吧。这题目，你看看，你看看……一定要考试干什么呢？别无他法，硬着头皮写了三行，交卷了。收卷人看看我，好意说，时间太早，你随便写些什么吧，七八百字总是要的。我便重新坐回，想起高中同学借给我的《水浒传》，把林冲风雪山神庙的故事写进去。沧州，风大雪大，林冲吃了牛肉喝了酒。草料场起火。神庙内用大石头顶住门。门边听得惊天大阴谋，一个是差拨，一个是陆虞候，一个是富安。林冲大喊一声“泼贼哪里逃”！用花枪把他们先后搠倒了。正好八百字。

差不多半个月时间，叫我到市委办公室上班。他们让我负责文件的记录和递送。文件实在是太多了，哎呀，决议、决定、命令、公报、公告、通告、意见、通知、通报、报告、请示、批复、议案、函、纪要……我像一个机器人，不用思想，不必说话，人们看我，不带褒贬。他们许多时候都看报纸，我也学会看报纸。他们都有一个玻璃茶杯，慢慢呷一口，然后缓缓地放在右前办公桌上，一点声息都没有。这难不倒我，我也去买了一个透明的茶杯，家里茶叶很多……

三四年的时间里，我的两个同学，木老师家的木恩义、饶大庆儿子饶雄鹰都进城了。木恩义营长、团长没有当上，他是副连长职位上复员的。“反击战”中他荣立二等功，从排长升为副连长。复员回来，轰轰烈烈“英模”大会后，在天州组织部当了一个副科长。木老师自是欢天喜地。

饶雄鹰考上杭州警校，专科三年，现在蒲鞋市派出所当户籍警。那时乡镇居民变成城市居民，很难很难，别说农村户口转成城市居民了。饶雄鹰和大多数小吏一样，脸色难看，说话只说冰冷冷的半句，别人再问，他的眉心即显“川”字。看资料首先总是找漏洞，可办可不办的，坚决不办。我是市委办的人，他倒是经常往我处跑，好像我很快就会升官一样。周末也不放过我，拉我吃海鲜，买单的人都是找他办了事的，他受了人家的东西，还非得吃十顿二十顿饭不可。别人没有法子，因为饶雄鹰还是他们的户籍警。我却不胜其扰，当时正拖着一个女孩，热恋谈不上。她的父亲，也是一个区的区委书记，比我的父亲年纪小多了。她甜，美却谈不上，属娇小玲珑型。目测一米五三的样子，乳房屁股可观，身材就匀称了。她到我的办公室上班的当天，就和我熟悉上了。呱呱呱呱很喜欢说话。她喜欢吃零食（多是甜品），自己一份，也给我一份。周末要我陪逛，这个商店进，那个商店出，买什么呢，没买什么，完全为逛而逛。两条腿很累，我刚坐下，她就在我脸边半吻了一下，漾一口热气：“走呢，哥……”我的脚底都起泡了，她这一“哥”，我也就站了起来。

终于，她说要到生我的村庄、我教书的学校去看一看。我知道，她是要搞定我的父母，早早促成自己的婚姻。我心想我们自己都没定呢，都没说到“爱”字呢。又想也好啊，让我父母看看你吧，听听他们的意见。我说：“骑车驮你过去吧，三十来公里呢？”她笑而不答。“那，租个‘菲亚特’去？”她还是笑而不答。

她调来了一艘军舰。真的军舰！灰蓝色，首尾都有火炮。她父亲是水警区所在那个区的书记，她怎么同她父亲说，或是怎么同水警区说，或者她同舰艇艇长本就认识？我就不知道了。总之，国旗猎猎，军舰在瓯江里飞犁，大浪向两岸翻滚，括苍山急急后退。她很激动，第一次紧紧抱着我，我也是第一次抱着一个女孩，我真想说“爱”字。只见她的眼睛一直眯着，并不想听我什么话。她很好闻。

整个村骚动，喧哗。军舰！军舰！大家聚集到瓯江边看热闹。有人划船过去，围绕舰艇抚摸。最后才知道舰艇是我乘着来的，和一个女孩。人们就说女孩的父亲是军分区司令员，或者说是海军军长的女儿。不一而足。

我的母亲表面上和女孩过得去，心里很不高兴。她认为女孩兴风作浪，做派强劲，今后就不会温文尔雅、体贴丈夫、勤俭持家。她的父亲和我父亲都是官，却比我父亲年轻。她父亲想必还要大，而可可做官人的女婿，夹着尾巴，这可不行。还认为女孩不好看，人又矮，现在细皮嫩肉，时间一久就干皱，很难配上她的可可。

母亲在炒粉干。这是对客人的最高礼遇。猪肉、鸡蛋、鱼干、球菜、细粉干。那一天，家里鸡蛋吃完了。本来踱到隔壁借几枚，非常容易。但是我的母亲不，显出从来没有的固执。猪肉煎好了，立马囫囵倒进鱼干、球菜和细粉干。

我的父亲倒是十分热情，他认为门当户对。他本来就和女孩父亲熟悉，他管西部，女孩父亲管东部海边。他问东问西，谈天说地，笑谈括苍情仇、瓯江史话，以示渊博和豪放。他对女孩非常满意，他知道她的父亲还会升官，今后我的进步根本不在话下。但私下里，父亲严肃地跟我说：

“你要和她睡觉，只有睡了觉，女孩的品质和脾气才会清楚。”

“真的吗？”

“他妈的，爸还能骗你？”

“哦。”

父亲又问：

“睡觉方便吗？”

我点了点头。

父亲笑起来，嫉妒似的紧紧捏着我的鼻子，说：

“他父亲当官重要不重要？重要。但夫妻恩爱更重要。女人的好坏，最重要的，还是品质和脾气。记住！”捏得我的鼻子好疼。

母亲坚决反对我和女孩睡觉。她说碰也碰不得，摸也摸不得。这个女孩本就不适合可可。还要睡觉！睡了觉不知会出来什么大问题呢。

我当然得听父亲的话，家里，或者别的地方，父亲的话才是话。七天之后，又是星期六。木恩义难得请我吃饭，我叫上女孩。恩义问女朋友？我说是，总算有女朋友了。女孩说：

“此地无银。”

我和她都喝了一点酒。饭后，她紧紧抱住我。我忽然想起饶雄鹰给过我一张金棕榈的票。对，只有一张。我可以到金棕榈睡上一天。金棕榈是天州最好的宾馆，被认为是没有挂牌的五星级酒店。是天州一群华侨大佬开的，说是玩玩。据说还有政界的人参股，鬼知道呢。金棕榈以早餐特别好闻名天州商界。那个时候，生吃三文鱼和鹅肝是不多的，他们三文鱼从挪威运来，鹅肝从法国运来。

坐在出租车上，她糯在我的怀里。我轻轻说“跟我走”？她连点了五六个头。我就对司机说：

“金棕榈。”

我们簇拥着进了房间，她用脚回拨，关了房门。我说“洗一洗”？她说“为什么要洗”？我想对啊，为什么要洗呢。我把她狠狠抛在大床上，她差一点被弹到地上。她示意我脱她，我激动又慌乱，有些地方半天解不开。她笑死了，倒是她坐了起来，手起刀落似的，把我给先脱了。

事毕，我悄悄说：

“你好像不是处女呢。”

“你怎么知道我不是处女？可见你也不是处男。”

“我是听说处女要有血。”

“你是要处女还是要我？”

“那是要你。”

“你要处女，也很方便。月经来时我给你，叫句痛啊痛的。”

“无聊无聊，不说了。”

“是你无聊，还是我无聊？”

“是我，是我。”我求饶似的说。

“把我身上擦了吧。”

第一次干这种活，是美差呢。

啊，很快要结束单身生活了。平时，我洗衣服，都是被逼无奈。比如穿上第十双袜子了，才想到把扔在床下的九双取出洗掉。现在好了，我们很快住在一起了。我不好意思地对她说了我九双袜子的事。她哈哈大笑，说自己内裤也是这样，一打用完了，再买一打。

“扔了？”我问。

“扔了。”她说。

“为什么扔？”

“为什么不扔！”

她突然露出雪白锋利的牙齿，声音很响，拖得很长。

我俩还是住在了一起。我想女孩这是娇惯骄纵，我自信能够改造她。后来事实证明，其实不能。比如我们每一次事毕，她都要让我给她擦洗。原来以为是撒娇，实在是她懒得到骨。洗衣服吧，我说我们一起来，她立即恶狠狠地拉长声音：

“为什么两个人一起洗？”

又嚷：

“我为什么洗？”

只好离开了她，搬回原处。不想她找了过来，拎着一桶汽油，泼在了我的衣物上。慌乱之中，我开始以为不是汽油，她掏出打火机的刹那间，我认定是汽油。如果烧起来，那不是一间房的问题，一座房子很快噼里啪啦化为灰烬。

她很快调离我们部室。她的父亲同组织部部长说，周作人的儿子周可可是个流氓公子。后来我下海，去开酒店，去开KTV，完全是因为仕途被堵死了，无可奈何花落去。

十二

父亲临近退休，像是临近判刑一样，度日如年。他冀望组织部忘记了他的年龄。哈哈，人家能忘记吗？不能。只有整整一个月了，一个电话来了，“喂”，是个小姑娘的声音。父亲说：“你好你好。”对方说：“周书记，我是市委组织部的，一个月后你就光荣退休了。”父亲哦了一声，放下电话，咬牙嘟噜道："光、荣！"

父亲的几个朋友都说别退，坚决不退。这是理所当然的事。父亲哪里想退，退了，他的情人——我相信他是有的——还会理他？父亲马上给年龄差不多的几个市委领导打电话，说自己还要继续革命，能不退就不退。他们说，老同志思想就是高尚，为革命不遗余力、沥尽最后一滴血。父亲也征求母亲的意见。母亲明白得很，父亲没有了权力会变得非常痛苦。他痛苦，母亲就痛苦。即使父亲有情人，高兴，母亲也无所谓，又没有丢掉什么。母亲说：

"你不想退，有办法吗？"

父亲让我为他起草申请报告。看着他忽然委顿了，我很心疼。我开笔时，他坐在边上，好像替我磨墨，说道："靠你了。"我感觉使命重大，写道：自从四十年代打游击开始，我就没有想到退休享受。共产党人生命不息，战斗不止。鞠躬尽瘁，死而后已。老骥伏枥，志在四方。春蚕到死丝方尽，蜡炬成灰泪始干……

写好后，我念给父亲听。他说：

"我就是这样的。"

而母亲看着我们父子，笑死了，前仰后合。

父亲把申请报告亲自交给市委组织部部长，开始了一个月的漫长等待。他魂不守舍，睡不好觉，像是一扇脑窗没有关好。对外却说自己必须退休，必须激流勇进，为年轻人让位。而他真的在家里铺开宣纸，自己研磨，说是开始练书法了！我说：

"父亲哎，你握笔的姿势都不对，练什么书法？"

他不满地看着我：

"大狗叫，小狗也叫嘛！"

"好好，你叫你叫。"

"今后你的洞房里，就挂父亲的字。"

我想你的字挂着，我和老婆做爱的欲望都没了。

他对着颜真卿，写字倒也一丝不苟。不久，竟也写出多副字。什么知足常乐、无欲则刚、难得糊涂、上善若水、淡泊明志、宁静致远……

有一天，提着笔，盯着我，问：

“怎么样，我的字？”他是想我夸他了。

我说：

“老头不错啊，想不到，想不到。这样吧，天州市书法家协会成立不久，正在招兵买马，你就入会。”

他想了想，说：“现在不行。我搞艺术去了，组织部马上不考虑我延年退休了。”

“你不是‘知足常乐’吗？现在书法多来钱啊。书法家主席黄德旺你知道吗？（他说知道这名字）日进万金。你就日进千金也不错了。而且，这个钱，不怕纪委！”

“你们年轻人迷失了，只在乎钱。我们这一代就说理想，就说革命，关心社会前途。”他大摇其头。

出人意料，组织上居然让我父亲延迟两年退休。他在家欣喜若狂，说自己那个申请报告是在试探，自己在组织心里的价值，“看来”，他拍了一下母亲的屁股，说，“党还是离不开我啊。”

父亲在外，在单位，脸色坚毅，并没有显出怎么高兴。只说“我们是党的人，党的需要，就是我的志愿”。

许多人本来要冷眼看我父亲退休，现在不了，都来看望，总是带来一些礼物。当然，父亲会返回一些东西。比如人家拿来四条高档香烟，父亲还他一瓶本地“老酒汗”。别人拿来一盒长白山人参，父亲送他一包桂圆。这样，无论如何不算受贿了。

一个星期天上午，饶大庆来了，拿来一条鱼。我高声通报给父亲。父亲知道，饶大庆又有什么事求他了。问：

“大庆，有什么事情吗？”

大庆像是被揭穿了似的，半天，竟说：

“谢谢你不杀之恩。”

“哪里的话，拨乱反正之前，‘四大自由’是毛主席说的。哪里说什么杀！”

“这几年心里难受啊。周书记对我和雪芹那么好，我却恩将仇报。我以为我将坐牢，更不用说开除公职了。你却大人不计小人过，什么都没处分。”

“是你自己撕了自己的大字报，亡羊补牢。公社这一张撕迟了，造成不良影响，但我还是看重你自己改正错误的行为。不说过去了，我问你，你怎么忽然想到把自己的大字报撕掉呢？”

饶大庆看看我，样子非常感激。说：

“我没脑子啊，忽然想到写大字报，我就马上写。忽然想到你对我那么好，我就马上撕。”

父亲看看他，差一点说出来：

“神经病！神经病！”

我母亲以为还是鲢鱼，赶紧打开门窗。这回却是鲈鱼。父亲看了一眼，悄悄对母亲说，死了不久，可以吃。母亲还是不屑，她对鱼本来就不喜欢。

那一天，家里猪肉羊肉牛肉都多，现在又来了鲈鱼，父亲问饶大庆：

“今天毛雪芹同志在家吗？”

“在的。”

“你们晚上到我家吃饭吧。不是吃我的，是吃鲈鱼。”

“我有一个事……”

“儿子的事对不对？晚上再说吧。嗯，你把木沛骥也叫来。”

饶大庆点头走了。

母亲噘着嘴，说自己倒要烧菜给贴大字报的人吃。父亲只说“沛骥也来”，母亲就没话了。父亲心里是想着毛雪芹，这个十六岁就生孩子的鲜嫩女人。

接近傍晚，饶大庆、毛雪芹来了，居然带着儿子木雄鹰。更加出人意料的，木老师也来了，带着木恩义和李英。我心想事情变化快，也不会变得这么快吧？这不是家庭重组成功、恩义有后母了吗？我父亲看见李英了，眼睛大亮，他早就认识李英，李英漂亮。他劈头就是一句：

“我都没有证婚呢，都已睡觉了吗？”

木老师赶紧说：

“我和恩义到这儿来，路上碰到李英，我让她过来吃饭。恩义，是不是这样？”

恩义说是是是。

李英红着脸。见到饶大庆，她的脸就更红了。

李英来，我有些不知所措。木老师的解释，非常苍白。台风之夜，风大雨急，她和饶大庆在厨房做那事，品就低了。饶大庆是什么人，你木老师是什么人，不可同日而语啊。木老师和她最好不要相处，即便相处，也不要相爱，更不能结什么婚。既然木老师说偶然遇见，那还来得及，我想适时和他说说。

木老师搬出我家的大圆桌面，搁在小方桌上。围摆九张椅子。李英和毛雪芹帮我母亲洗菜切菜烧菜，非常起劲。饶大庆卷着袖口，说："我干什么呢？"母亲说："你杀你的鱼吧。"

猪肉羊肉牛肉烧好了，鸡蛋和蔬菜炒好了，最后是鲈鱼，温一温绍兴花雕，可以开吃。

父亲用玩笑的口吻，说：

"美女坐在我的边上。李英坐在我左边，雪芹坐在我右边，怎么样，大庆，舍得不舍得？"

大庆脸红了，他一定是想到大字报了。他很响地回答：

"舍得。"

"舍得就好。"父亲说，"让我当一下皇帝。"

饶雄鹰白了我父亲一眼。

"三个小伙子坐到对面去。都进城了，以后互相学习，互相帮助，不断进步。"

饶大庆不失时机地说：

"周书记，你想法提拔一下雄鹰吧。"

父亲说：

"这个要看雪芹的表现了。我高兴了，那有什么大问题。起码说，雪芹多多敬酒，自己喝好，把我也喝好。"

饶大庆说：

"喝好喝好。"

我认真看着李英，他一眼都没有看饶大庆。而饶大庆有时招呼木沛骥，也没有同李英说一句话。这是非常可疑的事。

父亲这个人还是有底线的。真正好朋友的女人，他不打主意。那一天，他就死死盯住毛雪芹喝，放过李英。我们下辈吃饱了，我叫恩义和雄鹰到楼上我的房间聊天，让我父亲折腾去。

母亲跟我说，后来毛雪芹挂在我父亲身上了。两个乳房在父亲的肩膀上搓过来搓过去。父亲说，大庆，早五年我还行，现在是水浒里的军师了。

“你父亲还好得很。”母亲说，“你父亲这个人，他是对饶大庆放烟幕弹。他要暗度陈仓。”

离席了，饶大庆说：

“周书记记牢，把雄鹰提拔一下。”

“放心放心。我答应。我说了的话算数。”他大着舌头说。

我父亲即使喝到十分吐了，他的大脑还是好使的。他还真是这样的，答应过别人的，一定办到。这是他的人生优点。

很快，饶雄鹰调到父亲辖区的派出所当了副指导员。父亲忘记了提拔恩义，因为木老师从来没有这个要求。父亲想要提拔恩义的时候，女孩的父亲当了市委副书记，跟组织部部长说：“周作人六十一岁了，为什么不让退休！”

父亲很快光荣退休。他的退休叫离休。工资一万多块钱，医疗是百分百报销。

他却并不学书法了。他说没心情。他说心里是空空的，却总搁着一个什么疙瘩。经常过来陪他玩的，无他，就一个木沛骥。父亲说：

“革命进入低潮……没能把恩义提拔一下，遗憾啊。”

“孩子的事孩子干，对党有用，党会看到。”

“不过，百足之虫，死而不僵，我就不相信提拔一下恩义都没有能力了。”

“这个，你不要放在心上。”

父亲恢复吸烟了。他戒戒吸吸，吸吸戒戒，已经一百来次了。

父亲还经常咬牙齿。有一天，咬着牙齿，居然问我一个问题：

“你……后来，有没有把那个女孩睡了？”

我点了点头，说：

“听你的话，睡了。你是对的。”

他笑起来。

我又说：

“不过，母亲也是对的。”

父亲竖起大拇指：

“OK！”

他吼道。他说洋话，这是唯一的一次。

十三

从饶大庆到木沛骥的易手，李英不知经历了怎样的过程。照理说，李英和木老师是干柴烈火，可是，他们的步伐实在是太慢了。我想李英是深爱木老师的，她谨小慎微，拿捏尺寸，只怕让木老师留下轻浮的感觉。而木老师长期压抑，不可能很快出手。他疑心李英和饶大庆可能好过一阵，他应该有踯踯躅躅的过程。见不到饶大庆和李英有什么异动，他才向前跨出一小步。况且，恩义在这里，黑柴扒去世不久，这个传统的人不可能在路上狂奔。

木老师和李英什么时候确定关系，比如开始拥抱，我没有问，他也没有说。

有一天，在厨房。木老师见地上多水，生怕李英滑倒，拿拖把把地上拖了。李英说：

“玉兰说，自己有男朋友了。”

李英在说自己的女儿。木老师看看李英。李英的眼睛亮闪闪的，有高兴，有着急，有期待。木老师明白了，说：

“我们抓紧。我们也选一个日子。办个仪式。周书记闲着，由他证婚。好不好？”

李英笑起来，点点头。她少女似的看着木沛骥，他一定是想起了阴阳怪气的老公，同时也比较了饶大庆。她觉得幸福时刻就要来临。

木老师来到我家。把自己要和李英结婚让父亲来证婚的事说了。父亲说：

“你俩睡觉了没有？”

木老师说：

“没有。”

“奇……怪，真的没有？”

“真的没有。”

“鬼跟着你了？你们二婚头门一关，睡起来就是了。还结婚、证婚！”

木沛骥说：

“这次婚姻我和李英都很满意。”

“满意，就好好生活就是了。”

“我和李英都看重这次婚姻嘞。领个证，办一桌酒，你替我们证一个婚。”

父亲还是区委书记的架子，两个二婚头不值一提似的。木老师笑起来，说：

“你不肯，那就请李英来求求你。”

李英果真和木老师一起来了。我父亲有些来劲，说：

“李英，你还能生孩子吗？”

李英脸红了，看看木老师，笑说：

“努力吧。”

“李英，你还能为沛骥再生个儿子吗？”

李英又看看木老师，指头插进木老师的指缝中。我父亲看他们十指相扣，木沛骥一脸幸福，很是感动。自己的初恋也就这样啊。李英又笑说：

“我们一起努力吧。”

“晚上就努力！”父亲下命令似的。

“那不行。我们要结婚了在一起。”木老师说。

父亲摇摇头。说：“真奇怪，你这个人。”

父亲这个前区委书记终于答应为他们证婚，但说时间要抓紧，不宜久拖。他说自己已经答应市委书记，要当天州市关心下一代委员会的副主任，事情很多很多。请他吃饭的人也在排队，他不想吃，避在村里。他说自己要保晚节，要慎独。

三人商量哪个时间结婚好。李英明确表示，她听他们的。我父亲说，必须在一个月内。木老师这下点了点头。李英也满意，因为她笑了。让李英更加满意的是，木老师提出八月初八，是李英生日，就定这一天。今天距离这一天，只有二十一天。我父亲说好好好，叫人满意的日子才是好日子。

又商量一桌酒，还叫些谁。除了木老师和李英合家四人，我一家三人，校长一人，木老师提出乡里的书记，被我父亲否决了。他不说理由。木老师又提出饶大庆，李英脸上没有血色，摇摇头。木老师说：“大庆太熟悉了，还是叫上吧。”李英又坚决地摇摇头。父亲就说：

“新娘要高兴。饶大庆是个精神病人，不叫也罢。”

木老师说好，李英这才高兴起来。

回去后，木老师问了李英，为什么不叫饶大庆。李英说：

“他向我借钱呢，两百块，至今不还给我。我孤儿寡母的，哪有钱。他和老婆都有工资，我拿的是临时工的钱。”

后来木老师同我说起这事。他轻悄悄地说，我听来却惊心动魄。饶老师，饶大庆，你病不轻，精神病，精神病啊！

不出几天，李英对木老师说，自己感冒了，见风酸痛，怕是有高烧。木老师拿额头和李英拱了一下，还真有呢。拿来体温计一量，不算太高，三十八度八。赶紧买来速效感冒片，让李英和开水服下。“睡一觉就会好的。”木老师说。

第二天是周六，木老师到李英家去。高烧似乎没有了，李英说，有点恶心，想呕吐又吐不出来。木老师说你躺下，你躺下。李英就躺下来。木老师自己也躺下，他的手腕做了李英的枕头。李英一阵晕眩，半天没有声响，竟轻轻发出均匀的鼻息。好一会儿，李英醒来，说：

“我就是死了也值得了。”

“做新娘子了，这个话可不能说。”

“我真幸运呢，碰到你。”

“我一直想着你，但放不开，身心都放不开。”

“其实，你什么时候想我，我都会给你的。”李英有些哽咽。

“来得及。我父亲不是正常死的，我爷爷活到八十八，基因应当是好的。现在营养和医疗都比过去好。”

“是呢，我幸福呢。”

“刚才你说有点恶心，”木老师一只手抚摸着李英的脸，嘴巴亲了一口李英的鼻子，说，“我想我们有孩子了。”

李英整个人黏过来，右拳狠狠打击木沛骥的屁股，说了半句：

“我们都还没……”

木老师和李英请了一周的假。除了领取结婚证之外，木老师换了家具，和李英进城买被、褥和枕头等等。李英要的枕头很长，一米五。木老师说自己打呼噜，太近恐怕不好，还是买两个短的吧。李英说，不行，我就是要听呼噜，你不打，我就扭。木老师嘿嘿笑着，自然依了她。

父母和我商量着送什么礼物。我和母亲认为木沛骥是自己人，送钱为好，买什么，由着他们。父亲不肯，他说家里有的是东西，吃的，用的，应有尽有，不能拿钱。我们没有办法，只好拿出烟酒之类，一件冬衣父亲穿不下，给了木老师；一件衣服母亲觉得不好看，给了李英。两件衣服都是别人送的。

我说我给木老师送去。父亲也没有什么不同意。我便把礼物放在纸箱里，捆扎绑在摩托车后座。木老师和李英见到我，自是高兴。我把给他买的一台传呼机交给木老师，自己掏的五百元钱以家庭的名义给了李英。李英化过妆，可是消瘦了。木老师说：

“你们又是烟酒，又是衣服，又是传呼机，又是钱，扶贫啊？”

“老头从来没有用过钱。他的钱用不了。”

“意到就可以了。我到你家拜年，礼都是轻的。”

“老头是个吝啬鬼，可对你木老师却是例外。”

我和木老师亦师亦友。坐下来，木老师对我说了李英种种温情，种种美好，我就只有祝他们幸福了。木老师忽然动情地说：

“可可，我找到真爱了。”

这句话在我看来，多多少少有点别扭，但我相信，木老师说的是真话。不想李英听到了，看她那眼神，感动得不得了。

我回来时，木老师和李英说：

“同你父母说，今天是初五，大后天，初八见。”

“好，好，初八见。”我的摩托车点了火。

初七的时候，我的传呼机响了。我一看，大惊，是木老师来电：

“李英住院，婚礼取消。”

住院，婚礼不是延后，而是取消。我马上给木老师去电，木老师哭了，话里拖泥带水，听明白了，李英得的是肝癌，接近晚期。

初六日，李英感觉吃饭没胃口，肚子胀胀的，全身没力气。木老师说，我们去天州医院看看医生。李英说好，说：

“怎么这么像玉兰他父亲啊，他当时也是这个样子的。”

木老师只说：

“不会的不会的。”

医生看了李英眼睛、脸色、舌苔。又叫李英到隔帘里平躺着，用指头压着李英腹部，“痛不痛？痛不痛？”地问。

回来坐下，医生问：“你打过乙肝疫苗吗？”

李英说：“什么？”

医生说：“预防针，防肝炎的？”

李英说：“没有。”

医生说：“你是农民？不像啊。”

李英说：“是农民。”

医生说：“你家里有人得过肝炎吗？”

李英说：“我妈是肝病死的。我老公也是肝病死的。”

医生神色凝重。说验个血，拍个片吧。

大半天过去，结论做出了，肝癌中晚期。

在接下去的半年多里，木老师怎么为李英治疗，我就不细说了。所有的熟人都说，像木沛骥这样对待李英，真正的老公都做不到啊。这话传到木老师耳朵里，木老师只是轻轻嘀咕一句：“我就是李英的老公啊。”他把李英送到上海华山医院，又是化疗又是放疗，又是什么靶向治疗、介入治疗，等等等等。上海没有办法了，又转回天州医院。父亲过去，把自己的医疗本交给院长，说李英是自己的表妹，照顾给药。木老师听说，某某寺院某某老和尚能治疗肝癌，我根本拦不住，他去了，找到老和尚，重金买来了药，让李英喝汤。许多民间人士煞有介事，嚷嚷什么偏方、什么单方，木老师也就去买。里头有蜈蚣，有蝎子，有五步蛇蛇头……智商很高的木沛骥，人已经傻了。

李英死了。

木沛骥老师也正好到了退休年龄。

十四

狼有狼道，蛇有蛇踪，木恩义和饶雄鹰都混得不错。十来年的时间里，饶雄鹰由于岳父的关系，从派出所副指导员到指导员，又从指导员，到了拥有实职的所长。现在的管辖地，是市中心这一块。他的岳父是天州大学的校长，前年已经退休。

恩义很早得了大学文凭，素质素养出类拔萃，非常听话，而且工作特别的好，现在已是市委组织部常务副部长。可以说，县处级以下的干部调动，他可以说了算。我们乡的人，都以木恩义为荣。而恩义对我来说，一切都来得太迟了。李英没死的时候，我就下海了，和一个朋友一起，在天州市中心，开了文华酒家。开业的那一天，从前女孩的父亲，那个副书记，从上海回天州的路上，车祸死了。不过文华酒家生意很好，订餐电话忙得不行，许多人直接打到我的大哥大里，“周总，麻烦你替我定一个包厢。”酒家每天利润都以万论。就是说，我一个人每天都有五千块钱进口袋。我把这事同我父母说，他们乐不可支，只说：“这事千万别同任何人讲，显富之后跟着灾难。”——官路堵死也好，我倒要感谢以前一个部室的女孩。一天，父母到我酒家踱步，父亲忽然叫道：

“马步芳（死去的副书记名字），谢谢你啊！”

服务员非常吃惊。

文华酒家好景不是很长。大约三年时间之后，生意急剧下降。很多酒店起来了，而文华酒家原来价位过高，一比较，食客们纷纷转向，拦都拦不住。我们把价位下放，不能起死回生。越是客人少，冰冻食材就多，海鲜不鲜，恶性循环，兵败如山倒，只好关门歇业。

我和股东经过半年的调研，决定开办 KTV。许多头面人物和我混熟，有的出自父亲的门下，跑消防，跑营业证，根本不是问题。装潢面表上必须豪华光鲜，隔音要好，我们请了深圳的团队，给他们的要求是马儿要跑，马儿少吃草。办 KTV，关键的，是找对妈咪，她拥有母猪乳房一样多的小姐，个个白鸽一样漂亮甜美，能使客人醉生梦死，往死里消费。她能开创客源。重要的是，公安必须有人，因为客人大多酒后消费，林子一大，出格鸟就有。有人吸毒，有人寻衅滋事，有人摸个乳房、拍个屁股还不够，所以背后要有警察，但警察又不能经常出现……饶雄鹰没来时，我的股东有办法。应当说，KTV 一直稳定。

我曾让父亲过来玩玩，父亲带来母亲和饶大庆夫妇。他们唱的都是老歌。

父亲唱了《不忘阶级苦》，母亲唱《没有共产党就没有新中国》，毛雪芹唱了《洪湖水浪打浪》，饶大庆唱《四渡赤水出奇兵》……

父亲真是个奇兵，他似乎同毛雪芹难分难解了。饶大庆似乎根本就不知道。

我曾叫父亲一个人过来，享用几个美丽的姑娘。他居然把脸一拉："胡说什么！"慢慢看得出来，他是好毛雪芹这一口。从饶大庆眼下夺食，他有成就感。也是变态。饶雄鹰买了嘉宏花园，让父母进城住下，父亲也让我买嘉宏花园，挨毛雪芹住下。毛雪芹描着一张猩红的嘴，就知道她的性欲还强。饶大庆知道自己没有性欲，不知道比他年纪还大的周作人性欲还强。这个贪小便宜的人经常拿着我父亲的医疗本去买药，乐此不疲。除了自己不能报销的，他还买给谁？鬼也不知道。他去买药时候，很有可能就是父亲在毛雪芹身上乐此不疲，大叫"饶大庆，饶大庆！"的时候。我的母亲当然知道，她说眼不见为净，父亲高兴就好。我觉得这是官太太应有的豁达气度。母亲是对的，不是吗？

最近两年，饶大庆热衷于到教堂里去。开始的时候，有人拉他到教堂吃中饭，可以白吃。他怀疑，后来知道真的是免费的午餐，他认为到教堂好。听牧师讲道，跟大家唱歌，他很激动，但是免费的。我父亲和毛雪芹都劝他多多进教堂，说是因为饶大庆变好了，有境界了。牧师说："你爱他，你就把他带到教堂。你不爱他，你千万不要把他带到教堂。你很爱他，你一定要把他带到基督教堂！"很快，毛雪芹也去了。很快，饶大庆和毛雪芹就把我父母带到教堂里去了。我父亲进门，两个姑娘笑脸绽放："耶稣爱你！"教堂平静，没有谁争先恐后。教堂歌手唱赞美诗，父亲跟着唱。旋律是异国他乡的，完全陌生的，但是父亲觉得美。慢慢地，久而久之，父亲搭在毛雪芹屁股上的手瘫了下来。

李英死后的三四年里，木老师非常低沉。他的头发白了大半，他的背明显有些驼了。与其说经常来看望父亲，还不如说让父亲听他诉痛，诉说忧伤。他有些像祥林嫂了。一个深明事理的人变成这样，使我和父亲都很难受。我曾经几次组织，让木老师和我父母、饶大庆夫妇旅行云南、四川。他去，但没有什么兴致，只看到他自己身单形孑。我曾经找他专门谈心，我的意思非常明了，一，他和李英没有结婚，即使结婚过，他也可以再找一个伴。二，阴晴圆缺，生离死别，而活着的人就必须高兴、快快活活地活着。我说：

“天上李英，看着你这样活着，她是悲伤呢，还是快活？”

木老师回答说：

“可可，道理我都懂。可是我没有办法啊！”

我也没有办法了，我找到木恩义。那时他还不是现在这个职位，容易找到，人还客气。我说你父亲蔫了，这样下去不行，你得想个办法。他说我跟我老婆让他进城，他就是不肯，说乡下习惯了。我说这样吧，你父亲住你家也不方便，你在嘉宏花园买个小套房，和我父母、饶老师夫妇住在一起，可能会好一些。家边是天州最好最大的白鹭洲公园，公园里也有想不开的女人……

恩义果真买了房子，让木老师来看，木老师也来看，也说房子好。电梯上上下下，他去饶大庆家，也去了我家，他们逛了公园，他也说环境好。他还是说不住下，乡下好。父亲请他吃晚饭，大家都喝了不少酒，劝他必须在城里住下来，他还是摇摇头。父亲火了，把高脚杯往桌上一墩，杯破了。父亲站起来，说：

“木沛骥，你这是不讲道理了！”

父亲向木老师发火，是第一次。我赶紧叫父亲还有母亲到饶大庆家坐坐，我来做做木老师的工作。

我说木老师，你不能拂逆大家一片好心，也不能拂逆恩义一片孝心。乡下永远不如城里。你年纪渐大，一旦头痛脑热也是城里方便。你自己方便，恩义也方便。乡下没有什么可留恋的。不想木老师轻轻说了一句话：

“离李英近啊。”

他叹了一口气，像是一个裂开、没有办法打气的皮球。我忽然觉得木沛骥也是一个病人，很可怜的病人。什么时代了？还要“化蝶”吗？“离李英近啊。”

这句话真使我急了。我说：

“木老师，你有所不知啊。”

“哦？”

“李英和饶大庆曾经有一腿。”

“怎么说呢？”

“一九七五年八月暑假，那天有台风。我家里闲书读完了，想起学校办公桌里的《封神演义》。傍晚，台风缝里我骑着自行车去拿。远远地，看到学校厨房有亮光，当我将近学校时，厨房里的灯灭了。很奇怪，我就把自行车悄悄翻倒在地，轻轻靠拢来，耳朵贴近厨房。”

木老师激灵了，说：

“你怎么知道是李英和大庆？”

“我听得他俩的声音了，”我说，“开始是几只脚进进退退的声音。然后是俩人喘大气的声音。又噔一声，身体抵达灶边墙壁的声音。然后是啪啪啪啪的声起。现在知道，这是后边进。李英呻吟着，饶大庆明明白白也呻吟着。事后，他们还说话了。”

我必须要加上后边的话。

“是这样，”木老师的头无力地、不由自主地糯在右肩上，“我原先也疑心，看来是真的。”

话已顺畅，我就什么都不保留了。我说：

“你记不记得，饶大庆夫妇到区里贴大字报《周作人和他的孝子贤孙》？他深仇大恨的样子？后来又自己撕掉？”

“是啊，怎么回事？”

“是我点了饶大庆的穴！晚上我们要撕大字报，饶大庆尾随到了饭店。你和毛雪芹去点菜点饭的时候，我把他们在厨房的事情说了，我说明天你将要看到一张惊天大字报。我立刻反败为胜，饶大庆马上反求我这个学生了。”

木老师的脸煞白了，只吐出一个字：

“哦。”

那天他再没有说什么字。

后来的时光，木老师就在嘉宏花园住下了。每天逛逛白鹭洲公园，凑巧也随喜到教堂去，站着唱歌张张嘴。

我沾沾自喜。

其实，我对木老师犯下了不可饶恕的错误。

十五

是的，木恩义做了市委组织部常务副部长，确是洋洋得意。拍马的人特别多，各种人通过各种关系，到达他的家门。木老师经常告诫他，不能收礼，更不能收受现金黄金了。木恩义也的确不是一个贪官，他让来人到他的办公室。他在家里，概不见客。当然，也有例外，比如省里、市委书记、组织部长打过招呼的。

我用到的人，不是木恩义，却是饶雄鹰。因为现在，我的 KTV 归他管了。饶雄鹰在天州所有的接待，都由我来，这是我乐意的。他所里几个副手，都是我的小兄弟了。他出差回来，会让我到他的办公室，他会把许多票据给我，许多票据不能摆在台面上，大家都懂。

饶雄鹰也找过木恩义。他想在派出所所长的位置上，向上一步，进入区公安局党组，或副局长，或纪委书记。但是，恩义以公安垂直管理为由，说自己不宜插手。饶雄鹰认为蛇洞蟹洞，洞洞相通，没有木恩义办不了的事。饶雄鹰便把打通关节的任务交给了我。我把光荣任务转给父亲。父亲说："大庆的儿子，派出所所长已经很够了。"我说："人家可是毛雪芹的儿子呢。"父亲说："他妈的，我对恩义没有提升之恩，那就让沛骥同他儿子说说吧。"木老师对儿子说："事情你公事公办，办不了，你给作人伯伯打个电话。"恩义打电话给我父亲，解释总是很耐心。

饶雄鹰也曾请木恩义吃饭，就是他请客我买单的模式。由我出面请，他给面子，带着妻子来了。饶雄鹰也是夫妇来。那是在天州最好的私人会所"私享"里，席间不免说到提升的事。恩义说，雄鹰，我们还是自己先做好自己的工作，别人都看到了，我不会看不到。

饶雄鹰认为木恩义说官话，而回家后木恩义给我打电话，说已派人暗暗考察过，饶雄鹰品质不行。我说：

"什么品质，好笑。都是同乡熟人，他又管我，你处能照顾尽量照顾。"

恩义说："我也是这样想，而世界上许多事，明明白白照顾不来的。"

饶雄鹰把我盯得很紧。说多了，恩义对我的电话都不接了。许多时候，我只好给他发短信。比如：

“事情的确不容易。忙你还是要帮啊。”

恩义回电了：

“容易不容易其实他自己最清楚，因为每个单位的情况各不相同，不是一句话就能说明白的。”

饶雄鹰又催我了，我只好又给短信：

“很关键了，盼出手。”

恩义回电：

“他们区局局长是关键，我不是关键。”

每个来回，我都把短信转给饶雄鹰。

饶雄鹰爆粗口：

“妈的，如果是市委书记跟他打招呼，他能这样回答吗？”

我说：

“问题我不是市委书记。”

饶雄鹰说：

“没有良心嘛。谁不知道，他是地主孙子，如果没有你父亲出马，他能当兵当官吗？不讲情义的狗东西！”

我说：

“那不能这样讲，如果在越南战场牺牲了，也是我父亲的恩情？”

饶雄鹰摔了门，理都不理我了。

二〇〇一年三月，我带着两个妈咪和多个小姐在我们村瓯江里打鱼。名义打鱼，实是游玩，让她们坐在渔船里看。春天瓯江，潮涨了，饱满如同孕妇的乳房。鲚鱼要产卵，从东海摇头摆尾成师成旅地来。村民都是我的熟人，网上来的鲚鱼归漂亮女人所有，让食堂里烧了，她们高兴分享。

打鱼中途，得到四五斤。这时，我的手机响了。是木恩义打来的。他打电话给我已经很久了，他看不起我，以为我趋利跟着饶雄鹰，大拍马屁。他的理由充足。今天，他主动给我打电话，是干什么呢？

我问：

“嗳，恩义，我是可可。”

恩义说：

“我父亲被饶雄鹰抓起来了。”

他即断了电话。

莫名其妙。一身惊悚。木老师这种人有什么事？他可能违法乱纪、犯上作乱？

恩义的口气，不只是激动和生气，还有愤懑和震怒，中间还有小小的怫郁。我立即回打，他在忙音状态。

我马上让渔船拢岸，提着鲚鱼，坐车回城。车里，我给饶雄鹰打电话，不想，他的手机关机。我知道，这是饶雄鹰的报复行动，无论怎么说，这是不理智的、愚蠢的行为。更别说正义正道。

在路上，我先后又给饶雄鹰打了十来个电话，都属于关机状态。我看报复来得非常果敢，毅然决然。他这人已经鱼死网破，别无所求了。问题是，你以什么罪名抓捕木沛骥？为什么不直接抓捕木恩义？

我叫司机把车开到最快，径到派出所。治安的副所长倒是在。我问：

“饶雄鹰呢？”

副所长说：“他说他到局里开会。”

“老弟，你替我打一个电话给他。”

他装模作样地打了。说关机。“局里开会总是关机的。”他补充一句。

我说：

“你就用你们内部网给他打一个吧。你说我周可可有天大的事。”

他犹犹豫豫，边拨号码边走路。一圈，回到我身边。说：

“周总，你有什么事吗？你说吧。”

“一个叫木沛骥的人关在你这里吗？”

“昨晚在这，今天已经送到看守所了。”

“他犯了什么罪？”

“嫖娼。”

“七八十岁的人，嫖什么娼？”

“千真万确，抓住了。”

“哪里抓住的？”

“在瓯江里，船上。”

“那是水上派出所管辖的，你们到水上抓人？”

“警察抓坏人，不分地方。水上派出所也可以到我们这里抓人。”

“兄弟，木沛骥绝对不会嫖娼。对于这么大年纪的老人，千万不要搞错。”

“嫖娼是绝对的，我们已经跟踪他很久了。”

“为什么跟踪一个年迈的老人？”

“……我们不放过一个坏人。”

“老弟，先带我去看一看木沛骥吧。”

“你还是先看看卷宗吧。”

“好。”

在副所长办公室，他把卷宗给了我。说：“你先看，到外面不要说。”

我点了点头。

我先看“妓女”的笔录。她是一个四川边远山上的一个姑娘，十九岁。其中有一段是这样的：

问：你是什么地方碰到他的？

答：白鹭洲公园。

问：为什么舍近求远，到水上船里？

答：他一定要找一个最安全的地方。

问：难道船里就安全？

答：想不到……不安全。

问：他给了你多少钱？

答：“还没给钱。”

问：“你们说好是多少钱？”

答：“没说好。他请我吃了海鲜，我要吃海鲜。”

问：“海鲜吃了多少钱？”

答：“两百三。”

问：“他答应事后还给你多少钱？”

答：“看他的为人，我很放心，他肯定会给我钱的。”

问：“他给你多少钱呢？”

答："他还没给我。"

答："我们在你身上搜到五百块，这是他给你的。"

答："不是的。我说真话，是一个叫阿豹的人昨天给我的。"

问："你先脱，还是他先脱？"

答："是我。"

问："他在你身上有多少时间？"

答："没有。他没脱。"

问："你要老实……"

答："他真的没脱。"

问："那他是怎么做的？"

答："他只是在我胸部摸一摸，身上闻一闻。"

问："摸一摸，闻一闻就好了？"

答："是的。"

问："下面不是进去了吗！"

答："没有。下面看了一眼，摸都没摸。"

我提出看木沛骥的审讯笔录。副所长摇摇头。我说这个你得让我看，否则我怎么相信你们说的嫖娼。副所长还是摇摇头。我说：

"为什么坚决不让看？"

他说：

"没办法让你看。"

"为什么？"

"他不说话。"

"你们动刑了，他还不说话？"

"没怎么动刑。"

我想起所里有一个悬挂"单杠"的地方，常传叫声。问过木雄鹰，答曰"加温室。"

"你们怎么给七十多岁的老人动刑呢？"

"……没……动刑。"

"那么他是零口供？"

“是。”

我搭在副所长肩上，说：

“兄弟，没有木沛骥的口供，妓女这是一面之词。就是信了妓女的话，木沛骥没有给妓女钱，而且他衣服都没有脱，这不能算嫖娼。”

副所长说：

“交易已经达成。妓女还吃了木沛骥的海鲜。”

“这不能算，老者看一个穷少女没吃过海鲜，让她吃一顿，是关心下一代。”

“妓女说了，‘他肯定会给我钱的。’”

“问题是没有给钱。交易没有达成。”

“事情就这么回事了。我们都是这样定罪的。”

“绝对弄错了。起码说证据不足，对不？必须放人。”

副所长轻轻说：

“这是什么人？不是姓周啊，……周总这么认真。”

“这个人比我爸还重要。”我握着他的手，“你帮忙，我会感激你的。他是饶雄鹰的老师，饶雄鹰这是意气用事，今后他会后悔的。”

副所长轻轻在我耳边说：

“饶所已经让我们开始报批，劳教一年。”

我突然火了：

“他妈的饶雄鹰，你不想做人了！”

我整个人着了火，走出了派出所。我向木恩义办公室走去。

木恩义的脸铁青，我说了卷宗情况，说嫖娼证据不足。我的意思是让他同区局局长说一下，不一定说是自己的父亲，应该能马上放人。木恩义一个拳头捶在座桌上，茶杯跳倒，水溢一桌：

“我就不理，看他饶雄鹰把我父亲怎么的！”

我说：

“恩义，现在你必须冷静，不是你意气用事的时候。”

“千古奇冤！岂有此理啊！”他又捶了桌子。

我回来了。想着木恩义，又想着饶雄鹰，心想他妈的都有病。

回家，我把事情告诉了父亲。父亲怒跳，马上打电话给饶大庆，让他们夫妇立刻过来。

我陈述了整个经过。毛雪芹问我：

“这是真的吗？”

我说：

“不在梦中，绝对是真的。”

而饶大庆说立即去找他的宝贝儿子。他说：

“雄鹰是狗生的哪！”

又说：

“放心周书记，我若解救不出木沛骥，我饶大庆跳楼给你看！”

真的。饶大庆没有跳楼。傍晚，木老师走出了看守所。他模样若无其事。我一个人用车把木老师接回了家。我没有问到动刑之类。但我说了很多很多：人家是钓鱼执法。你绝对不是嫖娼。世界上没有一个人不喜欢异性……

我的饶舌没有用。因为木老师始终一言不发。这种一言不发在我看来非常可怕。

他可能被抓之后，就做出决定，他不想活了。

他真的不想活了。当晚，他就把自己吊死了。当时我把他领回家，坐在沙发上，我沏了茶给他。我说我回家跟我父亲说一声，父亲在等待呢。下了电梯，我给恩义打了电话，恩义就回家了。

木老师挂在吊灯边，两手贴腿，尸体很乖。唯一吓人的，就是口舌很长……

这个意外活活把我父亲打倒了。我父亲几十年吃着别人，脸色像是蒸熟的“红膏江蟹”，现在一下子黑了。他一定想起木沛骥种种的好，想起没有木沛骥家的谷仓，就没有他周作人。他哭起来了，已经开哭，于是呜呜地哭，凶猛地哭，络腮胡子上都是泡沫，我第一次见到他哭，而且是这样地哭。我越是劝，他越是哭。算了算了，哭吧哭吧。他的血压本来就高，我只好让他多吃了一颗“络活喜”。

父亲哭，母亲当然跟着哭，哭得我心头一团糟，脑里纷飞一群金头苍蝇。我好心疼。

木老师遗体告别仪式在安基山公墓举行。来的人实在是太多了。他们来大多数不是冲着木沛骥老师的，都是让木恩义知道，我来了，我是你的人。

我的父母也来了，决意要来，只好让他们来，还是先让父亲多服了一颗降压药。

告别大厅正前方写道：

木沛骥先生一路走好

大厅左右上方有巨大宋体字：

不管你去多远，我们都能看到你的身影

不管你去多久，我们都能听到你的声音

木沛骥先生躺在玻璃匣子里，脖子遮蔽。讣告上有“因患脑出血”几字。他的眼睛眯合，脸上没有表情，对，没有任何表情。唱诗班唱起来了，白衣玄帽。一批人整整齐齐，歌声飞翔：

愿天同在直至再相会
愿天指示领你正路
在天羊圈看守保护
愿天同在直至再相会

愿天同在直至再相会
天全能手常常卫护
日用饮食天必赐你
愿天同在直至再相会

愿天同在直至再相会
如有难事四面搅扰
愿天慈手周围环绕
愿天同在直至再相会

愿天同在直至再相会
愿天圣灵赐你平安
及至临终仇敌败负
愿天同在直至再相会

再相会再相会

再相会再相会

再相会再相会

愿天同在直至再相会

……

饶大庆老师穿着便装，站在唱诗班中。他大声唱着，喉结滑动，眼泪从两颊流淌下来。后来好像要晕厥过去，身子左右摇摆，他发不出声音来了。

哀乐奏响，哭的人很多。

我的父母又哭了，饶大庆老师又哭了。木沛骥的死，实在是让人太伤心了。

人们来来往往

一

一九七五年，高中毕业，是年十五岁，我像一根绿豆芽一般幼嫩，当起民办教师，且是去教初中！我们村十个高中毕业生，就我一人有职业，拿工资了。我的父亲没有文化，却打游击，一九四九年后一直在乡政府当头儿。因而我当民办教师，自是天理，谁都没有放一个屁。

我却苦啊。我一九六六年开读小学，读了九年高中毕业，学校文科老师讲斗争，理科老师心不在焉，他们没有备课，因而大半节课讲闲话。整个高中我只记得化学老师一句话："饭吃了饭盒不要洗，洗了饭盒，保护膜就被破坏了。"我讨厌数学，从小学开始就讨厌，坐在教室根本没有听，却要装作认真的样子。学生不听讲，做小动作，老师最讨厌了，会故意叫你回答问题，且不让坐下。那是多么丢人啊，所以我得很乖很乖。九年啊，装，装乖，我需要多大的毅力啊。还好，那时也不管成绩不成绩，偶有考试，老师也是不改的。

我教的是初中数学。哎哟，数学我怎么教啊！我告诉父亲，说初中数学我根本不懂，你叫我怎么教啊！他打了一个电话给校长，校长说腾出来的就是一个数学教师的位子，只好将就将就吧。父亲跟我说，你随便教吧，讲"三国"也可以，讲"水浒"（他念浒为许）也可以，别让孩子乱跑就行，别让孩子在教室里打得满头流血就行。

父亲游击过来，见过的事太多了。但他的"随便观"的确让我接受不来，刚一工作，我可不能随便。我找了一个人：金炳。金炳品学兼优，比我高两届高中毕业，比我早一年进入乡中学教书。他是个全才，教什么都可以。他和我同村，比我大四岁，谦和、真挚、纯良、沉稳、认真。

金炳真是诲人不倦。当我把数学书拿过去，到了他家，问他这第一节课怎么教。他问："达生，你'九九表'会背吗？"我说："这个，小学时跟着同学乱喊，基本还是会背的。"他笑了，说："那就没问题了。"然后他就给我讲"平方"，讲"原理"。他教得好，可能我真正认真了，居然懂了。懂了我就有底气了。他叫我每天晚上到他家，周日全天，他可以这样一直教我。

我就这样跟着金炳学，认真地学。算是贩一点，卖一点，居然对付了一个学期！第二学期校长把我改教语文的事作为政治任务去完成了。我真是快活异常。我去教数学，多么滑稽，而且一个学期下来平安无事，像是在匈奴的大本营里睡了半年，骑回了一匹汗血宝马，我真是个有异秉的人。

那个时候，周六上午上课，下午公社全体教师集中开会。周周开会。开的什么会呢？现在想起来，很不可思议。讲话的就一个专职的"贫管会"主任，眉清目秀，微笑得体，他不上课，他的工作就是开会。他一周就准备一个下午的讲话，非常认真的讲话。公社两所中学，二十来所小学，所有教师从四面八方赶到乡中学，听他讲话。他很兴奋，大家貌似认真，如同我上数学课。他有时笑起来，女教师首先跟着笑起来，男教师也就笑起来。因而他的感觉非常好。但讲的什么呢？我唯一能够记得的，是他说了一个例子，是有关教学的思想性的，一个"哭"字。他说："有的老师说'哭'，举例说'某某小孩哭了'，而有的老师就说'某某小孩不哭了'。你们说哪个好？"是提问，必须参与，有的老师懂得他的意思了，说后面的句子好。"对啊！"他笑起来，优雅地拍了一下桌子："生在旧社会，长在红旗下，哭还行啊，不哭了不哭了。"他大约非常满意且得意于这个例子，因而肢解重复了好几次。并在下周的例会他还讲了一次。——真是"活活把你聊死"，人有一个屁股，真是上帝疼爱人呢。

年复一年，会就这么开下去。我们不仅要到乡里开，还要到区里开。区里开会就不是一周半天了，一般在寒暑假，一开半个月，有时暑假里，甚至足足开一个月！一九七五年寒假，听金炳说，是我们的政治老师主持会议，"哇啦哇啦"了半个月。因为他当上了区"教办"主任。一九七六年暑假，我便能亲自聆听他的“哇啦哇啦”了。现在想来，老师中，他还是真正有水平的。他可能有高远之志，不屑于教学，不带感情，放学铃声一响，不管口中这句话说完整了没有，立即下课，合书走人，略无旁顾。他毕业于杭州大学政史系。他的学问当然是与阶级斗争紧密联系的学问。他有一对金鱼眼，路上见面，笑容可掬，现在台上“作报告”，目空一切，模样不可一世。讲话金属声，频率快，但绝不重复，全区教师极其佩服。几个月后，他当上区委书记。但好景不是太长，“四人帮”被粉碎，他是拴在“四人帮”这条绳上的。呜呼哀哉！寒假里，他低头垂手，乖乖站在台上，接受批斗。当时的批斗，当是“文斗”，脖子上没有挂牌，也没人按他的头，更没有动手打他。我的老师想小便，见他向后面的人举起小指头，也被允许。他做检讨，是不诚恳的，他知道自己没有血案命案，而再也做不了官了，因而他特意念得很快又很响。前面是很长的套话，下面说自己是“四人帮”的得力干将和爪牙，罪大恶极，罪不可赦云云。他使“揭批”的人对他无法加码了。

主持会议的“教办”主任是他的前任，现在又是后任，是个南下干部。这一位也是个厉害角色，能力超众，据说当初有男女方面的闲事，被人抓住了把柄，才被赶到这个角落的。要不然，肯定是省里起码是市里的干部了。我的老师不是不诚恳吗，主任好像毫不在意，字正腔圆，慢条斯理，谈天说地，谈笑风生，看着火柴盒上的提纲，故意把时间拉长，拉得很长，但就是不让我老师下台。我的老师就这样站着，主任显得非常享受的样子。

二

到了晚上，没有开会，我们就自由了。我们除了喝酒，还寻找干一些当时以为有趣的事情。说到“我们”，除了金炳之外，还有两个人，我须讲一讲。先讲王大命，王大命比我大三岁，是我们村小学里的体育教师。全村金姓为大，其次是王，程姓最小。可王大命的家现在不在我们村，他住在天州城里的西郭码道边。“郭”指城外之墙，天州话“码道”实是埠头、码头。就是说，王大命的家在天州城最西的瓯江边。他的祖上一直是我们村人，到了他的父亲时候，情况变化了。天州航运公司寻找一个熟悉瓯江水道的船工，用来当机动客船“瓯江一号”的老大。他的父亲被选上了，举家搬到城里，脱离了农业户口。这是一九六六年的事情。现在想来，一九六六年不是“文革”吗，怎么还增加客船航线，可能是风暴没能到达天州吧。风暴来了，这条航线重要，双方都可利用吧。

金炳的父亲、我的父亲和王大命的父亲都是少年朋友。现在情况发生变化，王大命的父亲在村街上走动，农人筷子戳戳碗：“在我家吃吧，在我家吃吧！”他的客船不是什么东西都可以带上的，比如猪仔、箩筐扁担之类。谁只要坐到船老大的舵舱，谁就不用买票了。能省五毛钱，那时的猪肉多少钱一斤？六毛五！当然，我们村没有多少人能坐舵舱，但王大命父亲社会地位在那里，这个不得不叫人高看几分。这是人间正道。对村干部、公社干部也一样，自自然然高看几分，给予充分尊重，平时不屑或鄙薄，用到时再高看，那就迟了！因而王大命的父亲在双溪是有两个女人的，发生床事，女人的丈夫熟视无睹，笑笑避开。

但王大命的父亲在天州城就不是什么角色了。一条水路的船老大，你说能成什么气候吗？别说达官贵人，就是普通市民也不会多看他一眼。王大命有三个妹妹，一家六张嘴，因而在城里，家境就不会宽裕。后来我和王大命相熟，进城住在他家，几次晨间见王大命母亲在垃圾场里捡垃圾。我少年嘴响，总是远远地叫：“阿婶！阿婶！”她一看我，随即回头，好像是我叫错人了。她觉得不是体面的事情，当年我却百思不得其解。那么，王大命回村当民办教师，是否就是家境的原因呢？我看不一定是。

天州有一句话很有名：“东门的打脚，西郭外的赖粒。”“打脚”，就是打手，“赖粒”两字，天州有“不务正业”“无业游民”，也有“无事生非”“抱打不平”的意思。赖粒们经常闹事，打打杀杀，事情闹大了，被拉去枪毙也是经常的。王大命的家就在“西郭外”，成为“赖粒”的可能性不是没有。王大命对我说，有一天夜里被朋友拉去斗殴，结果是输了，他们被上百个东门打脚围住，几人被砍倒了，他也被打了几十拳。朋友说，打了拳，一定要喝尿，男女混杂的尿。后来他就到尿槽取了男尿，又到女厕所取了女尿喝了。第二天果然没事。我问起因是什么，他说不知道，反正朋友叫了就得去。我问是什么朋友，他说是平时做杂技的朋友。他说做杂技，他压在最下面，六七个人在他的身上转来跳去。我问为了演出吗？他说哪有演出啊，闹着玩呗。

王大命的父亲担心儿子做赖粒，还担心儿子被“上山下乡”了。当年的年轻人豪情万丈，可做父母的清楚得很，边远的农村不受苦受难那才怪呢。车子开动，父母没有不眼泪涟涟的。不知哪里听来，王大命会唱一些“知青”创作的歌，用天州话唱。记得有两句是这样的：“头、顶、蓝天——，脚踏烂淤泥！”发“天”字音像是哭丧，而且无限长，起码有六拍七拍，而“脚踏烂淤泥”又非常短促而急切。还有几句是这样的：“朋友们，我们走路应该走小路，不能走大路，因为大路姑娘多，把你掳走了……”想来边远的“知青”是多么向往一个姑娘啊。

那时我们民办教师月工资只有二十六块半，加上两元“粮补”，二十八块半。在天州城里，随便找个什么活，工资都不止这个数。而王大命的工资根本不够他一人用的，他出手大方，每个月他的母亲都给他钱。可见王大命父亲安排儿子在乡里教书，完全为了儿子的安全和儿子的纯良。

王大命借住在一家又友好又宽敞的人家。他周日坐他父亲的“瓯江一号”回村时候，就叫我和金炳到他那里去，吃活的螃蟹、琴虾，新鲜的水潺、鱼饼等等。好东西很快被大家扫完，周二到周六就只有便宜的咸货了，豆腐乳、鱼生（腌渍的小带鱼）、咸蛏子、咸菜等等。开水泡一泡豆芽紫菜和油条，倒进酱油，豆芽紫菜先下饭，剩下油条，他夹起来，大声笑说：“是海参还是粪段啊？是粪段！是粪段！”他大声强调“是粪段”！然后一口把油条吃了，我们愕然，他自己倒笑喷了。

有一天，王大命带来一个城里姑娘，大眼睛，美丽，样子恬静。过了两夜，第三天王大命体育教不动了，像是被人打断脚骨、抽走筋骨。姑娘的事很快被王大命母亲知道，母亲大怒。这是所有的母亲都要大怒的，因为母亲们原来怎么走过来，女孩子也须怎么走过来，起码也得找到上辈的同意，起码也得订婚了再上床。自己送上门，岂有好货！母亲找到姑娘的母亲，竟说你怎么养了这么一个女儿，俩人即吵了起来。这事非常非常致命，后来王大命的不幸绝对与这事有关系。

现在我得讲讲另外一个人，陈伟光。他是金炳的高中同学，也是我的学长。他是山村一个小学的教师。说是山村教师，但气场广大，说话响亮明快，敢作敢为，义气为要。他的爷爷一九四几年漂洋过海，到了法兰西，慢慢做了侨领。后来他的伯父也出国，也热爱共产党，有国家要害部门的背景。伯父只有一个弟弟，也就是陈伟光的父亲。他让弟弟到法国去，弟弟不去，在当时，这是非常非常意外的一件事。若干年后，我们才知道，陈伟光父亲另外有家，还有一个女人。这女人小他很多，丰乳肥臀，为他生了一个儿子，是她不让陈伟光父亲到法国去。

陈伟光一家很有钱，陈伟光也很有钱。他出手阔绰，同学朋友间抽烟喝酒都是他一人掏钱。他读高中时候，经常请校长和老师喝酒吃肉，尽管陈伟光痛恨读书，老师们对他特别疼爱，因为成绩对老师有什么要紧呢，老师那里别的没有，成绩有的是，想给多少是多少。但语文刘老师有点迂，总是一人走路，像是套中人，不会应酬应付，陈伟光的请吃，大家想不到他。陈伟光的作文总是得六十五分以下，六十、六十二、六十一、六十四，陈伟光非常生气，慢慢地，这生气变成了一个心结。有一回拦住语文老师，问："我的作文只值这点分数？"答道："是。"哎哟，陈伟光只好咬着牙。又是要写作文了，陈伟光找到班长，这班长的文章超一流，次次九十分以上。陈伟光递给班长一包"牡丹"，说："我昨天打人打伤了右手，你就替我先写一篇吧，认认真真写，写好把草稿给我。听好了没有？"班长说："听好了。"很快，班长答应并且完成了任务。陈伟光誊抄到自己的作文簿上，递交上去。等了一星期，作文簿发下，陈伟光急切翻开了作文簿：六十三。陈伟光怒火中烧，怒火冲天，怒不可遏，走到讲台上，摊开作文，说："刘老师，你再看看，这篇文章也只值六十三分吗？"刘老师慌了，睃了一眼作文，说："是，六十三。"陈伟光一拳砸在作文簿上："这是×××写的！"陈伟光不上课了，他有天大的理由，拿着作文簿跑到校长处告了状。校长把刘老师叫去了，说："你也太不认真了，作文怎么能这么批改呢？"刘老师认了错，但据说流了不少泪。

那一年陈伟光十七岁。也就是这一年，他娶了妻子。他是我们那所中学唯一在校娶亲的学生，空前绝后。他每天早上在床上，下体棍棒一般硬，又火烧火燎的，怎么回事呢？想来想去想明白了，是要有个女的了。很快，只用了五十来元钱，初中部一个女生和他好上了。他说第一次是在离校不远的田塍上。不久又不要她，原因很简单，她不是处女，她的第一次是被同学的舅舅"半强奸”的。“我是处男，她却不是处女，他妈的！”但，尝了味道，更要女人，更要结婚，不结婚不行了。他很快告诉了母亲，他要娶亲了。母亲同父亲一说，俩人都笑起来，好啊好啊，原来还以为他不愿意呢。媒婆几天内就跑断了腿，陈伟光横叼着香烟看了几十个女孩子。胜出的是东坑村一个叫兰东的姑娘，白白嫩嫩，身材姣好。旋儿结婚。这些事当年我不知道，留给我的印象是，陈伟光的丈人在各个村庄踱动，衣着光鲜，头发像是抹了菜油，油光可鉴。

到了学校，同学们讨好地围着陈伟光，问婚闹之事。陈伟光觉得自豪，又像卖关子：“这有什么好说的。”同学们问：“女人身上是怎么个样子的？”陈伟光“嘿嘿”笑起来：“我这怎么好说呢？”同学们不依不饶：“别人都没有，就你一个人有……你说总要说一点嘛。”最后是班长喉头发紧，问了他：“那一天，入洞房，射出来，有多少呢？”陈伟光说：

“一酒杯。”

三

批斗大会结束得早，吃了晚饭天还大亮，夜酒还没喝。陈伟光、金炳、王大命和我在校外踱步。忽然，王大命说：“伟光，你和那个初中生××，是在哪里呢？”这个话题太好了，陈伟光自己也很兴奋，指着一边说：“在那。”大家说：“那就带我们去看看。”陈伟光说：“好的，好的。”他便抽着烟，走在前头，改道走溪边堤岸，带我们去指认。

溪水很响，堤岸蛮高。走了两三百米，堤岸内侧便有几个台阶下递，陈伟光走下来，我们紧跟着。田塍上走了五六米，陈伟光说：“就在这里，就在这里。”田塍只有二三十厘米，长着杂草，两边田里大豆还没收割。王大命说：“这里怎么好做呢？”陈伟光似乎烦了，右手比画着说：“她躺着，两条腿在两个田里，怎么不好做！”“屁股不痛吗？”“哎呀，还痛？就是荆棘在下面也不痛呢。”陈伟光好像有些生气。大家立即想象女生脱个精光，雪白雪白在田塍上死活袅动的模样。王大命哽咽着，感慨地说：“伟光，你命好。”——我总觉得王大命后来和样子恬静的姑娘相处了两天，体育就教不动了，和此有关。

会议期间，还有一件特别的事。我们有个同事，也是陈伟光和金炳的同学，两年前和会议所在地的一个姑娘订了婚。这姑娘现在不同意了。同事急了，跑来向陈伟光问计。陈伟光说："如果钞票可以摆平，我愿意拿一百元出来给你。如果被别的男人叼走，我们就揍他，让他吐出来。你自己去查查。"调查的结果是姑娘同另一个男子好上了。陈伟光又说："三十号下午，我们会议结束那一天，你好言好语把那个男的骗过来，说是在校门口开一个现场协调会。狠狠揍一顿再说，叫他吐出，这口气怎么也吞不下！"

那天中午，陈伟光慢慢喝着酒，我和金炳心里惴惴然。金炳说："打总不是办法。"陈伟光说："这不打怎么行！你们都不用怕，我打几个人像吃松糕一样，来人多最好，我可以打十个人，王大命也可以打十个。"王大命嘻嘻笑起来，说："没问题。"

后来的情况是，对方有备而来，十来个男子。我们这一方原先约定的几个同事都不知跑到哪里去了。那个同事他妈的也不见了。陈伟光一眼就看中"叼走"我们姑娘的男子，他像是只有这个男子，其他人都是空气，直冲过去就是几拳。王大命旋风一般横扫周边，对方真是稀里哗啦溃败，真是秋风扫落叶啊。

这时一辆拖拉机过来，陈伟光说："达生、金炳，你们先走！"我和金炳跳上拖拉机，走一百多米，我让拖拉机暂停。见陈伟光和王大命慢慢走来。忽然他俩驻足，有石子向他俩飞来。他俩又转身向他们飞去。又放倒几个，几个飞逃。我们大声叫道："快来！快来！"陈伟光和王大命又慢慢走来。这回不见石子了。看来凶猛和卑怯不是一回事，专业和业余也不是一回事。

四

几年下来，乏"事"可陈。我和金炳处于"傻萌"阶段，没有思想，大家都是螺丝钉嘛！备课认认真真，教课认认真真，批改认认真真。可当年的课本文章，我想得起的很少了，大体是歌颂人歌颂制度的内容居多，也有号召学大寨学大庆的，现在看来《七根火柴》算是很艺术的了，好文章只有鲁迅的《孔乙己》。现在看来，鲁迅是写中国人的冷漠，但是，相配套的《参考资料》说《孔乙己》的主题思想，是批判封建科举制度的。现在看来，我们的认认真真，就是“毁”人不倦，除了教学生多识几个字外，我们做着对人有害无益的事情。许多人脑子没有用了，不会独立思考，我们教师的责任是很大的。相比之下，陈伟光、王大命虽不认认真真，却是无害。

这段时间，陈伟光怎么教书，我一概不知。他教什么，我也不知，问也没有什么意思。他那个山村小学没有钟，不一定有铃。两个教师一聚头，“上课吧？”“好吧。”哨子一吹，算是上课。下课也随教师自己的喜，上二十分钟也行，三十分钟也行。有一个周六开会——对，又是开会，他对我说了一件事。说学校的不远处来了一个神婆，“讲灵古”。“讲灵古”就是神婆进入死者的角色，把死者的遭遇、要求和吩咐交代给活着的家人。陈伟光把学放了，“踱去听听看”。出钱让“讲”的是个女人，她要“会会”死去的丈夫。陈伟光到时，神婆已板着脸，喉咙变粗说话像个男人。陈伟光点起一支香烟，把红红的烟头凑向神婆的脸，“哧啦”一声响，神婆跳起，说：“怎么拿香烟烫我！”陈伟光吸着烟，笑说：“我烫的哪是你？我烫的是别人的老公啊。”神婆沉着脸，倒也没有什么话说。

王大命又有女朋友了。这女朋友我熟悉，我和金炳在王大命家见过她，原来是他大妹妹的朋友，她是冲向王大命才和大妹妹很快成为朋友的。她的嘴太甜了，很快俘虏了大妹妹，从而很快俘虏了母亲。她早就随着大妹妹叫母亲“阿妈”。王大命不放在心里似的，偶尔一起玩玩。我和金炳警告过王大命，这个姑娘太难看，你可要注意。王大命笑笑。其实两个人已经上床。他后来说没法克制自己。他们很快睡在一起了，要命的是，王大命把她的肚子搞大了。

有一天开会结束，王大命拉我们到小酒店喝酒。说自己把别人肚子搞大了，怎么办？我问是谁，他说就是你看到过的那个啊。陈伟光吸着烟，笑说：“生下来嘛，还怎么办！”我说女的太难看。陈伟光问怎么难看。我说：“主要是配不上大命。矮而小，尖嘴猴腮。”陈伟光说：“有这么难看吗？你也太会形容了。”金炳说：“哎，大命真是，这样的女人，你也会同她睡觉。”陈伟光说：“金炳，这个你是不知道的。你没有尝过味道。”金炳当然没有尝过味道，只是说：“前回那个多好。”是啊，那个恬静的姑娘。我问同那个恬静的姑娘还有联系吗？王大命说时有碰到，他们只是哭。两个母亲都吵架了，没法恢复了。陈伟光问："这个难看，那个就很好？"我和金炳说："那是天地之差。"

陈伟光把烟头狠狠扔在地上，说："大命，叫这个把胎打了，把那个娶来！租个房子，租金我付。"

事情没有那么简单。这个姑娘有五个哥哥，其中一个被枪毙了。他们不只是"西郭外的赖粒"，可说是西郭外赖粒中的赖粒。他们尽干欺行霸市的事，车船到来，搬运他们包干，价格他们定，还比如负责讲案子，负责讨债。为了利益，他们经常带人和东门打脚相打。那个被枪毙的哥哥，倒是匕首刺伤了一个姑娘的大腿。那是夏天傍晚，姑娘雪白的大腿在前面晃，这家伙不是去摸，而是拿匕首去刺了一下，也不深。"四人帮"刚刚粉碎，入冬，正要"全面大治"的时刻，他被崩了过年！布告上是流氓罪，情节是"专刺姑娘大腿"。据说打点一下，完全可以轻判，可见赖粒们只是匍匐在底层民间的无业游民，掀不起风浪。但在西郭外还真是他们说了算。——这样的家庭，这样的女孩和你睡觉了，而且怀孕了，你还要拒绝吗。而母亲觉得这个女孩挺可爱的，大妹妹也是，父亲受妻子女儿的影响，觉得也是，觉得哥哥们做赖粒，妹妹又不是赖粒，王大命几年教书，性格纯善，再不会做赖粒了。况且与这样的家庭做亲，不一定没有好处。

陈伟光知道这事，我以为会说："就是不要，赖粒要是闹起来，我们同他们打嘛！"他却说："打胎怕什么，难道就没有王法吗！"

订婚结婚跟着来了。摆结婚宴时，陈伟光、金炳和我都在。陈伟光第一眼见到新娘，做了一个鬼脸，一只眼闭着，一只眼在笑。当然了，新娘和陈伟光白白嫩嫩、身材姣好的兰东怎么好比呢？

从此以后，王大命很少说话。即使和我们在一起，也说话很少。

五

陈伟光生第二个儿子的时候，王大命的老婆生下了一个儿子。慢慢慢慢地，这女人起了变化，对家人不笑了，也不怎么说话。婆媳关系、姑嫂关系渐渐变坏，而王大命却对她言听计从。他们的家事，王大命不说，大家也搞不懂。一年之后，王大命就辞职不干，回到天州城了。民办教师的工资永远是这个数，转成“公办”不可能，当官更不可能。回城是顺理成章的事情。而我们见面的日子从此少了下来。又据说王大命和父亲相处不好，父子俩居然不说话，形同陌路。

王大命三口搬到了舅子那里，也就是一个赖粒家去住了。

陈伟光、金炳和我都摇头，糟了糟了。赖粒们是靠“乱”吃饭的，王大命靠什么吃饭呢？

有一天，陈伟光来到我们村，说自己要出国了，具体哪一天还不清楚。我问你辞职了？他说：“辞个屁，只管走就是。”金炳说：“不上课了打个招呼总是要的，组织性总是要的。”陈伟光笑起来，说：“鞋子穿好，把自己的路走好，还组织性！”现在想来，我们的话很是多余。那天陈伟光说：“我到法兰西后，你们有什么困难只管说！”

那时大概是一九七八年，有人接陈伟光到了深圳罗湖桥边，看了表，说：“你这会儿大踏步过去，过去有人会接你的。”果然，迎接他的人把他安顿在他伯父在香港的住所。里头人很多，却是陌生人。他们昼伏夜出，行踪不定。陈伟光同他们生活了三个月，倍感痛苦。之后他坐飞机，到了法国。这是他很晚了才告诉我的。

半年后，我接到陈伟光从法国寄来的一支笔。笔上有个女人，女人穿着比基尼，可笔尖一朝上，女人就赤身裸体了。很是好玩的。可那时这东西不能示人，好朋友才让瞜一眼，若传扬开去，后果很不好。

很快又收一封信，拆开一看，我吓了一跳，只见里头一张纸条：“程达生：你的朋友从法国寄来黄色的照片，你须对他说，以后不许再寄！”

光阴似箭日月如梭。二十年过去，跨进二十一世纪了，我们四人没有团聚过。陈伟光第一次来时，在华侨饭店大摆酒席，我找不到王大命。陈伟光对我和金炳找不到王大命很是不满，天州城就这么大嘛！

王大命偶尔遇到，沉默寡言，心事重重，谈话间，看得出来不喜欢我们到他家去。我们对他的状况知之甚少，又不便多问。他勉强喝了半斤黄酒，呕吐纵横，这哪是他原来的状态！

我和金炳先后读了大学，回来还是教书，只是民办教师转成公办教师了，工资也高了。那时有条红线，教师不能出调，像是农村户口不能改成居民户口，像是阿拉伯人不能再到耶路撒冷。我和金炳都努力，但我有棱角，考虑问题也欠周到。我从中学的教导主任调往县中学，在当团支书还是语文教师，我选择了当语文教师。倘若选择前者，紧跟领导，节节上升，现在不知当到哪里呢。不知房子几套、家财几贯呢。金炳严谨、努力、温和、谦逊，慢慢地，他当上县教师进修学校校长，后来，他调到我所教十年的县中学当校长，并兼任教育局副局长。可是在这当口，我已调进报社了，做编辑，也做记者。我之所以花钱打通很多关节调出来，是和校长闹了一次矛盾。多年前，职称有指标，我们校长召开会议，说："今年教育局称我们学校就一个×××好一点，给我们一个一级教师职称。现在大家投票。"×××我是知道的，只有中专文凭，和校长是亲戚。那时气盛，我说："既然就给×××，那我们还投票什么。"大家说是啊。校长觉得×××胜券在握，又改口，说："那好，当我没说，大家投票。"结果出乎校长意外，我的得票遥遥领先。当天晚上，校长找到教育局局长。第二天又开会，校长说："程达生是大专文凭，这回一级职称要有大学文凭才行的。"

一年又一年，我总是被校长打压着，穿着小鞋。但我离开了，不想金炳过来了。

陈伟光回国，我照例找不到王大命，他没有手机。菜还没点定，金炳说一事。村里的人说，王大命的儿子吸毒、贩毒，进了牢房，不知要不要枪毙。那一天，三人没有笑声，陈伟光酒后总要去 KTW，小姐伺陪，那一天没有。陈伟光说自己明天要飞上海，说："你们明天九点半找我，拿去我给大命的五万元钱，一定要找到大命，把他儿子的材料拿来。我同我伯父说，让他出面，保证他儿子不会枪毙，但牢要坐，孩子出来还是吸毒的，这个改变不了，改变不了结果还是贩毒。"

我和金炳通过村里的人，找到王大命父亲的新地址。王大命父亲带我们七拐八拐，说儿子一事无成，儿媳妇好吃懒做，孙子不知死活。指着一处旧房，说，在那。他止步回去了。看他悲凉的背影，我也悲凉起来。我们敲开王大命的家时，王大命说："进来进来。"房子逼仄，大约三十平方米，马桶和米桶不远。他的老婆非常客气，笑得很好。我俩寒暄了几句，叫王大命把儿子的材料拿出来，把王大命拉出来，三人一起吃中饭。

我俩问他儿子的情况。他嗬嗬大哭起来，说吸毒是真，贩毒是假。他跟他的舅舅去偷是真，以偷养吸。他不是贩毒链上的人。他被人调包了，进去后受不了，按照授意提供口供。贩毒的人已经出来了，他却罪大了，死多活少。我俩说放心，陈伟光让他伯父出手了，他伯父虽是华侨，但背景不小，在二十世纪末立下大功，现在一半时间在巴黎，一半时间在国内做房地产，市里领导对他恭敬异常。放心吧。我俩把陈伟光的五万元钱给王大命，他死活不收。那时五万是个大数目，可以办许多事，可是他死活不收。我们不说他家里穷，只说案件总得找熟人，需要打点，他说派出所和法院一个人都不认识，没法花钱，死活不收。没办法，我俩宽慰他说，陈伟光伯父出手，对于个案，肯定没大问题，放心吧。我和金炳离开酒店，先坐三轮车，到了王大命家，把钱给了王大命老婆。她毫无推辞，千恩万谢。

晚上，我向在上海的陈伟光做了汇报。陈伟光很生气，听得出他呼出了一口长长的烟，说："我的钱不拿，今后我和他断绝朋友关系，他把我当外人！"对于五万元钱的下落，他半句不说。后来我和金炳很后悔，王大命老婆奇葩得很，儿子坐大牢，她却天天打麻将，钱撒在麻将桌上了。

六

二〇〇八年，我已内退，基本上是个自由人了。秋风将起，天州却在刮台风，我便到敦煌旅游去了。我是第三次到敦煌，第一次是"非典"时期，电视里的萨达姆从洞里被拽了出来，我就去看看敦煌。第二次是酒泉的朋友让我带天州的富商去看铁矿，顺便又去。莫高窟看一次就够，虽是久远的奇迹，我们却不是专业人士，而且壁画艺术并不高超。我感兴趣的是阳关、玉门关。我托人找到驼峰吃了，找到当地一位专门研究玉门关的专家，探寻干涸了的蜿蜒的河渡口。我在渡口遥想玄奘和李广利的足迹。

我接到金炳一个电话。他开门见山说：王大命死了。我心一颤，傻了。金炳说，王大命和×××（我们村里的人）到俄罗斯做生意，身体消瘦下去，疲沓、干咳、嘶哑、胸痛，吞咽困难。一检查，就是肺癌晚期。回到天州，飞机都下不来了。在天州医院住了一个月了，我们却浑然不知。我无话可说，只说不向陈伟光报丧，免得他难过，以后再说。

次日我即到家。第三天上午，和金炳到了王大命的家。王大命父亲母亲在，老婆不在。父亲母亲脸色温和，看不出大悲大痛。问王大命老婆呢？母亲说不知道，可能打麻将去了。我大惊，这是什么时候啊，还麻将！但我忍了不说。我问王大命有什么遗嘱没有，父亲说没有，死时只叫“若犁！若犁！”（他儿子。判了十年）我和金炳拿出一点钱，递给母亲，她死活不收，转而递给父亲，也死活不收。

从王大命家出来，心情异常烦闷。但我很快想开了，王大命死了，死了就没有任何苦难了。只是想，儿子在牢里，出来后吸不吸毒？

又过了一年多，天有不测之风云。金炳到了一个规定的地方去了。给金炳爱人打电话，她说：“你应该知道，金炳是一分钱也不会贪污、一分钱也不会受贿的，你放心。”我放心不下，心想金炳爱人幼稚，她接受的教育至今已经非常背时。夫妻俩都是羔羊一般纯洁的人，他们不认识肮脏的颜色。我日日夜夜多方位多侧面做了了解，是县里第一把手高大尚决心整他。先是干部会上放话，说教育界也不是净土，就不是腐败的灾区？后来一前一后抓了县中学搞新校址的副校长和财务主任，两人不尽干净，这才抓了金炳。

金炳怎么被询问，怎么被折磨，我就不细说了。半年后，案子转到检察院。是几张合计七千元的购物券，金炳几番退回，对方几番拿来，最后金炳爱人购了物，夫妻一起送过去。调查的人询问了对方，对方说法多次不一，在家说跟在规定的地方说的不一样。写下的字是金炳接受了购物券。

那么县里的高大尚为什么非要整金炳呢？原来他有个不读书的宝贝儿子，在天州中学犯事违规，将被劝退或开除，高大尚把儿子转学到县中学，金炳同意。临近高考，高大尚和老婆宴请金炳，席间要金炳在考试时安排让他儿子偷看。金炳说，你是领导，我已同意你儿子转学，偷看兹事体大，不能做的。回来金炳问了教育局局长和负责教育的副县长，他们都说不可。这事搁浅了。高大尚曾是温伯县的书记，他把儿子违规送到山区的温伯县去考，主持工作的副校长安排妥帖，宝贝儿子居然考上了浙江大学。这一来，他欠了副校长一个人情。有一天，教育局局长召集班子七人开会，说高大尚让我们安排温伯县的副校长到县中学当副书记、副校长。金炳沉默不语。县中学已有四个副校长，编制已满，而且来人排名在前，过来就是当校长的架势，很不妥当。局长认为不当，还有两位态度一致。局长说："金校长，这事你得说说，人是到你那里去的。"金炳只好表态，认为不当。

遂有人向高大尚汇报。高大尚决心要把金炳拿下。

我把事情的来龙去脉弄清后，第一时间通报了陈伟光。陈伟光说："他妈的，我会受贿，那说不定。说金炳受贿就是窦娥冤，六月下雪！我明天就回国。"我让他给他伯父打个电话，让放人。他说打电话是不敬，现在伯父架子大了，得先告诉伯父，回国有事禀报。我说真好老兄，回国见。

陈伟光从戴高乐机场出发，又从上海转天州，已是第三天。他马上禀报伯父，说明特意回国，就为了一个同班至好怎么怎么被高大尚陷害。您老一定要出马，让金炳出来。金炳是书生，在里头肯定吃不消。可是，伯父拒绝了。伯父说："他怎么不听领导的？领导的事情怎么不办？他不听领导的他还怎么当领导？"陈伟光说："金炳是书生，可以不当领导，只求无罪释放。伯父，这个忙您得帮啊！"伯父说："领导的话都不听的，这个人还有什么用呢？判罪也没什么关系。必须判，还得重判。"陈伟光跪叩再三，流了眼泪。伯父最后说："这个人用是没有用的，你回国就为这个事，我问问，再说吧。"

那天很冷，我请陈伟光吃火锅。我问陈伟光那么多年在巴黎，工作生活可好。他说人不懒惰，在法国怎么也滋润。什么话都可以说，什么事都不用求人拜佛，除非你犯法了。他说他的爱人在香榭丽舍大街有一百多平方米的店面，他自己有一个皮革作坊，二十来个工人。今年上半年，说是漏税，用黑工，他被查被封了，还被投入了监狱。我说你怎么干非法的事呢？他哈哈笑，说中国人在外面不逃税，怎么受得了。我说监狱里日子舒服吗？他说监狱里还有舒服的吗？不过只是没有了自由，我们是经济犯，房间里电视机啊矿泉水啊什么都有，条件都很好，看守客客气气，俨然老朋友。不过你要抽烟、吃上好的牛排，看守替你买去，那要给钱的。喝酒不行，嫖娼也不行。

他之所以无罪释放，他说他的爱人兰东找了巴黎最有名的律师。律师向法院提出：第一，陈伟光在中国读完高中到法兰西，不懂法文。第二，陈伟光的作坊在巴黎税务局注册登记，税务局没有向当事人提供税法条文，也没有人用中文告知当事人法兰西违禁事项。就这样，放了。陈伟光出狱那一天，得到一本法兰西法律中文版。疑心这是为他特制的，陈伟光非常得意。我问黑工是怎么回事，他说就是偷渡客，阿拉伯的，中国的，没有户籍的，工资低廉。现在只好起用有户籍的了，也是损失。现在，这摊事交给儿媳妇干，自己做义乌小商品买卖专柜了。

我们把话又转回金炳。金炳的律师在天州也是最大牌的律师，主动免费为金炳辩护。他对我说，他的女儿转学到县中学，他曾留给金炳办公室五千元礼券，金炳找来女儿，说："发现办公室有礼券，应该是你父亲留下的。告诉你父亲，你转学正当，手续齐备，你还给你父亲。"他说，金校长不可能受贿。但事情复杂，那个送七千购物券的人是个小干部，高大尚是大领导，小干部同我说："你金校长为什么不收我的购物券，不收就是眼里没我！"小干部拒绝重写证词。他说，看重官位，不要良心，这种人很多很多。

了解到有这么一个小干部，陈伟光说："我雇一个人，把他杀了算了！"

我说这可不能胡来。他说："什么胡来，这边人杀了，我已在法兰西了。"

他给金炳爱人打了一个电话，说："你也找找人，我也找找人，你用了多少钱了？我先打一笔钱给你，怎么样？"金炳爱人回答："金炳绝对没有罪，我一分钱也没有用。"陈伟光回头对我摇摇头，说："读书人，照书读。"

陈伟光回法国之前，又向伯父跪求。伯父说："金炳读书人，照书读。领导的指示不执行，这种人有什么用。"又说，"你回法兰西吧。定下了：有罪。免于刑事处罚。"

七

我不相信陈伟光伯父的话。为了打通关系，我殚精竭虑，常常夜不能寐。而学校的教师反响太大了，他们知道原委，所有的教师签名上书法院，称金炳是好校长，请求明察。而县人大法制委主任是个老资格，在大庭广众之下说领导高大尚是打击报复。高大尚抓不住主任的把柄，却暗暗非要对金炳重判。那一天开庭，金炳被带上来，形容憔悴，无神的双眼流下恨苦的眼泪。律师确是大牌，辩护词大开大阖而又精细精微，情理清明，逻辑严密。金炳自我辩护，过程一清二楚，但情绪显然失控，脸面扭曲，悲楚痛苦之至。

当庭没有宣判，过了几天，宣判了：

“……有罪。免于刑事处罚。”

金炳坚持上诉，要无罪判决。律师说那个送券的小干部如果重写证词，或许有一点点希望。但他不可能重写。他做了了解，本案是在市中级法院指导下判决的。我对金炳和律师说，不要麻烦了，不要浪费时间了。

祸不单行，释放十天后，金炳脑出血，住进了天州附属二医去了。他的左手左腿不能动弹。他在洗澡时忽然左腿像是橡皮，软软地倒了。试想，长达十个多月不见天日，高压、逼供，他的秉性不同陈伟光，也没有陈伟光在牢里的自在。一个洁身自好的人，视名声为天，视口碑为地，想见金炳的焦虑、激动、气恼、担心、煎熬、愤懑、苦痛，一般人很难想象。发病高血压，引发脑出血，自是顺理成章的事。

陈伟光来电，要金炳不要纠缠案件了，要专心治病养病。寥寥几句，他好像事情很多，口气倒是我们领导人的口气。而金炳怎么也咽不下这口气，长吁短叹，这种心情和治病相悖，他也不是不知道，躺在病床上，总是这样矛盾着。还是金炳爱人懂金炳，说所有的人都知道你是冤枉的，都为你祈祷出力，你就是没罪。还早，你痊愈后，我们告他，高大尚的儿子偷看前边的学生，有考卷在，顺藤摸瓜，他的下场好不了哪里去。金炳的心情好一些了。

陈伟光回到天州，已是金炳基本康复的时候。左手不灵便，不影响生活，左脚不灵便，也不影响开车，只是走路明显异常。他的性格不如我乐观，大学他读的是数学，我读的是文史，我知道历史上冤情多了去、大了去了，金炳这点算什么。但，金炳的事倘若落到我的头上呢，我会怎么样？这倒真是不知道。

陈伟光轻轻说，我也倒霉了。我和金炳马上问：“怎么回事！”他伸出两个指头：“两件事，一是人；二是钱。我回国时，欧元扎成捆，装在罐里，直接入箱托运，结果到上海却拿不到我的包。只好报案，箱子却不翼而飞，怎么也查不到了。大数目啊，你们想不到的数目！”我和金炳非常心痛。陈伟光又说：“我老婆兰东听朋友开玩笑，说我横扫巴黎红灯区，她信以为真，对我不放心了。我出差总是查岗，前回我回国，夜里十点多，来电了。我烦死了，对她说：‘我应酬生意，即使玩玩，人又不是不回来。’我这句话打击太大，之后她死活睡不着觉，天天睡不着觉。饭也吃得很少。我横劝直劝没用，后来她吃安眠药，吃了躺下还怕自己睡不着，有时吃两份药，有时叫我同她喝酒。华人叫她喝酒每叫必到。血压高了。吃得少，喝得多，胃病也来了。有一天同时吃了降压药、安眠药、胃药躺下，夜里扭曲叫喊，像是垂死挣扎。我赶紧送她到医院。医生反复检查，查不出毛病。后来我把她同时吃的三种药拿到医院，医生一看知道了，是化学反应，必须切除整个胃。”

我和金炳非常痛心，兰东是多么美丽贤惠的女人啊。

陈伟光的眼睛潮湿了。说：“我的老婆是真好的。现在她的脸整个皱了，样子是个真正的老太婆了，人不像人，鬼不像鬼。我被自己的屌害苦了。”

我和金炳劝慰道：“慢慢调理，胃会养回来的。”

陈伟光说：“现在我不在身边，她睡不着觉。我不能天天在身边，我还要做生意。父亲还在温州的病床上，总要回来探访。我还有那么多的亲朋好友……”

我说对了，我上午看报，我们的政治老师、后来的“教办主任”去世了，明天上午六点遗体告别，早是早了一点，你俩去不去？陈伟光说：“去，是我们的老师嘛，哪有不去的。”金炳也说去。我说我明天上午五点出发，先接金炳，再接陈伟光。我说现在书店去得少了，殡仪馆倒熟悉得很，父辈师辈一个一个凋谢，拔牙一样。只有王大命无大命，一生潦潦草草，仓仓促促，真是凄凄惨惨。

次日到了殡仪馆，冰匣子里老师的金鱼眼闭着，可仍然笑容可掬，不见当年目空一切、不可一世的神情，唯有安详。我们向他三鞠躬。愿他在九天或者九泉安息。步出吊唁大厅，有人拍拍我的肩膀。恍惚间我吓了一跳。我回头一看，却是当年我们公社专职的“贫管会”主任，眉清目秀、微笑得体的那一位，现在起码有八十岁吧，鹤发童颜，仍然眉清目秀，微笑得体。他说自己料到我会到来，他说他写了一篇文章，让我把它在报纸上发表了。我瞜了一眼，题目是《怀念敬爱的×××》。×××就是北京人，我政治老师的“政敌”，前任和后任的“教办主任”，享受着批斗我老师的那一位。我问他也走了？答说前天遗体告别，也在这个厅。真是奇怪又奇怪的事了，王大命的遗体告别虽然很潦草，但也在这个厅。

《怀念敬爱的×××》，这样的题目怎么发？看了第一段我就觉得这个人太陈旧了，句子也不通。这样的文章怎么发？他会不会再写一篇《怀念敬爱的×××》，这回的×××即是我的老师？

这个人一生工作就是开会，开别人的会，开到退休。据说把子女都送到国外去了，也算是个绝顶聪明人。

他笑了一生，没有“哭”过。

大房子的夜晚

蓝衣给我发来微信“？”，我即把微信转给外科主任钱有钱。钱有钱回答“可”，我马上给蓝衣回话了：“好。”我可不能以钱有钱同意式的“可”回话。我用“好”字。我不清楚蓝衣到底是干什么的，是不是官，什么级别，似乎是有来头的。当然我根本不想弄清楚。我们四人坐下来搓麻将之前，蓝衣会脱下蓝衣，换上宽大的便服。他很高大，脸色红润，笑容可掬，和蔼可亲，同我和钱有钱握手。搓麻将之外，我们从来不问别人的事情。

我们三人坐下来了，第四人缓步出来。他戴着一副似绿又黄的眼镜，看不清眼睛的轮廓，更看不清他的眼睛是单眼皮还是双眼皮。穿着睡衣，坐在靠窗的那个位置。他的前面放着保温茶杯，龙井茶叶舒展着，漂浮着。是女佣放着的。当然喽，这时我们也有茶了，女佣已经把我们的茶沏好了，带着很浅的笑，退了出去。他家女佣我见到的有十多个，男佣可就不止了，女的庶几就是服务员，男的干了些什么我们就不清楚，只看见他们多在外围、山下、码头、路边等等。我看他们，他们可不看我。

房子很大，房子也很多。我的车从宽阔、笔直的水泥马路驶入北门，两扇铁栅栏自动打开，再笔直驶进去，约半分钟，抵达停车场。停车场离湖很近，南边望去是大罗山，大罗山是括苍山的一部分。房子基调是灰褐色的，房子和房子中间有亭台水榭，人工湖酷似葫芦，四季次第花香，海棠、芍药、丁香、樱花、含笑、玫瑰、栀子、石榴、蜀葵、凌霄、茉莉、木槿、菊花、蕙兰、梅花……大树居多是香樟和银杏，低矮的桂花居多，还有橘子橙子。橘子橙子从来不摘，女佣拿篮子捡取地上烂掉的，没烂掉的，星星点点散布在书带草中。

金秋一天，太阳很好，微风徐徐，主人推了一下鼻梁上似绿又黄的眼镜，说天气好，别急于搓麻将，带你们逛逛海边。我们三人就跟他。他换穿了一双运动鞋，步态像是有七十岁的人了，走下平缓下递的码头。码头宽大，一条白色三层游艇泊着。游艇看去没有人，但茶色玻璃窗里影影绰绰是有人。主人说，那里是钓鱼岛。又指着一处，说，那里是日本，天气晴好，这里可以看到北海道。他的声音低，口气却是斩钉截铁，毋庸置疑。我总觉得哪里不对。哪里不对呢，我的脑不好使了，最后归结于自己的感觉不对。即使知道他是不对的，我根本说不出口，不敢。我一声不响，装作认真听的样子。外科主任钱有钱是学理科长大的，显得很佩服。蓝衣呢，他一个劲地笑，哦哦附和着。我回过头，主人家的建筑群落黑压压的，坐山朝海，围墙很高，铁丝网缠绕着，像是一座城堡，又像是哪儿的一座监狱。

我和钱有钱对他家居环境没有什么兴趣，因为不是我们的，和我们一点关系都没有。我们只想快快地坐下搓麻将。但是主人不，比如吃饭，他一定准点用饭。中午十二点整，漂亮的女佣轻轻叩门，然后没有声响地走到主人的身边，嘴巴对着耳朵。那一盘麻将搓好，主人起身，说，吃饭。我们跟着主人进入饭厅，四个人的餐具摆好了。每个人面前有澳大利亚剔骨牛排、鸡蛋和蔬菜，一盅海参，内煲有五根冬虫夏草。一小杯芝华士威士忌倒好了，主人曾说是最具声望的苏格兰顶级威士忌，有三十多年了。实际上我和钱有钱不想喝，一来不习惯喝酒，二来老是输钱。但是主人说，搓麻将和吃饭是人生最美妙的过程，不可忽略。他说得没错，以免被人看成没有风度的赌棍，我也像主人那样端起来呷。是啊，我们也是有身份的人，我是校长，钱有钱是天州城里最有名的外科医生。

主人不吃米饭。后来我们也不吃米饭。有一回钱有钱要米饭，女佣端上了，主人微微笑了，那眼神好像是说“亏你还是个医生”。我觉得钱有钱没错，搓麻将是脑力活，也是体力活，虽然麻将室里备有很多水果，葡萄、苹果、芒果、香蕉、梨子……还有各种各样的糕点。也有绿茶、红茶、白茶、黄茶、普洱，麻将桌边有呼唤按钮，女佣随叫随到，即使需要咖啡也就二三分钟，艾利也好，蓝山也好，摩卡也好，克莱士也好。

主人用饭后，或者走几步，或者到音乐室里听十五分钟音乐。我和钱有钱一样，对吃什么、喝什么无所谓，也很少陪主人走路、听音乐。时间不能浪费，我们到这儿来，无他，就是搓麻将。对于麻将，主人好像又是博大精深的，他沉默寡言，偶有说话，多说麻将的无穷魅力。他说扑克是舶来品，麻将才是国粹。扑克的打法如“斗地主”“四十分”“双扣”都有搭档。有搭档就有弊端。比如你摸得一手好牌，打得又好，可是你的搭档糟极了，拖累甚至拖垮了你。麻将呢，全靠自己的运气、个人的智慧。麻将每一张牌都是平等的。在这副牌中可能是狗娘养的，在另一副牌中却是踏破铁鞋的宝贝疙瘩。没有一张牌永远是王子，也没有一张牌永远是流浪汉。麻将中有“财神”，或曰“混子”“代鬼”，财神就是“王”，是最好的牌，因为它可以代替任何一张牌。倘若摸到三张财神，可以不战而胜。而“王”在下一副牌中可能就是狗娘养的，可能开手即被扔进牌池。麻将中没有世袭的公侯伯子男。

他还说：麻将有一定的座次。东风家，南风家，西风家，北风家。东风家先坐庄，而且先摸牌。座次是没有钦定的，全凭骰子说话。公平公正公开。东风家是庄家。坐庄是老大，有能赢的最大机会。东风家胡了，南风家，西风家，北风家要给成倍的注。每再和一盘翻一番。但，你最多只能连和四盘，也就是连坐四庄。这是指坐庄做得好的情况下。做得不好，第一盘输，立即下台。你想永远做老大？没门！

他又说：麻将是七分运气，三分技巧。运气太重要了。运气就像一条狗，运气来了你赶都赶不走，运气去了你用什么办法都招不来。他又说：麻将中有太多的未知数，有太多的偶然，有太多的惊奇。有鲜花，也有陷阱。有丽日，也有阴霾天。打错了一张牌，反而出现杂花生树的景象。祸福相依。生死轮回。出师不利身先死。病树前头万木春。半壁见海日，空中闻天鸡。

蓝衣、我、外科主任都认为主人说得对，麻将魅力无穷。但问题是，我和外科主任老是输，已经连续输了二十九次了。从前是有输有赢的，后来我就没有赢过，外科主任也没有赢过。不是主人赢，就是蓝衣赢，或者他俩一起赢。我和外科主任的支付宝刷出几百万了。学校里三个食堂的堂长都给我钱，段长、教研组长、教务处长、政教处长、总务主任和想当段长、教研组长、教务处长、政教处长、总务主任的人……都知道我喜欢现金，过年过节，都送红包给我。而外科主任也说，坚决不再拒收红包了，摸一摸厚薄，厚的手术就分外仔细，分外认真。钱给多了，手术马马虎虎，他可不是这种人。他说，有个女的，是个美人，右乳切除手术，他仔细摸了摸，觉得是错的，应该是化验室弄错的。他问了病人，病人说几十年前做广播体操“扩胸运动”，被男同学的臂肘捣伤的，后来总觉得自己的右乳有问题。几十年查病，医生说都是好的，直到前几天化验是癌症。他想要把它改正过来，可是病人的老公却塞给他一个厚厚的红包。他咬咬牙，只好把它切除了。外科医生同我说时，流了眼泪。我也觉得自己不行，而且迟早要出事。麻将害得我们不轻啊。

今天，我和钱有钱启程之前通了电话，我们认定我们的打法要变一变。如果开局顺利，我们就按通常的打法打下去，如果输得厉害，我们就不按常规出牌了。主人不是说麻将有太多的未知数、太多的偶然、有太多的惊奇吗？主人不是说打错了一张牌，反而出现杂花生树的景象吗？也许他是对的，他就是这样出牌的。

坐下来之后，我赢了不少。可以说前边两个来小时都是我霸占着和，他们只是零星和了几盘。钱有钱脸上露出喜悦之情，我赢了，形势就有转机，转机了就好。而且他比我有钱，他可以说每天都有几万元的红包进兜。他接受不了的是严重的失败感，生怕主人和蓝衣赢了，怀疑他智商低下。他的智商可是顶呱呱的，从小学开始就是三好学生，当年高考，他就是市里理科状元。当年的报纸，登了他的大头像，这个我都记得。

可是，好风头又转走了。没有转到钱有钱处，不是主人和就是蓝衣和。我的赢钱荡然无存，四个来小时，钱有钱只和了一两盘。钱有钱的眼有些红，刮了一下我，我知道，他要采取非常规的打法了。果然，他先不打别人难以吃下的边牌，比如一、九，而是打三，打七。我打了一张六饼，主人似乎要吃进，他立即叫碰，他可能是不应碰的，他碰就是为了打乱主人，不让他吃牌也不让他抓牌。我坐庄的时候吃牌，他当碰不碰，让我吃牌，让我摸牌。于是我和倒了。他牌不好的时候，他的下家如果是主人和蓝衣，那么主人和蓝衣打什么，他也打什么。你休想吃一张牌。有一回，没办法不让下家吃牌了，他居然把财神给打出来了！财神是宝贝，但我们这里的规矩，别人是不能吃，也不能胡的。

他还做出荒唐的事：有一盘牌也不摸了，宣布放弃。他用这种方法，试试风头会不会转过来。主人微微摇头。是批评钱有钱沉不住气呢，还是批评钱有钱迷信，还是敌人逃走了，没有对手，即使赢钱也是英雄的悲哀？不知道。

可是，钱有钱的牌没有出现杂花生树的景象。晚饭时，他对我说，你也把他们盯住点，我说好的，我也采取非常规打法试试。

非常糟糕，那一天钱有钱输得最惨了，我也输了不少。这是第三十次连续输了。我俩分别开车离开后，钱有钱来电，说在中兴大道停一停，他有话对我说。

钱有钱说，连续三十次输，是不对头的，有问题，有问题。我说是啊，主人说打错牌反而杂花生树就是一个陷阱，以后我们就不来了，不搓了。他说，先找到问题，问题到底在哪里。我说，主人运用的是个人的智慧吗，他俩是否一伙，合计宰我们？可能性是有的，钱有钱说，我们没有证据，怎么证明他俩是一伙？我说你看，蓝衣到主人家，总是换成便服，他的便服永远在主人家。这是不是一个证明。钱有钱想了一想，说，这只能说明他们关系亲密，还不能说明别的。麻将桌上，父子母女大公无私的，也不少。如果他们是一伙，蓝衣就不会把便服放在这儿，让我们知道了。我想这倒也是。钱有钱说，主人说麻将魅力无穷，别的都不行，是否麻将他俩才好作弊？我说，主人说麻将是七分运气，三分技巧，难道我们运气都不如他们，难道我们一分技巧都没有？

钱有钱提出我们也一伙，整他俩。我说不行。钱有钱说他们都行，为什么我们不行？我说不是没有证据吗，有证据我们就远离他们，不跟他俩搓。钱有钱说，他俩肯定——百分百是有问题的，只是问题在哪里一时找不到而已。我们也一伙，这才公平。我说做人要有底线，合伙做局是没有底线，跟杀人放火强奸是一样的。钱有钱说，你是照书读，本来以黑治黑是顺理成章合乎天理的，这样吧，我们试一试，如果我们作弊了，大赢他俩，说不定平时他俩是运气好；我们作弊了，却没有赢他们，只打了一个平手，说明他们就是一伙的。我的心理动摇了，好吧，我说。

怎么合伙作弊，我俩商量了几个小时。好人开始做坏事，十分不易。后来删繁就简，决定大致如下：一人听张了，信号是麻将棒抵向左手小指。听什么张呢，也看麻将棒。麻将棒偏左，听的是万的张；偏右，听的是索的张；

正常正中放着，听的是饼的张。具体听哪一张，就看十个指头了。听单张的，我们有约定，听连锁的，一四七、二五八、三六九……我俩都有约定。另一人放炮就是了。

回到家，天已大亮。我悄无声息摸到妻子边上，刚要躺下，妻子醒来了，说，怎么，你要起床了？我说是啊，起床了。她说昨晚你几点睡下的，我都不知道。我说昨晚睡得蛮早，不过你已经有呼噜声了。她说今天起得那么早干嘛，我说有人反映壹食堂堂长买死猪肉，我要查一查。妻子说，这些事交给下面不就行了吗。我说有时也要亲力亲为。

不搓麻不行吗？那是不行的。好几次，我和钱有钱输了钱，就说以后不搓了，不搓了。可是通常的，蓝衣发来微信"？"，我的心就痒痒难当，就会毫不犹豫转发给钱有钱，钱有钱马上回复"可"。有一天，是个周日，下午，钱有钱坐下来之前，声明今晚无论如何要在十一点前结束，因为明天他要做九个手术。主人说，那么多手术，今晚就不搓了。三人都说那要搓的，那要搓的。主人服从多数，说，那么晚上十点前结束吧。我们即搓起来。下午钱有钱运气不错，赢了十万多，晚饭时候，也还有九万赢钱。我说你可以回去了，明天手术太多了。他迟疑着，他是想赢到十万。那天他一点威士忌也没喝。晚饭以后，他就开始输，越是输，押注就比以前大，到了夜十点，他把赢来的输完，反输了三万来块钱。我起身。他说再搓一局吧，一个小时以后坚决走人。我说九个病人呢，人命关天啊。他说我知道，搓搓搓。后来的情况非常糟糕，他一直输。越是输，他越是不停，越是不要命。到了次日早上七点，他的助手来电，院长加塞一个手术，是十个病人，第一个病人已经推到手术室，打了麻醉。钱有钱这才起身，说好好，我已起床，便到卫生间呼呼用手擦一把脸，走了。

蓝衣又来微信"？"，我和钱有钱在电话里又把作弊法子复习了一次。之所以不用微信，我怕蓝衣查到我们的秘密，据说电话比较安全。那一天，我俩就按既定的方案实施。坐下来以后，我心虚，因为这事不光明不正大，万一主人和蓝衣没有作弊呢，我俩却作弊，这无论如何不行。但已经坐下，就不便中止，也就看一步走一步了。

我知道钱有钱听张了，因为他的麻将棒抵了一下左手小指。他听的是万的张，因为麻将棒偏左。而且他只听一个张：三万，因为他的右手指在第三张牌那儿，左手收回靠胸前那儿了。轮到我出牌，我不失时机打出三万。钱有钱和了。这回虽然成功，但我手心全是汗。主人看了我一眼，好像说，你怎么这么紧张。

轮到我听张了。我把麻将棒抵向左手小指，这本来是非常容易的事情，但我右手却抖抖索索起来，怎么也不能控制，为了掩饰，这一盘，我把后面的小动作取消了。蓝衣和了，我倒放心了，长嘘了一口气。

钱有钱瞥了我一眼，像是责备，你不是听张了吗，怎么又不告诉？胆小鬼！我不再看他，生怕被主人和蓝衣发现什么。我真是不知所措，作弊是多么折磨人啊。

我坐庄的时候，牌不错。到后来，打了一张三索，再打了一张六索，我就听张了。我决心听钱有钱的，这回不慌不忙，装得非常镇定。我把麻将棒抵向左手小指，双手指头的放法表示是听四七索。主人抓了一张牌，摸牌过于用力，被我发现，他抓去的是七索。他想把七索打出来，看看我的牌，像是会透视，他又不打了。这时，钱有钱出手了，打出了四索，我和了。

主人说，我就知道校长听四七索的张。他这句话使我非常惶恐，他看出了我把麻将棒抵向左手小指吗，他看出了我的指头做出了听四七索的意思了吗？我六神无主，脑袋里有风浪涌动，刹那间惊出一身冷汗。下一副牌在手上时，像是豁口的老妪，听张没有希望，我反倒一身轻松。

钱有钱和了。

钱有钱坐庄了。他听张了，他的两只手都在前边。他听的是连锁的张：三六九万。当轮到我出牌时，我把三万打出去了。钱有钱和了。这时蓝衣发话了，说，校长，你上一张牌打的是二万，这一张牌打的是三万，难道一四万的档子也不要了？你给我看看你的牌好不好？的确，我打二万是没错的，因为二万两张，三万四万各一张，打三万是故意放炮，自己残废了。别的散牌废牌还有呢。蓝衣真是个老狐狸。我被捉住了，天啊，怎么办？我慌了神，我的气透不过来了。这时，主人说，不要看，麻将都是单干，风格不同，每个人有每个人的打法。蓝衣马上说，这倒也是。

那天下午，我和钱有钱赢了不少。吃晚饭时，看到澳大利亚剔骨牛排、鸡蛋、海参、冬虫夏草和苏格兰顶级威士忌，心想主人赢了我那么多钱，今天总算真的吃你的了。主人和蓝衣和平时赢钱一样，神情毫无异常。主人端着酒盅，说，喝一点，喝一点好。

晚饭后，主人和蓝衣进了音乐室。随即舒缓的葫芦丝《月光下的凤尾竹》响起，钱有钱拉我走到一边，我知道他要给我打气。我轻轻在他耳边说，我们散步到海边去，当心监听。我们便装作散心的样子。听到海浪声音，我说，我的心脏受不了了，能不能别干了。钱有钱说，你要镇定，一两天过去，你就习惯了。心理素质由时间培养。我们除了这样打，就是输，我们要赢回来，就只能这样打。即使看我们的牌，也没关系，让他们看，我们不是输到现在吗，我们就是业余的，他们才是专业的，看我们的牌，我们就说打错牌了。否则我们怎么会连续输三十次呢。听了钱有钱的话，我想也只能如此。我忽然看到，二十米外，一个男仆戴着耳机。我咬了一下钱有钱的耳朵，说，他是否在窃听我们。钱有钱说，你神经有问题了。

四人坐定，主人揿了排位按钮，骰子显示，主人是东风家，他坐庄。牌子浮上来，我刚刚抓来把牌放好，主人说，我已经和了，这是天和。天和就是四手牌抓来，不用出张进张，已经和了。这种情况罕见，南风家、西风家、北风家都要加倍给钱。接着，一副牌沉下去，另一副洗好码好的牌升上来。对了，我们这里从前是用手洗牌码牌的，没有麻将机，现在都认为用手吃力，主要是浪费时间，改成麻将机了。主人的麻将机是智能的，洗牌一丝声音都没有。当然，民间有闲的麻将家仍在使用双手，他们认为麻将机消灭情愫，亲近感没有了，乐趣就没有了。

第二盘又是主人和倒。我和钱有钱没听张的时候，主人就和了。想不到的是，第三盘主人竟然抓了三个财神，而且又和倒了！本来，抓了三个财神，可以不打就和，继续打，和了呢，就是翻番！第三盘本来是第二盘的翻番，而三个财神和倒，钱又是加倍。惊心动魄。我觉得问题大了，这张麻将机肯定有鬼。第四盘，起牌，我的牌很臭。看看钱有钱，他的脸煞白，看来想和的信心都没有。时间持续较久，我的牌差一手就听张了，可是蓝衣放炮，主人又和了！主人连坐四庄，我们反胜为败。

我看了看钱有钱，他没有想走的意思，实际上我也没有坚决要走。时间的确很早。于是再来。这回，首先坐庄的东风家是蓝衣。无独有偶，蓝衣第一盘也是天和。第二盘呢，三财神和倒！我预感第三盘、第四盘还是蓝衣和，果然！都是他自摸和倒。那要给多少钱啊，钱有钱脸黑了，我的支付宝里钱根本不够。我说今天到此为止，剩下来的钱明天付。蓝衣说没事。可是钱有钱说时间还早，我们再继续搓一局。我说不行，你们三个人玩吧。我走了，钱有钱只好跟我走了。

车到中兴大道，我们又停下来说事。钱有钱说，怎么回事呢，主人连坐四庄，蓝衣也连坐四庄，而且四庄中都有两个翻番的，蹊跷啊。我说，不是一般的蹊跷，主人已经知道我们合伙，马上明火执仗，拿出了最快的刀，杀头杀到我们屁股处了。钱有钱说，问题出自麻将机，是不是？我说应该是。钱有钱说，这就好办了，这样吧，下次我们把主人那个位置占了，他设置好的系统就归我们所有了。我说，好，我们只能这么干了。钱有钱最后说，我们押注还要重，不过，我们带钱也不能少。

蓝衣的“？”来了，说是晚上开始，下午主人开会。我转给了钱有钱。钱有钱这回回复我用了一个微笑的表情。我给蓝衣回复了“好”。晚饭后，我即驱车过去。钱有钱开得快，从我身边呼啸而过，我看到他的车很亲切，我相信今天会赢得很多。

钱有钱坐在窗边主人那个位置。他把女佣放着的、漂浮着龙井茶的保温茶杯挪到了一边。我看蓝衣有些错愕，好像说怎么可以这样呢。穿着睡衣和布鞋的主人来了，见钱有钱坐了他的位置，好像毫无不快。钱有钱倒是说，今天我坐窗边，窗边风水好。主人露出微笑，说，好的，好的，坐哪里都一样。

钱有钱揿按钮。他坐庄，麻将牌浮上来，他的脸色大喜。把牌放倒了，说是天和。蓝衣的脸红一块，紫一块。主人不动声色，闲看风云，眼皮都不眨。他把该给的翻番的筹码给了钱有钱，我和蓝衣也跟着这么做。第二盘，牌子又浮上，我瞧钱有钱的神色，知道就是三财神抓到手了。果然，没打两张牌，钱有钱和倒了，牌里有三个财神。一样，又是翻番，三家都把筹码给了钱有钱。第三盘，钱有钱是硬八对和倒。八对，全国麻将人都懂。我们这里麻将所谓硬八对，即没有财神代替的八个对子，比如一饼两张，五饼两张，三万两张，八万两张，二索两张，七索两张，红中两张，发财两张。这也是稀罕的，当然也是翻番。第三盘翻番，那要给多少钱啊。我们三人十万元的筹码所剩无几了。蓝衣对钱有钱说，你今天运气真好。钱有钱说，是是，风水轮流转嘛。第四盘又开始，我要看看发生什么奇迹。只见钱有钱神采飞扬，公开说，木头锯好了，截好了，也刨好了，连油漆都漆好了。钱有钱这家伙，考医学院之前，是个木匠。他的话，分明是说自己早已听张。我看他的麻将棒，没有抵达左手小指，他的意思很明了，用不着我去放炮。真的，蓝衣放了炮，钱有钱饼里和索里所有牌都和。这时，主人还是微笑着，轻轻说，你的话是犯规的。但还是拿出手机，把钱如数用支付宝给了钱有钱。

主人坐着没有动，他只是把眼镜摘下来，用特制的镜巾慢慢擦着镜片。这时有人轻轻敲门，一个男佣拿着一部手机，说，国外来电。主人便起身出门了。蓝衣也进入洗手间。钱有钱的拳头在空中捶了一下，说了一句：赢他个稀巴烂！我很高兴，我也想说：赢他个三千万！可是我忍了。我用眼神告诉他，别得意忘形，可能有监控，主人会看到，说不定他会找出别的对策。当然，我们喜不自禁的神情谁都可以想象。问题已经找到，在这之前，不是我们运气不好，更不是我们的智商出了什么问题，我们已经找到了我们连续输掉三十场的原因。起码说，从今以后，我们连续三十次输钱的状况不会发生了。我忽见主人的眼镜落在桌上了，我对似绿又黄的眼镜来了兴趣，我想这可能是透视眼镜，从背面都可以看见桌上所有的牌。刚拿到手，主人似乎记起来眼镜落在桌上了，返身回来，没有戴眼镜的主人看去脸上有雾气，似乎更加看不清。我赶紧把他的眼镜放回原处。主人说，我的眼镜有什么好看的。他大拇指和食指夹起眼镜，把一只镜腿折了一下，对钱有钱说，你也看看。钱有钱戴上看了，还给了主人。

洗手间里蓝衣出来了。四人到齐。钱有钱急忙说，坐下坐下，再来再来。

意外出来了，因为有踢踢踏踏声音传来，七八个穿着制服的大汉进来，大声说，你们四人坐着，配合！别动！太意外了，我看看主人，主人平静地看着他们。有人拿出手铐，首先给钱有钱铐上，带走。第二个轮到铐我，我说干什么，我们在娱乐。大汉根本不理我，我随即也被带走。当我出门时，回头一看，他们好像在铐蓝衣，蓝衣脸色红润，笑容可掬。

这是一辆面包车，飞快。我和钱有钱前后排坐着，左右都有大汉。在路上，钱有钱说了一些废话。比如你们是哪个部分的，我还做过公安局局长某某某的手术，我当医生、做手术还将有几十年。他们一句话都不搭，也不问。我看身边的大汉，似乎眼熟，但又记不得具体。见我扭头看他们，他们拿一个头套套住了我的整个头颅，只有鼻孔那儿有个洞。钱有钱好像也被头套套上了。

我不知道后面还有车没有。

二三十分钟，车停。我和钱有钱被小心拉出了面包车，上了电梯，四层五层的样子，我进了一个房间，头套被取下。钱有钱在隔壁房间。我的前面是一个和蔼的便衣，胖胖的，头发是湿的，似有女人的体香。他给我沏茶，说不必紧张，你的问题不是太大。喝吧，龙井，是我自己喝的，没有蒙汗药。他让我把手机和身份证给他。我说我没有带身份证。你是公民吧，怎么身份证都不带呢？他说，又问我姓名、年龄、职业、职位等等。我在车里就想好了，给他的都是假的。他笑起来，说，声音识别你说得不对。站在我身后的人让我看一个镜头，做人脸识别。做了人脸识别，他也不揭穿我。问：今天你输了还是赢了？我说输了。你输了多少钱？我说三四万。他说，你说了实话，隔壁的医生赢了近二十来万，你们赌得不小。是拘留还是罚款，你自己定吧。这很奇怪，我心想，拘留和罚款并重不是很好吗，难道拘留所里人满为患？我说：不好意思，罚款吧。他让我用密码打开手机，把我支付宝里的钱取走了。又用头套把我套起来，当我正想说现在还套我干什么的时候，他高声说，送客！

听声音又是那辆面包车。我和钱有钱前排后排的又被夹在中间，一会儿，他们让我下车。我睁开眼睛，见是我家的门口。马上，车又向钱有钱家开去。

一会儿钱有钱来电，说支付宝里所有的钱没有了。我说我完全相信。我说主人那副眼镜应该是透视的。钱有钱说根本没有，他看了。我说我想起来了，抓我们的好像就是主人家的男佣。钱有钱说不可能，这是你的错觉，和你看主人的眼镜一样。钱有钱又说蓝衣也刚刚回家。我说是吗，说不定他们在哪里喝苏格兰威士忌呢。钱有钱说，不会吧，蓝衣说时间早，男佣忘了关大门，我们的灯亮，大汉们别处行动刚结束，打草搂兔子。没那么简单吧，我说，我们一赢钱大汉们就出来，怎么得了。钱有钱说，凑巧，真他妈凑巧。

我说，金盘洗手吧兄弟。

钱有钱只呵呵一声。

但是，一个礼拜后，蓝衣又发来微信“？”，我迟疑了好一会儿，还是转给了钱有钱。钱有钱还是很快回复“可”。这下，我决定打个电话。我对钱有钱说，我们用原始的麻将桌吧，那张自动麻将桌难道没有鬼吗？钱有钱答，没有，凑巧，就是主人说的运气，全是运气。你看，主人钱多得没地方放，他还干做局这些下三烂的事情吗？接下来，说不定我们半壁见海日，空中闻天鸡，连续赢他们四十天、五十天呢。还是主人说得对，麻将中有太多的未知数，有太多的偶然，有太多的惊奇……

我便又给蓝衣回话：“好。”

金及爵事略

一

金及爵和弟弟被我揍过。那是小学时候，我和金及爵同班，实际上村小同级段的就一个班。大约三年级开始，金及爵老是欺负我，因为我是独子。他们家兄弟两个。欺负只是语言挑衅，如称我是“独鸭梨”“单个种”。金及爵撺掇能力极好，能让其他几个同学也这么嚷嚷。其实这样嚷嚷也没什么大不了的，独鸭梨就独鸭梨嘛，单个种就单个种嘛，可那时我难受得不得了。

我母亲不会生育，我是一九六一年饥荒时从别的村庄“嫁接”过来的，我的亲父还是区委书记呢。说起我亲父，这里没有人不知道。但我随养父姓，我的养父姓金。我们沙头村就一个金姓。因此金及爵还叫我“外姓家仙”，又发展叫我“外地家仙”“父亲是戴红缨帽的”。我真是苦不堪言。

我的母亲曾经对我说，朋友千个不多，仇家一个太多，你不能骂人、打人。但，只有一个例外，别人说你是外地嫁接过来的，你可以骂他，打得过还可以打他。有一天，我想起母亲这个话，我就打金及爵了。他的个子同我差不多，我不知道能不能打得过。但我出手了——我是个纯善的小孩，在学校我不敢打，就是把唾沫吐在他的脚边我也不敢，因为老师老是夸我，说我是个好学生，我的语文和算术成绩超好。

有一天放学回家，走捷径穿过金及爵的“七间”，然后到我住的“九间”。想不到金及爵已经在家，他的弟弟也在。我从来没有打人，他弟弟又在身边，这厮端起喉咙喊：外姓家仙！外地家仙！他弟弟居然也跟着叫。我想起我母亲的话，这不明明说我是从外地嫁接过来的吗，那时流行一句话，叫“是可忍孰不可忍”！我就向他们冲去。打得过打不过打了再说。我这一冲，金及爵明显慌了，但还是对弟弟说，我们两个同他一个打！我第一次发现我的力气很大，同时也发现金及爵其实是个很不经打的人。他懦懦的，连招架的力气都没有，我只一拳，就将他打倒在地。他刚想爬起来，脸上又被我打了一拳。他居然哭起来，不再爬起来了。而他那个弟弟五六岁，老早被我甩得远远了。我转身回家时，看见金及爵流鼻血了。

鼻血美丽如花，我高兴地回家了。

不料，金及爵的母亲领着金及爵到我家了。我也吓了一大跳，金及爵满脸是血。原来这家伙拿鼻血涂了脸。他母亲向我母亲述说我打了金及爵，打成这个样子。我母亲也慌了，赶紧拿湿毛巾擦金及爵的脸，结果只有鼻子流了血。他母亲说，肯定是鼻骨裂了。但事情很快逆转，因为我母亲问，你们是怎么打起来的？金及爵一声不响。我不失时机地说，他说我是外地嫁接过来的，是外姓家仙，外地家仙！

我母亲就问金及爵，你是不是这样说话？

金及爵一声不吭。

我母亲愤怒了，她愤怒理由十分充足，一个女人不会生育本身非常痛苦。别人还在伤疤上撒盐。我母亲就朝金及爵母亲吼道：

你是怎么教儿子的！

金及爵母亲居然不响，头一别，灰溜溜领着金及爵走了。同为女人，有些常识是懂得的。

我母亲摸了一下我的头，说，今后打这种人，也不能打脸。

我使劲点了点头。

金及爵的父亲是个筏工。他把龙水的木头扎成筏子，顺着滔滔瓯江漂下来，到了天州。本地天州的木头多是桉树和梧桐。桉树和梧桐生长快，但质地疏松，不宜做家具或者造房子。特别是桉树，我们天州叫“三年背”，歌谣曰“三年背，四年抬，五年给船载”。水分多，做柴火都不行。天州只有樟树，倒是适合做家具木箱子，但这种树长得太慢，过于珍稀。所以天州人用木头，大量采用针杉。之所以叫针杉，是针杉枝叶有针一般的刺。这种树天州极少，大量在龙水一带深山老林。伐木工采出，刨了树皮，扎成一个一个金黄色的木筏子，木筏子连接起来，游龙一般顺水而下。针杉造房子，做家具，都极好。这是政府行为。金及爵的父亲一个月能得到四十斤大米，还有现金工资。这是非常好的差事。

说起这差事，还是我的亲父给的。新中国成立后分地，我们村地形复杂，有山地，有沙地，有较好的水地，而靠山的水地又是最好的，种水稻水源丰沛。我亲父当时是乡长，怎么分？计莫能出。这时，一个年轻的机灵鬼献出了高招。他对我亲父说：把地主拉到台上跪下，他是剥削阶级的代表人物，我们贫下中农排队向他放屁，谁拉得最响，谁拉得最臭，谁把地主熏倒，谁就得好地。

我亲父高兴极了，以为真是一个极好极妙的办法。我村闹开了，村民们大吃燕麦和野葱，吃了燕麦拉大屁，吃了野葱屁就臭。他们穿着薄薄的裤子，争相上台，都想出奇制胜，一屁致命。

我亲父一直记得这个机灵鬼的好。后来有了招筏工的事，我亲父就想起了他，让他当了筏工。后来，他结婚，生了金及爵。

我母亲能够发怒，金及爵母亲能够忍受，原因大约我还是区委书记的亲子。

只是有一天，课间时，金及爵在我边上重重丢下一句，说：

你别老三老四，我母亲说了，她表弟也是戴红缨帽的。

我莫名其妙。什么红缨帽，还是你母亲的表弟戴红缨帽。心想，总有一天我还要再揍你一顿。

不久金及爵的脸黄起来，好像没有力气再叫我外地家仙了。他休学了一段时间，说是生黄疸肝炎。我以为是我打的，暗暗有些怕。还好，学校里许多学生都得了这个黄疸肝炎。我母亲说，你以后不要再打他了，这种病人是经不起打的，一打就会死。

他再叫我外姓家仙、外地家仙呢？

我母亲想了一想，说，也不要打。

我点了点头。

金及爵黄疸肝炎好了，返校。见了我，还是欺负我，喊我外地家仙。

我说，当心我打死你！

他好像不怕，他又撺掇其他同学跟着嚷嚷。真是气死我了。怎么办呢，我就叫他“黄种病人”，因为他生过黄疸肝炎。不料招来金及爵严重的报复，几个同学嚷嚷就更加起劲了：独鸭梨，单个种，父亲是戴红缨帽的，外姓家仙，外地家仙……

现在想来，那时学校里没有什么好玩的，不用说一副羽毛球拍，或连一根跳绳都没有。大人们分开两派斗争，可能金及爵和几个同学找我斗斗，是为了好玩。可是我非常难受。睡觉，经常梦见金及爵这么嚷嚷，醒来一身冷汗。

到了初中，嚷嚷没有了。金及爵从来不读书，经了黄疸肝炎，学习根本跟不上，成绩不是一般地差。但他有一个好的地方，就是考试时，交卷特别快。交了卷，即趴在窗头监视还在考试的同学，当然包括我。我英语成绩不好，Longlive Chairman Mao（毛主席万岁）是会的，填空题还能做，单词我记得不少，但中译英，或英译中就很难。有时我眼睛一斜，看看同学的卷面。不料金及爵冲着我大叫：哎哎！你自己做啊，你看别人干什么！监考老师笑笑，拿着茶杯出来了，把教室交给了金及爵，自己到操场和女老师谈天去了。

金及爵没有上高中，当年是推荐和考试相结合，推荐看背景，是根本，考试是面上的交代。金及爵成绩太糟糕了。他父亲这个筏工，成年在瓯江里拿着竹篙戳着两岸青山，使的是力气的活儿。后来，金及爵顶替了他，做筏工。

二

说来非常奇怪，我读高中，我读大学，和筏工都没有见面。但夜里有时还会梦到他。梦中我很害怕。我之江大学毕业后，分配到《天州晨报》工作。有一次在路上，远远有一辆车转折了一下，突然加大油门向我驶来，我躲已经来不及了，我被碾得不成样子，血肉一地。开车的人，就是金及爵。梦醒之后，喝了一口水，心想都二十来年了，心角里怎么还有金及爵呢？

有一天，想不到的是，我在天州市政府门口碰到金及爵。我一怔，意外啊，筏子放到市政府里来了。像又是一梦。金及爵倒有些兴奋，首先叫了我，主动和我握手，很快就说自己在反贪单位工作。样子非常自豪。我问你在哪里反贪啊，他说天州啊。并说我们村金家，就我们俩有出息。我听到这话有些不顺，我说我有什么出息啊。他说我都知道，你是晨报经济部的主任。我说这还不是一份差事吗。他说经济部主任应该很来钱。我说哪里，自己还要写稿，部室任务完成得好才有奖金。他明显不以为然，却说当了主任不容易，不容易。我与之寒暄，问金及爵在反贪部门干什么活，答曰审问啊。我说你审问抓来的干部？金及爵说是啊。

离开的时候，他告诉我他大哥大的号码。我说我只有传呼机号码和电话号码。他都记下了。他说我们多联系，多联系。我说是是是，心想和你应该不会联系，更不会多联系。

我了解到，金及爵一个亲戚原来在龙水市当领导，后来调到了天州。金及爵怎么从筏工变成干部，这就不难了。

据说审问有“粗加工”和“细加工”之别。粗加工是第一道工序，就是不把对方当人，杀灭对方的尊严，让高傲的头颅低下来。细加工就是战术问题了，结合案件，研究人的背景和性格，注重细节和逻辑，抓住软肋，展开攻势。金及爵当然从事粗加工，他出手麻辣，不管对手年龄多大、职务多高，开篇就问：为什么把你拉到这里？你自己说吧！对方一般是说不知道。好，金及爵十来个“指头枪”，戳在对手额头上方的头发里。倘是年轻男子，他会盖上被子打击，痛而不留伤痕。一边嚷道：你不说是吗！你不说是吗！不说能把你抓到这里来吗！不少人不等细加工，也就招了。

他联系了我几次，都是叫我出来喝酒。说是有人请他吃饭，叫我一起去。我都推说我上午不上班，晚上要看稿、签发稿件，自己又不会喝酒。我就不去了。

一天，母亲同我说，我们村金宅祠堂要修葺。大家都出钱，我们出多少。我对这种事不热衷，说，一般人多少我们也多少吧。母亲问，金及爵是副县级干部吗？我说不是，就一个一般工作人员。母亲说，他出了三万元钱呢，说自己是副县级的。全村人拍掌。不过，他母亲很快拿回去了两万元。

那么，金及爵出了一万元。那时一万元，也是个大数目啊。

我出了一千元，在村里也是中上了。

三

一天夜里，我忙完了活，把版面签给总编，很快，照排室通知我清样已进印刷厂，我就回家了。

躺下不久，总编来电，我以为版面出错，或者天下发生重大新闻。重大新闻一般是要闻部的事情，我们部版面出错需要紧急修改，一年中总有几次，今年一个印刷工居然发现大标题错了，我们把“天州市长”，错成了“夭州市长”。今天，只见总编喘着大气，慌慌张张，说本报办公室主任刚刚到了反贪单位一个点，说经办人是金及爵，你的同乡同学。我说你怎么知道金及爵，我自己知道都迟了。总编说别讲废话了，进去的人是个证人，他们还只是怀疑……对了，我们报社有什么问题吗，不可能嘛……你让金及爵想法子快快放人，越快越好！我刚想问办公室主任能有什么事吗。总编又说，兄弟，对任何人不说，你能解决这事，你就是立了特等功！

我立即给金及爵打电话，说这人是我最要好的同事，必须鸡蛋一样完好地出来，马上出来。

金及爵说，嘿，你们报社从德国进口海德堡彩色印刷机，有人贪污不少。情节极其严重。进来的人是个重要联系人，知道内情，我必须撬开他的嘴。我要立新功啊。

我说，你叫我跟你多联系，今天和你联系，是求你了。我今生今世是不是第一次求你金及爵啊？

那是。

那你把事情给办好，让我最要好的同事鸡蛋一般完好地出来。

的确是你最要好的同事吗？

那还有假。

这我得动动脑筋，和这人谈一次话，做些记录。你跟你总编说，我弟弟没事干，晃来晃去的，让他在你那儿谋个事吧。

我故意问，你弟弟哪儿毕业？

上班一定要哪儿毕业吗，坐坐办公室、开开车都是可以的嘛！

必须要这样？

你跟你总编说吧，办得了办不了你马上回复我。

我立即向总编做了汇报。我说同这种人打交道还不如公事公办为好。

总编说：

你立即答应他，立即！

我给金及爵打了电话，他的弟弟明天就可以到我们这儿报到上班。

金及爵说，好。

次日天还没亮，办公室主任回家了。

金及爵和弟弟两天后过来了。先到了我的办公室，我问金及爵弟弟，你会开车是吗？金及爵弟弟杵在那里。金及爵高声说，他路考通不过，是我通过人，和车管所打了招呼，拿来了驾照。

我说你这样不行，别的还可开后门，这个不可，开到河里去怎么办，撞了人怎么办。金及爵说，我在龙水也是这样拿的，开着开着就熟练了，开着开着就内行了。他的话使我无法接应。

金及爵说要和我们总编见一面。我打通了总编的大哥大，总编说我不见，你自己找个合适的借口吧。我知道，案子是金及爵掩盖好的，我们又给金及爵弟弟安排了工作，你金及爵还能咋地。我对金及爵说，总编正在到机场的路上，他要去上海。

金及爵弟弟进了我们的印刷厂。

四

我当了副总编。“特等功”只是因素之一。总编的父亲和我的亲父当年一起打游击，他父亲中学毕业，做了文书；我亲父出名的勇武，是杀过人的，俩人一文一武，表现都不错。新中国成立后他父亲进城走宣传的路，我亲父到地方上了。现在都退休了，住得不远，经常一起坐在公园里晒太阳，听天州鼓词，或定睛年轻的少妇。

金及爵打来电话，说祝贺。说要请他吃饭。我说为什么。他说如果没有他对总编网开一面，你能升上去？我说金及爵，总编父亲和我亲父是五八支队的战友，一起出生入死你知道吗。你弟弟以后要我关照吧，你应请我吃饭才对呢。

金及爵又说，你们办公室主任总要请客吧。

我说这是他的事，你自己问。

金及爵真的给我们办公室主任打电话，绕了几圈，说到吃饭。主任立即答应下来，吃饭的事主任还真好办，自己不必掏腰包，可以签单。吃什么都可以，喝什么都可以。主任到了我的办公室，说金总，吃饭的时候，你一定要去。他说自己看到金及爵很害怕。我说你现在还害怕什么？进去的时候他打你了？大灯照着你了？他说别说了，说起来心有余悸。但是，还好，不久，前后两重天，后来就朋友一样了，搂着我的肩膀，说，嗒，兄弟。

金及爵打来电话，说明晚六点在国茂大酒店紫荆花厅，可以坐十八个人，说，你带几个报花过去吧。

带几个报花，你他妈还反腐。我笑起来。

你们写字的就是迂腐，什么时代了。

我挂了电话。

次日晚上，办公室主任居然带了他们办公室三个美女过来。美女见了我，都称“金总、金总”。金及爵带来十二个人，自己坐在主席的位置上。叫两个美女坐在他的身边，说，今晚让我当一下皇帝。又觉得不妥，欠身说，这个位置应该是金总坐。后来是办公室主任安排，金及爵坐在主席不动，左右两个美女也不动，我坐一个美女边上，第三个美女又挨着我。我的左右也是美女。

酒桌上介绍时，两个是金及爵的同事，其他都是各界人士，什么卖冬虫夏草的、水库负责人、中学校长、一般大的房地产老总，其中一个是天州“北冰洋”的老总。“北冰洋”是桑拿、按摩的，他居然也熟悉。

金及爵向大家介绍了我。说是同村人，国茂大酒店离我们村只有二十公里。我们是中学同学，他是《天州晨报》的总编。

我忙说我是副总编。

金及爵说，副总编也是副县级。我笑说，你不也是副县级吗。他忙指着我，对其他人说，你们有事，今后都可以找他。请记者写赞扬的稿子，如果发现有批评你们的稿子，可以请他不发。就是打广告，也可打折，也可以写软文，那比打广告还顶事。

金及爵还介绍我。说他父亲退休前是天州市政协副主席。他有三个哥哥，一个是派出所所长，一个是税务所所长，一个是工商局副局长。他这样介绍，好像很有意思，我却觉得非常无聊。他说的是我亲父这一边，我姓金，我是养父的儿子。

好像是铺垫够了，他嘴角一滑，说：我的表叔刚刚从天州调到省里，是某某厅厅长。

大家不觉得新奇，可能他们都知道了。

那天我记得起来的有三个菜。一个是主食炒粉干，一个是象拔蚌，一个是石斑鱼皮。天州的习惯和别地不一样，首先是吃主食。主食填了肚，喝酒就难醉。我们那个村庄，待客人就是炒粉干。粉干云南叫米线，北京叫米粉，天州的粉干有多种，粗的筷子一般，用来做“猪脏粉”，细的有如发丝，这炒粉干采用的就是细的。煎好蛋，炒好乌贼干，粉干在开水里蘸一下，拌以酱油，猪油入锅，配料和粉干整个一起炒，非常香美！那天，国茂大酒店的厨师远远没有我们村炒得好。还有象拔蚌和石斑鱼皮，那时是最贵的，也以为最好吃。菜是金及爵点的。

金及爵点了两瓶茅台，还有古越龙山。我不喝烈酒，我喝古越龙山，这是黄酒。据说烈酒比较伤身体。金及爵反客为主，站了起来，说先大合唱一杯，他自己把满满一杯茅台喝了。我也不得不站起来。想起他少年时，得了肝炎，是不能喝酒的。我不便劝阻他。他为了气氛，也为了多喝，一个一个敬酒，使得别人当然也敬他的酒。每人循环敬酒，那要喝多少啊。他自己每杯倒得很满，喝得就多了。可是他有酒量，虽然他的脸酱紫色，我回家之前，他的舌头没有大，低级的黄段子还说得清楚。可见金及爵泅过多年的酒浪。

那天他和我之间的美女经常往我身边挪，上了好几次洗手间，我想是金及爵的手不老实。金及爵烟不离手，经常地，烟在左手，身体向右边美女靠；烟在右手，身体往左边美女靠。往哪边可能手就搭在哪边美女的大腿上了。他对我身边的美女说，我会找你的，我会关心你的。

我作为美女的领导，有些尴尬。后来，我假托夜里值班，起身先走了。其实，当了副总编之后，一周只有一晚值班。

金及爵不强留，把我送到包厢门外。递给我一支烟，说，看来我们俩，这一辈子不用自己掏钱买烟了。我不好回答，只说呵呵，你是一定的。

过了几天，走廊遇见，我吩咐办公室主任，金及爵可能会找办公室的美女，你可要小心。主任说，金及爵来找过了，她们没有听他的。

五

作为副总编，我分管经济部、办公室、物业部，还有印刷厂。一天下午，接到一个电话，说印刷厂烧起来了，着火了！我魂飞魄散，厂房烧了，海德堡印刷机烧了，那要多长时间不能出报啊。再烧了人，我撤销一切职务，开除公职，还可能被起诉，坐几年牢。

我和办公室主任即驱车白石。白石原来离市区很远，现在就在近郊了。我的老家在西，白石在东。天州古文人有一副著名对联，“白石白鸡啼白昼，黄岩黄犬吠黄昏”。白石说的就是这里。可是路上很堵，司机把《天州晨报》采访的牌子放在前边，走辅路，甚至逆线行驶，近一个小时才见到印刷厂。还好，烟雾已经很薄。

到了印刷厂，才知道烧着的是饭厅，饭厅又不是厨房，怎么会烧起来。饭厅挨着制版车间，制版车间烟进来了，没有烧起来，全好。我完全放下心来，领导也不是那么好当的。这回烧的部位很对，我对厂长说，你就和工人端着饭碗站着吃好了。厂长笑起来，只说还好，还好。我对着大家说厂长，今天这也是事故，你们自己查一查，是怎么烧起来的，怎么处理听报社领导办公会议的。以后随时可要提高警惕，消除一切安全隐患，烧出大问题，你可要坐牢的。这些官话必须要说，让别的人也听到。

厂长对我说，是是是，金总。

我到了厂长办公室。有女职工长得挺美，托盘端了三杯茶过来，和我打了招呼，金总，也和报社办公室主任打了招呼，扭着蒜瓣屁股走了。我看到厂长办公桌玻璃下有金及爵的名片。问，他怎么找你了？

厂长说：是，他有个弟弟在这儿。有一天接近傍晚了，他来，他说是你的同村同学，你们很铁，从他的话听得出，他好像是个厉害角色。我请他吃饭，他后来提出要到 KTV 去，美女伺陪。唱歌可投入了，但走音走调，真是五音不全。

我的脸上可能挂不住了。厂长见状也就不再多说。我想你怕他什么，即使你腐败，比如在纸张上有"吃头"，也是我们报社纪委管啊，轮到他金及爵吗。心里有鬼的人，佛堂也跪下，天主教堂也跪下。我对厂长说，以后金及爵再来，你不要理他了。

我和办公室主任即回报社。办公室主任说，那天国茂大酒店你走后，金及爵悄悄向我借了一万块钱。过了半个月，他让我安排三辆车，他龙水的朋友来，十多个男女，他们要玩永乐县的樟江。后来走了几个景区，在壁上人家吃了石蛙和鲻鱼，喝了十来瓶永乐老酒汗。过了一夜，每人带走一斤香鱼干。

这永乐老酒汗是很贵的。黄酒蒸馏成白酒，白酒再蒸馏，变成老酒汗。所谓"百斤黄酒一滴汗"。有人说是永乐茅台，茅台哪有永乐老酒汗"暴殄天物"！还有香鱼干，香鱼属洄游鱼类，平时栖息于浅海，每年春季，甩尾到樟江里来。干什么？产卵。这就被人网住了。这东西世界上已经很少了，据说朝鲜还有。香鱼晒成干，价格不菲，一千来块钱一斤。

我问，一万块钱还给你了没有？

办公室主任笑笑，摇摇头。

我说你挺好的，修了我们金宅祠堂。

什么？他一脸茫然。

我笑而不答。

六

冬天一天清晨，起风，下雪了。那时天州还有雪。金及爵听得楼下有动静。等到穿衣下楼，开了门，傻眼了，有人正在门口摆花圈，五个花圈。

金及爵大叫：怎么回事！

这是金及爵先生家吗？

你摆这些鬼东西干什么！

地址不对？我摆错地方了？

你他妈的要死啦？

的确不像死了人的人家。金及爵先生还没断气？

你才断气呢！

还没断气，叫我把花圈拉来干什么，真是的，总要等一等。

滚！

我是三轮车夫，我有地址，店里说你家死人了。

金及爵大叫：你家才死人呢！

金及爵死了，他朋友送的花圈。

你他妈的要坐牢！

这门牌是清清楚楚的，里仁路 33 号，我看了又看，对了又对，这事可不能马虎。他抖抖索索，又摸出字条，是，里仁路 33 号。

金及爵耐着性子看花圈上的字联。一边是：金及爵同志千古。一边是：某某某敬挽。五个某某某都不一样，但金及爵都不认识。

三轮车夫看出了端倪，说，先生你就是金及爵？

是啊！

是花圈店搞错了？还是到花圈店的客人搞错了？

你他妈还站着干什么！快快把这些鬼东西放到车背运回去！

三轮车夫连连点头，手忙脚乱行动起来，好像自己也有错一般。

金及爵坐上三轮车。三轮车夫向花圈店骑去。他后来同我说，当时真想一脚把三轮车夫踢到东海里去。

三轮车停了。金及爵跳了下来，本想一把火把花圈店给烧了。他见了店主，咆哮了一阵。

店主七十来岁，人小，细眼，尖鼻，手里拿着一把裁纸刀。慢条斯理地说：深表同情。看来这顾客是蓄意的、恶意的。发生这种事，还是第一次，盘古开天以来没有的。

金及爵一直捏着拳头，这时松了开来。便问店主定做花圈的是怎么个人，怎么个情形。

店主说，昨晚八点来钟，来定做付钱的，是一个中等个子，四十来岁，胡子较长，头发也较长，戴着鸭舌帽、眼镜和手套，穿着黑色立领大衣，讲普通话。问一个花圈多少钱，我说八十。他即付了四百元。又摸出一张字条，上面有门牌地址，和要求写在花圈上的字。他是步行走进来的，没有坐三轮车，也没有坐“菲亚特”之类。

金及爵奔向单位。他不找自己的科长了，他要直接找局长。局长不在办公室，单位在开局长办公会议。金及爵向会议室冲去，他没有考虑这样做合适不合适，只觉得自己这个事比天还大，是单位最最重要的事了。被人送了花圈，倒的不是他的霉，倒的是单位的霉。我们单位倒霉，这怎么了得！他还觉得自己的工作是努力而且有成就的，要不然坏人怎么偏偏报复他呢。被人送了花圈，就是一张证明书。而且可能，凭着这张证明书，他还能得到晋升呢。

他没有敲门，一推就进去了，气呼呼的。

众领导惊愕，都把眼光射向金及爵的眼睛。倘若平时，这个场面，金及爵肯定胆怯畏葸，今天他可不同了。他高声说：

上午我一推门，门口摆了五个花圈！

众领导疑惑，哪里摆了五个花圈？是我们局门口吗？我们局门口摆花圈干什么？谁摆的？没有见到过啊。有一个领导问金及爵：

你慢慢说，说明白一点，哪里摆了五个花圈？

金及爵大声，而且有些不耐烦地说：

是我家！是我家门口！是我家门口被人摆了五个花圈！

大家一下子明白了。事情的确意外。但并不是马上大张旗鼓的事，也不是马上要拨打 119 的事，更不是眼前山崩地裂的事。金及爵是一线办案的人，他们多多少少知道一些，文化程度不高，工作还是努力的，经常没日没夜的。但事情没查清，被人报复的可能性很大，但也不排除金及爵个人恩怨的缘由。

一位副局长对金及爵说，你先回去吧，我们知道了。

想不到的是，金及爵眼睛盯着局长，嘴唇扭曲了几下，竟哭了起来。说这么大的事你们不管，不马上讨论，我今后就不工作了，云云。

办公室主任赶忙站了起来，走过来，揽着金及爵的肩膀，说：

我们都知道了，我们不会不管的。这事涉嫌犯罪，我们让公安去查。你放心吧。

金及爵这才像个孩子，走出了会议室。

七

局长对金及爵的事还算重视。人活着，别人故意摆花圈，这种事只能算侮辱罪。而侮辱罪最多也就判三年。局长考虑到一线办案人员辛苦，决不能让他们受委屈。重视这个案件，也是让大家心里明白，对自己的人，他局长一定会呵护好的。所以，他亲自到了天州市白鹭区公安局局长办公室。白鹭区是中心区，天州市政府和金及爵的家都在白鹭区。

局长比区公安局局长职位要高，特殊性更强。公安局局长已经接到电话，他说自己跑过去，局长说不。当局长的车停下时，公安局局长已经在楼下等候了。

接得上楼，公安局局长以为是大事要事。局长把事情说了一遍。公安局局长心里发笑，怎么会发生这等事，这样的一个恶作剧。他凝重地说，我们会高度重视。他即当着局长的面，拨通内部电话，几分钟后，负责破案的副局长和刑警队长来了。公安局局长向副局长和刑警队长介绍了局长和案情大概，说，这案子一定要破。

局长这才回来。把亲自到公安局的事电话告诉了金及爵的科长。

下午有刑警找金及爵。说送花圈的人，肯定对金及爵有深仇大恨。问金及爵自己怀疑的有谁，也就是“加温”厉害，反抗厉害，或者曾经威胁金及爵的是谁。金及爵想了想，说了几个人的名字。他们都一一记下。

另一组当然是找了花圈店老板。细眼尖鼻的老板又把定做花圈的中等个子描述了一下：四十来岁，胡子较长，头发也较长，戴着鸭舌帽、眼镜和手套，讲普通话。问了价钱，付了钱。摸出一张字条，就是要求写在花圈上的字，门牌地址。他是步行走进来的。

刑警问：

给你的钱在哪里？

店主拉开抽屉，说，生意也就这一笔，是这几张。

这几张我们借用一下，会还给你的。你确定这人是戴了手套的吗？

昨天的事情，我记得有手套。

字条呢？

我把五个送花圈名字誊下后，给了三轮车夫。

三轮车夫你能找到吗？

这个不难，他是我表弟。

手套一直戴着的吗？

是。

刑警便叫老板坐在警车上，去找表弟。

表弟住在老城区金丝蜜巷。那是一条扁担不能转肩的小巷弄。刑警只好把车停在巷口，步行进入。二百多米，找到表弟的家。表弟不在家，他老婆一个人在下军棋。说老公晚上七点时，一准在家。

出得门来，一个刑警说，七点时，三轮车的客人都已到家，或进入酒店，三轮车才骑回家。而这女人喜欢下军旗，还一个人，自己和自己下，有意思。队长说，我妹妹上半年考上重点大学，你猜猜她填的什么志愿？南京大学历史系考古专业！她一心做掘墓人。你们想不到吧。刑警说，哦，想不到。

刑警晚上又来了，果然见到三轮车夫。问那张字条在哪里，答曰：

早晨就被金及爵一把夺走，撕了，扔在雪地上了。

三个刑警返身走了几步，说：

这金及爵，亏他还是个办案的人呢！

八

案子几天没有破。来人不留电话，钱上的指纹密密麻麻，重叠又重叠。那张字条被金及爵自己撕掉了，扔在了风中的雪地上。刑警赶到金及爵家，纸屑片头都没有了。即使有完整的字条，这个戴手套的人能留下指纹？不可能。帽子、眼镜、胡子，长头发和说普通话都是伪装，故意给破案设障。回到家，一切可以改变。有一点是明确的，应当是被金及爵“加工”过的人，但不一定是本人，亲朋好友可能性更大。这人可能住得很远，让花圈店老板看到却是步行来的。当年基本上没有摄像头。金及爵加工了那么多人，那么，多一人就是多一座障碍的山。

简言之，只有一条线索：这人是一只老狐狸。

金及爵被请到了公安局。刑警向他一一作了通报，解释目前破不了的原因。他们已经努力了，巧妙地提取了金及爵怀疑的所有人的指纹。指纹和钱一一比对，一无所获。

金及爵在公安局捶了桌子。说：

这案一定要破！

刑警回答：必破的是命案。

你们就是一帮饭桶！

刑警见状，也没有好声气，说：钞票是千万人使用的，字条说不定就作案者一个人使用过。谁把它撕了，谁消灭了证据，谁才是饭桶。

你们等着！金及爵说了这句话，站了起来，回头走了。

刑警们哈哈大笑。

金及爵不是回家，是上另一幢楼，公安局局长办公室。公安局局长一见金及爵，心里有数了。因为队长已经向他做了详细汇报，案子目前破不了，要看以后老狐狸的尾巴了。

公安局局长还是笑着，给他泡了一杯茶，递给了他。金及爵理所当然地接过茶，口气俨然领导，说：

这案一定要破！

公安局局长还是耐心地向金及爵解释，有的案子的确是一时破不了的。并说我们还在破，向你通报并不是收摊不破了，有的案件需要时间。

金及爵站起来，把茶杯往桌上重重扣下来，嘭的一声，杯盖也碎了。金及爵手上出了血。金及爵说：

你们就是不重视，不努力，像这样简单的案件会破不了吗，又不是杀人案！

公安局局长说，杀人案有的还真是好破。比如有的杀人犯杀了人就逃，拼老命逃，他逃我追，一追一个准，逮过来就招。像送花圈这个事，清晨送过来，也没有造成很大的社会影响，而且这人经过缜密设计。他平时可能不戴帽子、眼镜，他可能本来就是天州人，普通话平时就不用。他从花圈店回家，可能就把头发理短，把胡子剪短。你知道最有破案价值的是什么吗？是字条，已经撕了，被风吹走……

金及爵又站了起来，说：

没有造成很大的社会影响，难道没有罪！如果是你家被人送了花圈呢！

公安局局长一边收拾桌上的报纸，说：

本人深表同情。这个案子没有破，不是说我们结案不破了，我们还关注这个案子。有时案件由时间来破。

公安局局长抬头看看金及爵，金及爵已经走了。

九

我们《天州晨报》经济部有个女记者，人有点二，有时说话不怎么着调。人很粗大，一米七八长，大眼睛，高鼻子，面脸还算好看。曾经传言，我们的总编和她有一腿，我曾经问过总编，他说没有。鬼知道呢。不久前，女记者出大事了。她睡觉睡得过死，把刚刚出生的女儿压死了。也有人说她被子太厚，捂得过于结实，女儿被闷死了。具体情形鬼也不知道。

现在她在我的办公室哭，说他的老公不要她了，要离婚。

虽然我是分管领导，但除了深表同情外，爱莫能助。因为离婚自由，谁也拉不住他。孩子死了，老公在这个时候提出离婚，不适当。他老公是统计局的中层干部，可能女记者不着调的事，他统计得多了。多了也不应该这时提出离婚。但我怎么对统计干部说呢，不好说。要说也只能说女记者在悲伤之中，能合则合云云。

我对女记者说：

我和他沟通一下。

这时金及爵闯了进来。他一见女记者，便说：

你先出去！

女记者看了他一眼，理都不理。

金及爵说：

我是金及爵，××局的！

女记者不再看他，理都不理。

我觉得她坐在我这儿也没有用，副总编管不了别人家庭。也就说：

你先回去吧，我会和他沟通一下的。

她才走了。

金及爵像是气急败坏，同我说了在公安局的经过，说公安局不重视案件，多天了破不了案。这是玩忽职守。

我心想乱扣帽子了。难道你反贪审问都有结果吗？问：

你准备怎么办？

我到这儿来，就是要你们登报！

你是说叫记者写写你家被人送了花圈？

是说白鹭区公安局不作为，简单的案件破不了。

心想写负面报道，公安局我们是不敢触及的，要害部门是关系户，我们要他们帮忙也多得很。

我说及爵，公安局也是努力过，如果案件好破，那人也不送花圈了，不敢。你看，他多重伪装，还晚上八点来钟到花圈店，穿着黑色立领大衣。他是深思熟虑要玩你了。

所以一定要破案啊！

及爵，记者不好写啊。

这怎么不好写？不好写也得写。写了登了，逼迫公安局破案。

你的目的不是批评，而是逼迫公安局破案。

是啊。

我想，你是哪根葱啊，公安局已给足了你面子。这是无理要求。说：

我管经济部，政法不是我管的。

你叫记者写，记者还敢不写吗？

政法记者写了批评稿，总编也不会签发的。

他站起来，有些愤怒地看着我，说：

你一个电话打过来，说把你的同事放了，鸡蛋一样完好地出来，我听你的放了，鸡蛋一样滚出来。我叫你登一个稿子就那么难呢？我找你们总编去！

心想也好，你就去找总编吧。我还是尽到礼貌，叫办公室主任过来，把金及爵送到总编那里去。

办公室主任客气，老朋友似的，接送金及爵。我听得远处金及爵说了一句话：

你和总编的案子还没完！

我吓了一跳，想必办公室主任也吓了一跳。我可不能让总编也吓一跳。我觉得还有话对金及爵说，我又远远地叫住了金及爵，招手他俩回来。

我说：

及爵，你说的登报，绝对是一条新闻，公安局破不了案，那么是什么案，这一定得交代。某某时间，某某地点，某某人没死被人送了花圈，公安局还没破案。这些总要写吧。的确是新闻，还是踏破铁鞋无觅处的新闻。但刊登后，天州的人都知道金及爵没死，被人活活送了花圈。这事不是笑过就忘了完了的，别人会问，金及爵为什么被人送了花圈，送花圈的人有什么深仇大恨。这个新闻会让人叨念一辈子。这个新闻的主角永远是你，可能会累及你的后代，说某人的上辈活着被人送了花圈，再加油添醋，很不好听。

案子不破，我就这样忍了？

我们是同学，权衡利弊，刊登了，对本报倒是有利，不刊登，对你有利。

是这样吗？

我又用常规的话对他说：你要平心静气，冲动是魔鬼，感情用事，没有后悔药。

金及爵犹豫了，说：

你这样说，不是没有道理。

我说登了报，我们村里的人都知道，不知会笑到什么时候呢。

他说这也是。

办公室主任叫了司机，把金及爵送了回去。

十

我村金宅祠堂修葺完毕。村里人要吃完工酒。虽说社会已到九十年代，但村人吃好喝好还很少。祠堂修葺了，大家就借机大吃一顿，打打牙祭。金及爵通知了我，他是第一个得到村里通知的，他出的钱最多。有几个做生意的，号称大款，也就出五千。他是第一功臣，应该是完工酒的主角。

金及爵说，你让报社派辆车，把我们俩送去。

我说坐公共汽车吧，就半个来小时。不能公车私用。

有权不用，过期作废。

呵呵。那我自己坐公共汽车。

第二天上午，总编的司机到我的办公室，说金总，车在楼下等了，到你们村去。

办公室有几部车，以总编的奥迪车最好。显然，金及爵是打了电话给总编的，或者金及爵要最好的车，办公室主任请示了总编。

我只好下楼，坐上后座。把副驾驶留给金及爵，好让一进村，村人都能看见他。

金及爵拉开副驾驶的门，还是问我，你不坐前面？我笑着说，你是副县级的。

他便坐进去。司机让他系好安全带。

我说，你不自己有车吗，还让我们报社替你送，麻烦不麻烦。

我们有专车，有司机，这样多好啊。

你有专车，你有司机。

我们村就我们有出息。

这话你讲过。你有出息。

村主任迎接我们。

祠堂坐北朝南，比原来的面积大多了。前面还有大空地，可做停车场。村民很重视，自家的土地也长不出什么彩电、沙发，以千元一亩的价格卖给了村里，扩建祠堂，以为是荫及子孙的好事。我们先看了功德碑，金及爵大名赫然在第一个。他捐款一万元，镌刻在上，实在应该拿头牌。

我看祠堂里有胡公大帝（也叫胡公爷）的塑像，我们这一带几乎所有的祠堂都有胡公大帝的塑像。胡公原来就是胡工，据说是我们这里的一个铁匠。后来慢慢地，形象变了，胡公大帝成了想象中的尉迟敬德，胡公大帝和尉迟敬德是怎么挂钩的，只有鬼知道。尉迟敬德和秦琼是门神，现在他又在我们这里兼职了。我们到底要他保佑我们什么呢，鬼知道。

更为离奇的，是祠堂里塑造了另一尊佛像，我细看胸前雕刻的名字：金兀术。我差一点叫出声来。他哪是我们金姓的祖先，他是完颜阿骨打的儿子，金朝名将，灭了辽，又灭了大宋王朝的外邦。他和我们歌颂的英雄岳飞可是死敌啊。俩人打过大大小小的战役不计其数，金兀术曾攻占河南汤阴——岳飞的家。岳飞的发妻刘氏，也就是岳云、岳雷的生母，更是和家人失去联系，数年后不得不改嫁他人。所以两个人第一个回合交手的结果，是金兀术把岳飞的家抄了，还搞得岳飞妻离子散，差点儿家破人亡。

金及爵指着两尊塑像，说，威武，雕得好。

我不好说不好。塑像已经完成。金及爵是出钱最多的人，功劳就像尉迟敬德对于李世民。

金及爵对村主任说，他要说两句话。这完工酒，不是开大会，通常是不安排说话的。金及爵提出要说两句，村主任当然同意。拍掌要大家静一静，请我们及爵说话。

所有的八仙桌都摆好了冷菜，金及爵不能爬到桌上去，他只好站在条凳上。站在条凳上，我总觉得很不稳，便和司机一左一右，一人扶着他一条腿，好像是他的两个保镖。

他踌躇满志，说的话大意如下：

我是非常重视这个祠堂的，大家应该知道。修葺这个祠堂是我们沙头村头等大事，光宗耀祖，也会使我们金家人健康平安，事业发达，升官发财。

金银铜铁锡，金是最重要的，没有什么比金更尊贵的了。我们做人就要做好人，做名人，做有社会地位的人。金家人要努力工作，要洁身自好，只做好事，不做坏事，做坏事胡公大帝保不了你，金兀术保不了你，我都保不了你。

大家拍掌，说金及爵说得好。

我始终有些隔膜，村里人都知道我不姓金。我的生父不姓金，现在天州城里吃香喝辣的三个哥哥也不姓金。但我副总编的职位在那里，村人还是把我排在第一桌，和金及爵、村主任、“寿长爷”在一起。我妈和金及爵妈是女的，都在别的桌。金及爵对村主任说，把他的司机安排在适当的桌位吃饭。村主任说，已经把司机安排在第二桌。金及爵点点头，嗯了一声。

我们村的吃，第一个大菜还是肉块。肉块其实就是东坡肉。五花肉，方块切好，放在冷水里烧开一会儿，见血末浮起了便捞了出来。砂锅内铺一篾垫，葱段姜片放置其上，筷子又把肉块一粒一粒放置其上，肉皮都须朝下。撒上盐粒，酱油少些，黄酒多些，清水一杯。大火烧焉，撇去浮末后再烧，加红糖少许再炖一会儿，然后动筷子使肉块皮朝上，又焖烧一会儿，大功告成了。祠堂里那么多桌，那要放在大蒸笼里做，做法大同小异。

第二个菜是肉丸。肉丸就是狮子头。但我们村的狮子头个头较小，也是五花肉做的。村人的味蕾永远寻找故乡，肉块好，肉丸好。

河鲜上来了，团鱼、鳗、马鲛。马鲛也叫鲅鱼，实是海鱼，我们村离海近，马鲛结伴春游一样游过来，只好做了桌上餐。鳗在天州城里还有一种做法，用绍酒炖。这个我们村里的厨师还不会做。只见整个祠堂热气腾腾，大家吃得轰轰烈烈，我的耳朵里全是嘴巴的声音，啧啧啧啧，啧啧啧啧。

金及爵没怎么动筷子，拍拍村主任的肩膀，说，我们去敬酒，不仅我对祠堂有贡献，大家都有贡献。

他便和村主任端着酒杯逡巡各桌。远远听到他母亲说，及爵你少喝点。他哪里少喝点，几乎杯杯都满。大家见到金及爵，都很客气，说，你用大了，用大了。用大，天州话指的是花钱多，出手大方。金及爵笑笑，说，没有，没有，一家子不说两家话。

天州现在风行喝葡萄酒，以为扩张血管，抑制癌症。那个时候基本上喝的都是黄酒，酿法和绍酒比如状元红、加饭酒、花雕酒差不多。但黄酒酒精度比葡萄酒略高，大约十五度。金及爵喝那么多酒，回来的路上，不行了。要呕吐，我叫司机停车，让金及爵出去。司机找了个适当的位置靠边，可是金及爵已经来不及了，门刚一打开，呕吐物就喷出来了。好在吐在外面，车上似还干净。他出去后，又蹲在地上吐了一会儿。

司机摇了摇头，我叫他把车开去五十米，让金及爵自己慢慢走过来。

金及爵过来上车后，像一堆屎。

我说：系好安全带！

他的手在安全带那里动了动，还是司机帮他给系起来。

呼噜声响。

车子进城，走走停停，喇叭也响，金及爵这才醒来。他竟对我说：

我们一起去潇洒一下吧。

潇洒？睡觉去吧，你！

是有点累，我们一起去按摩一下。

我回报社，还有事情。

十一

次日早餐，我正在吃方便面。方便面放在水里烧一烧，比泡出来好吃。我还加一个鸡蛋，这样营养也差不多了。我吃着方便面，听得门口刹车声，有人喊：

金总在家吗？金总在家吗？

听起来似乎挺紧急。

我开了门。来人似乎眼熟，一下子又想不起来。来人自我介绍：

我是“北冰洋”的老总，我们在国茂大酒店一起吃过饭的。

我想起来了，他是金及爵的朋友。我说你好，有事吗？

他说金总，你有一个亲哥哥在天井栏派出所当所长吧？

我说是的。有事吗？

他说金及爵出事了。

昨天都好好的。我说金及爵能出什么事？

他说昨天下午，金及爵从郊外回来，到了“北冰洋”。他在泡澡池里睡着了。晚饭是我和他一起吃的。后来他要叫小姐按摩，我给他安排了四楼一个房间。天井栏派出所的民警破门而入，小姐正在给金及爵“打飞机”。

打什么飞机？

就是手淫，民间说的五个打一个。

“北冰洋”归天井栏派出所管辖吗？

不是。这次是市局统一行动，换区扫黄。警察是八点半集合，卸下所有通信设备。坐上市局的面包车以后，才告诉行动内容。

你认识我哥？

不认识。但金及爵绝对在天井栏派出所。

我想这种按摩也不是天怒人怨的事，饮食男女而已。问：

这又不算嫖娼，教育一下不就出来吗。

算的。等同嫖娼处理。

罚几块钱就放人吧，哪有那么苛刻。我哥是比较开明的。

没有。

没有？

没有。

哦，原来我哥不开明？

他不再说话。他盯着我的碗，痛恨我的方便面。天州古话：吃饭大如皇帝。我可是一口一口来。问：

你要我做些什么？马上放人？

金及爵还没有招。他只说自己中午喝酒，晚上也喝酒，叫小姐正规按摩。说躺下就睡着了，后来警察进来自己光着身子，自己不知道。

你知道现在还没招？

没有。

不招不就没事了吗？

金总，不好意思，你知道，时间久了，很难扛得住的。

我心里发笑，金及爵也有这一天。

看着我方便面吃好了。说，金总，你吃好了，我们就去天井栏吧。

我坐上他的车。将近天井栏，我让他把车停在远处，人别进来。我对他说：

放心吧。

我在我哥办公室坐下。我哥说，我看到了，你们村那个金宅祠堂很气派，你出钱了吗？我说我姓金了，还能不出，一千块。我哥说，你当了副总编，阔绰了。我说有人还出了一万块钱呢。我哥说，你们沙头村华侨不少。我说华侨出钱倒是很少，一万块是一个叫金及爵的人出的，现在关在你这里。我哥说：

现在……关在这里？

是啊。

我哥出去了一下，回来说没有金及爵这个人。我说金及爵肯定在你这里。我哥说所里只有一个人，叫金沙头。我说金沙头肯定是金及爵。我和他都是沙头村的，都姓金，他可能向你这个所长暗示，你可浑然不知道。我哥说：

我哪管得那么具体。这人只是一个劲地求饶，但坚决不招，聪明。

我说不是聪明，是有经验。坦白从宽，牢底坐穿；抗拒从严，回家过年。

此话怎讲？

你猜猜他是什么单位的。

银行的？

他是市里反贪的，负责审问的。

我哥恍然大悟，说，原来就是那个金及爵啊！

你知道他？

我哥站了起来，说，以凶暴有名，他还被人送了花圈。……你还不早说！

我心想早说迟说和你有什么关系嘛。

金及爵关在一间半暗的房里，一只手腕吊在“单杠”上，脚尖点着地面，嗷嗷地叫。我们进来，审问的人说，他还不招。我哥对他说，看来的确像他自己说的那样，酒喝醉了，睡着了。证人也来了，把他放了。

放下后，金及爵瘫坐在地上，又像一堆屎。见了我，嗬嗬大哭。

我哥叫人泡了一杯麦乳精给他。他几乎是夺过来，几乎是倒进喉咙里去。

我打了电话给“北冰洋”，让他过来。金及爵中午和我喝酒，晚上和“北冰洋”喝酒，在“谈话记录”上，我和“北冰洋”都作为证人，签了字。

“北冰洋”背着金及爵出去。金及爵看着来来往往的男女警察，牙根咬得蹦蹦响。

出了派出所，金及爵马上睡着了。

十二

次年的春末，天州发生一件非常尴尬的事情。公安一名中层干部死了，死的地方却是反贪单位。第二天，吃公饭的人都知道了，而且传播很快。家属当然闹得厉害，而且派人飞到京城了。广州和北京的一些新闻单位给我们打电话，了解具体情况。我们已经接到通知，事出意外，不报道，不采访，不提供新闻线索。

我听到这一消息，以为是金及爵失手把人给弄死了。后来很快得知是这位同志有心脏问题，是心脏病发作。但是，家属坚决否认，并拒绝谈抚恤金的事情。

高层很快批示：严查到底，绝不姑息。

不少人到了天州。尸检结果，是窒息死亡。

金及爵浮出水面。还是他。

那一天，他们那一组是三个人，另两人交代：三人把这位同志拖到浴桶里，交给了金及爵。金及爵把这位同志的头摁在水里。这位同志开头挣扎，后来不挣扎了，两人赶紧过来，金及爵还揪着头发。他们觉得大事不好，和金及爵把人拖出来，做人工呼吸，轮流做了一个来小时，可是人还是不顶用了。但还是拉到医院，当然是更不顶用了。

三人被关起来了。金及爵刑拘。

这是总编告诉我的。他踱到我办公室。他双手捧着一杯茶，我以为他会开心。不料他心事重重的样子。

我说，你，什么意思？

这家伙关在里面，不会胡说八道吧。

你是说金及爵吗？他能胡说八道什么？我们又没有被他抓住什么把柄。

那当然没有。

那你怕个鸟。

他这种人层次低，为了立功赎罪，瞎说一气，有没有这种可能？

我想办法进去把他毒死？

总编笑起来。

我说，他这种人，肮脏的事不少。对他的调查，不会涉及别的吧，就是怎么把人弄死。然后判刑处理，向社会有个交代。

总编说，我想也是。

他回去了。

公安局查人还真是快。他们查出金及爵档案里有几个假的东西：金及爵本来只是个筏工，并不是龙水航运局干部。党员是伪造的，他的龙水师范专科学校的大专学历也是伪造的。

一日清晨，我家门口有声音。是不是有人送花圈来？我可要下楼看一看。

原来是金及爵的母亲和弟弟。俩人灰着脸，进得我家，只说怎么办呢，及爵为公家工作，没日没夜，却被关起来。公家怎么这样呢，这不是恩将仇报吗？

公家是让及爵办事，不是叫及爵把人弄死。及爵把人弄死了。不是说人命关天吗，所以就麻烦了。

我家及爵一直是善良的人，好人。还有比他更好的人吗？你是知道的，及爵工资不高，可是碰到公益就出钱，我们村修金宅祠堂，及爵一个人出了一万块钱。是不是？

那是那是。

金及爵是好人，公家不能把好人关起来，要放回家。你说是不是？你要把这个反映上去。

我说这是两回事。好人是一回事，把人弄死是一回事。

金及爵母亲坚持说是一回事。好像我是法官，她要做通我的工作，黏住我不放了。我只说及爵的确不是故意杀人，但的确过失把人弄死了。把人弄死了，就是有事了。

她说，不会判刑吧，我儿子是好人。

会不会判刑，相信司法会处理好的，不会冤枉及爵。我想起来了，我说你家不是有个亲戚，原来是本市的领导，现在省里当官吗，向他求救。

金及爵弟弟说，早已向他说了。我哥连累到他，从昨天开始，不接我们的任何电话了。

金及爵母亲说，你是副县级的，也是大官呢，你要出手相救的，你们是同村人，而且是同学。及爵关起来，你也脸上无光。

我怎么对她说呢，真是不好说。这个案件影响很大，多方关注，法律程序一定会走到底。而且金及爵从一个工人摇身变成了反贪单位的干部，增添了有关部门的心理量刑。我对金及爵母亲说，我同情金及爵，但只管报社一部分，和公检法没有联系，我没有资格和公检法的人沟通。

想不到金及爵母亲说，你们当官的人，蛇洞蟹洞，洞洞相通的嘛。你副县级，是有办法把及爵弄出来的。

我只有耐心，只有赔着口水。

十三

金及爵母亲和弟弟几乎每天跑到我家，有时一天几次。清晨我还在做梦，梦里的人忽然敲我的门。我问你不是坐着和我说话的吗，怎么忽然又去敲门呢？没有啊，梦中人说。你听，那不是在敲吗？梦中人忽然一闪，没有了。原来真的有人在敲门。我知道敲门的人是谁。

哎哟，天还没亮呢。

我的确同情金及爵，我同情他作为人的可怜。我对他母亲也是同情。这是两种同情。金及爵要异地审理。开始把金及爵放在龙水，省里得知金及爵就是在龙水作假到天州来的，便把案子改在了台云市。

台云市有我的大学同学，其中一个也姓金，在台云炙手可热。我可以和金及爵弟弟走一趟。我对金及爵弟弟说，我们明天坐公共汽车去。他说，我们报社有轿车，叫报社派车吧。我心想你是哪根葱啊，这是私事！我只是强调一句：明天坐公共汽车。

次日上午，我给台云市的金同学打了一个电话，说有事找他。出门时，见总编的司机已在门口，副驾驶座上坐着金及爵的弟弟。司机把我的包拎去，放在后备厢，又叫金及爵弟弟坐到后面去。

我坐在副驾驶座上。汽车开动，金及爵弟弟递来一根烟，我说不抽。他又递一根烟给司机，司机也说不抽。他便自己一个人抽起来。我只好说，车上不能抽烟，要抽下车抽，懂吗？他说懂。

我到了台云市，和金同学见了面，说明了来意。向他介绍了金及爵弟弟，调侃说，我们金家的，都是一家人啊。

想不到金及爵弟弟来劲了，挽着金同学肩膀，说：

我们是一家人，金及爵的事情就是你的事情，你要让他无罪释放，要判刑，你也脸上无光。

金同学有些莫名其妙地看看他，说：

早就知道这个案子，这个案子过于轰动了。从法律、道德、人性的角度讲，金及爵都是罪不可赦的。这是故意伤害罪，致人死亡，是要处十年以上有期徒刑、无期徒刑或者死刑的。

我之所以让金及爵弟弟一起走一趟，就是让他和他妈知道，金及爵是犯了重罪。作为熟人，我理当帮忙，但根本帮不上大忙。

这怎么可能呢，他是为公家办事。金及爵弟弟嚷道。

公家叫你往死里闷水，把人弄死？金同学反问道。

那人明明有罪，但是不招，不闷有什么办法？

金同学看看我，意为这人怎么这样无知。

我向他眨眨眼，意为别计较。

通过金同学，我们请了台云市一个著名的刑辩律师给金及爵。我对律师说，卷宗里会展示的，浴桶不是金及爵的，把公安同志拎进浴桶的是三个人。拎进浴桶就是为了闷水，金及爵个人只是火候掌握不好，说到底，他是过失。

律师说，金及爵为什么对公安同志下手这么狠？

我难以回答。

那天晚上，台云的同学招待了我。觥筹交错，气氛热烈。我们不谈金及爵的事情了。金及爵弟弟始终一脸乌云，一言不发。好像他哥哥出事了，我们快快活活，是不应该的。

吃好饭，当天晚上本来是住下的，我叫司机辛苦一些，一百多公里，启程回家。我警告金及爵弟弟，以后不得再让单位派车。

金及爵母亲（有时还有他弟弟）还是天天到我家来，如同上班。同上班又不一样的，是她有时清晨来，有时傍晚来。傍晚来，经常是我家晚饭的米已下锅，她来了，我们只得另烧一份粉干或面条，给她，或给自己。她也心安理得，都是一个村、一个祠堂的嘛，大家都姓金。她没有不来我家的理由，因为台云市的确有我的同学。但事情太清楚了，话也就这么几句，何必天天过来呢。但是她天天来，好像必须天天来。我只得陪她说话，耗得我挺苦的。而且，她和我居然还闹了矛盾，我给台云的金同学说，拖几个月，等舆情过去，以后再判为好。而她认为越快越好，让他的宝贝儿子快快回家。

我经常和金同学通电，询问台云那边审理的情况。金同学说，金及爵还是条汉子，他居然说公安同志进浴桶，是他个人的要求，叫两个同事帮忙的。问他有没有什么立功赎罪的事，他说没有。

我对金及爵有了新的认识。

几个月过去，一审下来，金及爵被判六年有期徒刑。

这下好了，金及爵母亲在我家大哭，好像是我判处他儿子六年有期徒刑。

我对她说，这还是轻判。古话不是说杀人偿命吗，及爵只判了六年。

她哪里听得进去。嚷道：

你就判他死刑！你就判他死刑！

我越解释，她哭得越凶，如同哭丧。真是一点办法也没有。

他弟弟过来，说法院这样判，他不肯。他的意思我明白，他要上诉。先前的律师看在我同学的面子上，不收钱。这回再不给钱就说不过去了。他弟弟说前一个律师辩得不好。我问他你自己请呢，还是让我同学另请他人。这回上诉是要给钱了。他说让我同学另请律师。我打了一个电话，后来我同学回话了，第二个律师要八千块钱。

他弟弟秉承母亲的意思，跑到村主任那里，把他哥哥的遭遇说了一遍。说这回再请律师，需要一万块钱，先前他哥哥的一万块要返回。

村主任心想麻烦了。原来捐款的钱都用在了修葺祠堂上了，多出的一部分一村人吃了一顿。况且金及爵的大名镌刻在了功德碑上了，还磨掉吗。

村主任和另几个村头儿商量了一会儿，对金及爵弟弟说，不要说捐款拿回去，这话不好听。金及爵是我们沙头的人，是我们金家人，有难我们全村人帮忙，一万块钱不是问题，你放心。这事包在我身上。

很快村民筹款，村主任把一万块钱送回来。

当然，再次开庭时候，被驳回了。

十四

我到十里铺监狱看他是几个月后的事。我到省里开会，顺便拐到十里铺。在这之前，我通过省城同学联系了监狱，否则是不好会见的。监狱离海不远，有烂带鱼的气味。他正在外面农田里干活，经人指引，我又到了农田，算是见到了他。

他瘦多了，脸黑中有黄。他说自己好像力气不大了，而且没有多少食欲。我笑说你审问别人，高高在上，劲头就大了；别人请吃，都是好东西，当然有食欲。他笑起来，说是真的，力气和食欲都差了。哦，你让狱医查一查，我说。他说自己也曾提出，但没有受到重视。

我给了他一千元，让他多买点东西吃吃。他叫我把钱放在指导员那里，他需要什么，要指导员批。指导员高兴，给你一点奶粉喝喝。

很苦啊。他对我说。

我想苦是当然的。这就叫监狱。原来以为和金及爵一见面，他就会哭起来。今天倒是没有。

他叹了一口气，说，想来想去，我就是没有读书。

金及爵能自省，真叫我暗暗发笑。但他马上说：

我弟弟你要关照，都是同村人，今年或者明年，弄个车间主任给他，好让他多点工资，也叫人看得起。

我不好回答。他弟弟在印刷厂，能拼版、晒版、上机印刷吗，什么技术都没有，本来就是个混饭的，怎么当个车间主任，这不是个笑话吗？

我很快和他道别。我又回到监狱找了有关的人，恳求对金及爵进行体检，又让人把钱转给金及爵的指导员。

省城同学面子不小，监狱很快对金及爵做了体检。体检的结果非常不妙，他已是肝癌中期了。我把这事告诉了金及爵弟弟，他告诉不告诉他母亲，我就不管了。

我又给省城同学打电话，帮忙办理保外就医手续。因为我要出国一趟，说是考察，目的地是德国，是海德堡公司发的邀请函。我说具体的事，让金及爵弟弟去跑。

我从德国回来时，许多事已经发生了。一是办理保外就医手续很快办好：大家都知道这个病的结果，监狱并不想人死在他们那里。劳改局接到《罪犯保外就医取保书》，按规定即带金及爵到省人民医院复查，的确是肝癌中期，很快盖章通过。二是接金及爵回天州的路上，车出事故了，金及爵断了三条肋骨，有一条进入腹腔了。

原来金及爵弟弟又找我们报社办公室主任了。想不到主任还是给车，只是司机不怎么愿意，称自己今天身体状况不佳。金及爵弟弟即掏出驾驶证给主任看，说自己老早会驾驶了。主任说，那你开车千万要小心。我知道，我知道，金及爵弟弟连忙说。

车是回来的路上出事的。晚上了，前边是一个十字路口，红绿灯被台风刮下不久，交警便在路上按一个临时的红绿灯，一米来高。内行司机到十字路口都要慢，看看左右，尤其是晚上。金及爵弟弟一路快车，结果被一辆飞驶的出租车撞了头部。车转向掉进了青蟹养殖场里，好在水浅，没有当场淹死人。

我们的车报废了，出租车归我们赔，我们还要赔出租车司机的误工费。金及爵弟弟负全责。我回国时，理赔还没进行。当年理赔，公家的车要专职司机，司机和车要对得起。总编同我说，让金及爵弟弟赔。我说他们家拿什么赔。结果是报社的司机出面顶替，到保险公司签字画押。

总编呼着大气，说，开除！他指的是金及爵弟弟。

我说，等金及爵去世再开除吧。我想也只能是开除，但活着能说话，或许还能让人进监狱。

总编点点头。

十五

金及爵知道自己来日不多。

他给我打电话，说自己“走”之前，好朋友多陪陪他，叫我也去，特别是夜里。大家轮流陪他也好。已经在陪的有“北冰洋”的老总，有卖冬虫夏草的、有水库负责人、有中学校长、有一般大的房地产老总，等等。

我说我会经常来看你，夜里陪你做不到，我要值班的。

那你多多来看看我。他说。

我到医院时，他半靠在病床上。“北冰洋”老总还在。金及爵见到我，脸上有些笑意。我说，要不要叫几个美女陪陪你？

别说笑话了。

真的不要了？

他的脸上显出又像笑又像哭的表情，但说不出话来。

放心吧，及爵，那边也有美女的。

我想不到这个了，他说。

那你想到什么呢？

半晌，他对我说，一定要让他弟弟当车间主任，一定。

很快得开除了，还说什么主任。我不知道怎么回答他，只是微笑。

他说，这事你一定要办。我们是同村、同宗、同祠堂的，你一定要办。

我说对对，我们是同村、同宗、同祠堂的。

你要答应，你先答应下来。

我已经记住了。我是第四副总编。我只管经济部、办公室、物业部、印刷厂。人事这东西不是我能够做主的。要摆在桌面上讨论的。

你管印刷厂，你说我弟弟表现出色就行了。我知道，你和总编是穿一条裤子的，你们的父亲是战友。他会听你的。

这事不是那么简单的。不过我记住了，我会对总编说。

你们总编也应该记得，我金及爵对他是有恩情的。不是我撤销了案子，他肯定坐牢。对了，我对你也有恩情，是不是？

心想话说多了。我只得拍拍他的肩膀，说，你不是想要自己的弟弟进步吗，这是好事啊，我记住了。

那天拉扯了很多，才让我回来。

第三天，金及爵又让我去一趟，说自己有更重要的事情对我说。在路上，我想来想去他到底还有什么事，要么就是要我照顾他母亲吧。

到了医院，他的模样虚弱多了。想不到的，他对我说，他“走”后告别仪式，他的身上要盖党旗。

我想，你的脑子是不是已经不行了，怎么会想到这个问题。何况我又不是你的组织。你原来的党员身份是假的，并不是被开除的。即使被开除，你还在刑期，根本谈不上恢复。而且据说死后盖旗是有级别的。你以为你是副县级吗，还盖旗。

他看到我有些踌躇，问，我都要“走”了，还不行吗？

我想这怎么是我的事呢，我说行就行，我说不行就不行？怎么回答他，真叫我犯难。但，对于临死者，就哄哄好了。反正人一死，盖不盖旗他也不知道。我说，及爵，盖旗，盖旗，这事我来办。你放心吧，啊。

又过了两天，下午两点多，金及爵又来电话，说自己不行了，叫我去一下，告个别。我马上去了。

不想病房里来人还不少。一个照相的，给金及爵和一个一个人合影。每一合影结束，金及爵就和这人握手，这人要走了，他就说一声：再见了。

我看得出来，这些人并不愿意和金及爵合影，握手也很犹豫。你和人合影干什么吗？等病房里没有其他人时，我直截了当地问了金及爵。

他说：

我的朋友多啊。朋友中还有不少是当官的。我不像一个罪人吧。我印两份，一份烧在我的坟头，一份留给后代。

我想金及爵的脑子已经发臭了，怎么蹦出这些奇思异想。这时他又给我们办公室主任打电话，说金总在，你来一下。我知道，办公室主任会来的。果然，免提里，他回答，好好好，好好好。我担心金及爵还会给我们总编打，他是不可能来的。果然，金及爵有些吃力地手指蘸着唾沫，唾沫也已经干了，翻着不知哪里弄来的电话号码本，给我的总编打了。我的总编客气地说，哎呀老金，太不巧了，我昨天到北京出差了，你都好吧……

金及爵问我，总编什么时候回来。我看金及爵说话含糊，眼神也有些幻灭了，过不了一两天。我说后天就能回来，一回来他会到这儿来的。金及爵说，那好，那好。

办公室主任来时，金及爵不怎么认得了。主任好像也在努力观察金及爵的生命状况。他例行公事一般和金及爵拍照、握手，而后和我点点头，再不多看一眼金及爵，走了。

金及爵两个办案的搭档过来了。这两个人悲戚，其中一个流了泪，抱着金及爵，金及爵倒是微微笑起来。拍照的先拍了一张三人照，又分开来俩人各拍了一张。

想不到他们原来单位的局长来了。他可不只是副县级。他倒是主动和金及爵握手，金及爵兴奋极了，似乎要坐起来，可怎么也做不到。局长按着金及爵肩膀，不让坐起来。当金及爵提出和他合照时，他欣然坐在金及爵边上，拍了好几张。我疑心他和省里金及爵那个亲戚交情不浅。无论怎么说，我对他有几分尊敬。

相比之下，我个人对于握手啊、照相啊，很不愿意。我只有可怜他。他的手黄黄的，已经没有肉，我像是握着一只鸡爪。后来我也看到我和他的那张照片，他两眼空洞，哪里是镜头，他可能也看不见了。

十六

这天夜里，轮到我值班。走廊上碰到总编，他问，金及爵怎么样？我说不是今天，就是明天的事。我又故意加了一句，问，你要送个花圈？只见总编笑起来，鼻子里掉出一个字：哼。

我签发了版面，回家睡下，大概是凌晨两点半。可是活生生被人吵醒了。金及爵弟弟来电，说他哥哥走了。我看了看墙上的钟，是三点半。反正是走了，到天亮给我打电话也可以啊。你哥走了，你也得让我好好活啊，是不是，搅得周天寒彻。

金及爵弟弟说，我们讨论一下接下来的事情吧。

我想还有什么可讨论的，遗体告别之类就不搞了，不再给人添麻烦。说：拉到我们的祠堂。山上有的是地方。天亮我们再商量吧。

我即挂了电话。我怕他再打过来，索性把电话线拔了。

……

我梦见我家有人捣门。我说我在睡呢，让我再睡一会儿。那人还是捣，乓，乓，乓，乓。

我醒了，真的有人捣门。哦，肯定是金及爵弟弟。

我开了门，寒气便旋转进来。天在下雪，地上一片白，绿树也不见了。

金及爵弟弟说，金总，最后让我哥用一下我们报社的面包车吧。刚才我给主任打电话，主任说，得你批准。

车车车！我生了气，却又把气喘定，说，不能用报社的车。叫车这事由我个人负责。

用报社的车吧，村里人看起来也“风光”一些。

我又把大气喘定，说，我不会用板车拉你哥回村的。你回去吧。

八点之后，我给医院院长打了一个电话，用一下他们的救护车，来回的车费由我个人付。

午后，尸体搬上了救护车。我和金及爵弟弟随车回村。他一脸愤懑，他是愤懑用了救护车而不是报社的面包车。那时报社，也算重要单位，各县各单位都拍马屁，“天州晨报”四个大字印在车身，非常耀眼。

金及爵进了祠堂。我即回家看我母亲。母亲笑眯眯说，那个金及爵死了？我说是，走了。

和我母亲相对比的，是村人的态度。他们对待金及爵，像是对待战死的英雄。他们认为金家人都是好人，不可能是坏人，金及爵被判了刑，只能说明世道不公，忠良总是被人陷害。他们不知道金兀术是谁，但岳飞是知道的，天州鼓词里听到过，岳飞是好人，有个坏蛋叫秦桧。他们拿出了最有力的佐证，那就是，他们的金及爵是惩治贪官的，却被人活活送了花圈，有司却不去破案。你看！

因此，金家人决不能冷落金及爵，丧事一定要办得像模像样。

第二天上午，来了两班乐队。传统的操锣、鼓、钹、唢呐、笛，现代的有铜管乐队，铜管乐队乐器比较潦草，人员也就六七人，但在乡间已够罕见且奢侈了。传统的吹一通，敲一通，有节奏，有段落，表达什么意思并不明确。现代的能奏出曲子，比如《八月桂花向阳开》，挺欢庆。

和尚来了，捏着佛珠，穿着黄色僧衣、红色袈裟。同时留着长发，戴着道冠，穿着青色和蓝色大褂的也来了。他们混杂在一起。是祈福道场呢，还是度亡道场，大家是不管的。反正是闹起来就是了。他们念念有词，全都念念有词。手里的磬儿、钹儿、铙儿都响。有的步罡踏斗，走禹步，掐手决。他们都认认真真，发挥至高水平。

轰轰烈烈，热热闹闹，这很重要。这就是高评价的悼词。一个人死了，如果冷冷清清，凄凄惨惨戚戚，那真是不幸，特别是对于一个好人，一个重要的人物。

闹了三天三夜。全村人穿着白衣出动，在祠堂前的空地上，围着金及爵，左三圈右三圈地转，像是游动的雪龙，最后把金及爵送到山上。

鞭炮一阵又一阵，雪地上的黑点惊飞而起，又惊飞而起，在灰蒙蒙的天空下盘旋又盘旋。

木藤家事

一

木藤家的事，我六七岁开始有记忆。那是木藤结婚的那一天。冬至已过，天色微暗，大家才看到渡船里有一点红色，哦，新娘从白沙村嫁过来了。上岸之后，新娘清秀，白净，眼睛有笑意。那个时候，结婚的姑娘总要哭一哭的。不是大喜日子吗，怎么哭呢？新娘的哭，有真有假，情形复杂。离开家，离开养育的父母、亲爱的手足，悲从中来，是自然而然的事情。有的侧重点不同，扳着指头数日子，总算和心上人结婚了，父母兄弟都好好地在，欢喜都来不及呢，哭什么哭？但也不能浪笑而出，不能“我要结婚了！我要结婚了！”的样子，要装出不舍的样子，装得久了，也就马马虎虎哭一下，有的已经哭开了，干脆稀里哗啦地哭，倒也水到渠成。

但是木藤的新娘心重，她没有哭，她笑着。

我们九间的鞭炮响起来。点鞭炮的人可能是个新手，因为有人喊“不要朝柴垛打，不要朝柴垛打”！三个鞭炮之后，就是“抢结缘”了。结缘，实是汤圆，我们天州人喜欢动词当名词用，缘圆同音，讨个彩。结缘是在加了红糖的豆粉里滚过的汤圆。为什么“抢”呢？那时没吃啊，大家都饿啊。来抢的人多数是孩子，也有小伙子。结缘被“长人”——新郎的伯父放在礼盒盖里，端得高高的。只见长人抓一把抛起来，又抓一把抛起来，有人在空中接住，有人在地上捡到。空中接到是运气，地上捡到运气也不错，只管吃。正好掉在鸡粪猪粪里，怎么办？他们还是想法吃掉的。

看到轰轰烈烈抢结缘，大约有趣，感到荣光，木藤新娘朗朗笑起来。现在，他和伴娘可以手挽手进屋了。伴娘好像是四个，其中有一个是她姐姐。姐姐也清秀、白净，脸上更是笑笑的，她对妹妹的婚事肯定满意。她大新娘两三岁吧，笑容里多了坚毅、固执和两三个雀斑。新娘有两个姐姐，一个妹妹。她没有兄弟。

那时喜事限办两桌酒席。我家和木藤家关系好，但也没有被邀请。被邀请的是几个陪郎和他家的至亲。他家的亲戚有些谁，我一个也不记得。

我已经睡了，可是被吵醒。“阿婶，阿婶。”有人破门溜进来。我母亲听得是木藤，觉得奇怪，但也不可坐起来，因为她也脱衣睡下了。

“有什么事，木藤？”

“他们捉弄我。受不了。”

“这是闹洞房，总是要的。”

“又要吃酒，吃不下就要亲嘴，受不了。”

“亲呗。都是这样过来的。受不了也就一次。”

“不行不行。这个我受不了。”

“你逃了，新娘怎么办？”

“她行。她会说话。她能抵挡。”

“不行的。今天你结婚，不能逃避。”

“我不管了。”

“你要逃避！他们一群狼狗，捉弄一个女的！”

“不会的，不会的。灯点着呢。”

“他们吹了灯怎么办？”

“不会吹灯的，不会吹灯的。”

“你不懂事……你到我这儿来干什么呢？”

“我跟你睡啊。”

“哎哟，放下新娘不睡。倒到我这儿睡，全世界也只有你一个木藤。”

……

我又一次被吵醒的时候，有人在叫：

“木藤、木藤、木藤、木藤！”

“木藤、木藤、木藤、木藤！”

“木藤、木藤、木藤、木藤！”

有三个人的声音。一个是木藤父亲的声音。一个是木藤伯父的声音。一个是新娘姐姐的声音。我们九间从来没有这种女人的声音，响亮、凄厉中含有责备。

木藤已经睡着了。我的母亲用脚把他推醒。我母亲高声答应：

“木藤在这儿呢！”

门被新娘姐姐推开了。她呼呼喘着大气。

木藤起床了，不情愿似的勉强出去了。

第二天，新娘没有起床。几个伴郎还是来，对木藤说：“你老婆的奶头是粉红色的。”

木藤坐在竹椅上，脸上没有任何信息，一声不吭。

第三天一大早，新娘起来了。她向早起烧饭的木藤伯父打招呼：“伯伯。”她的脸上笑着，样子是甜美的样子。

二

木藤没有伯母，木藤也没有母亲。我从小就没有看见过这两位女人。是死了，还是离异了？我相信是死了，因为木藤的父亲和伯父，满身善良，脾气都好，不烟不酒不赌，前半生和后半生都没有一个相好的女人。在村庄，谁有相好的，村人清清楚楚，没法隐瞒。木藤父亲和伯父肯定没有。两个女人一生潦草，贫穷，体质差，缺医少药，应该都是病死了。两个女人哪里人？什么时候病死的？死亡顺序是怎么样的？我浑然不知。我的父母从来没有说过，别的人也从来没有说过。或者他们说过了，而我少年没有兴趣，也就忘记了吧。

我的记忆里，哥俩好得很，可是他们在一起的时候，沉默寡言，没有什么话。

木藤老婆起床了，伯父已经在做饭了。后来的早饭一直是伯父来做。每天的挑水都归木藤父亲。入冬，水瘦山寒，木藤父亲一直在井边排队，然后打水回家。生产队里干活，哥俩都要去。挑肥料上山，或挑番薯下山，弟弟挑得飞快，把担子放下，然后回跑，接长人哥哥一程。村庄里受妯娌的挑拨，兄弟反目，互殴头破血流，是经常的事。木藤父亲伯父，真是农村里好兄弟的楷模。

从前是三个人吃饭。木藤和父亲伯父。我母亲说，小时候的木藤，每餐吃饭都要闹九间，哥俩“一个吹箫，一个按孔”。一个递饭，一个转移木藤的注意力，指着空中说“鸟儿鸟儿，布谷布谷”！或者指着九间中堂里的燕子窝，“燕子，你吃你吃！”一顿饭需要花去一个多小时。现在是四个人吃饭，哥俩的内心非常喜悦。饭桌的上方挂着一串颗粒饱满的花生，哥俩盼望明年后年大后年，一炮一炮放出来，都是男孩，男孩。

“吃了饭，早点睡。”晚饭后，木藤伯父总是对木藤说。

第二年，我背起书包上学堂，才知道木藤伯父是个革命战士。这是老师说的。说是革命战士，我们立即肃然起敬了，而且我本人也光荣起来，因为英雄出自我们九间！礼堂里集中了三个班级的同学，老师站起来，同学们站起来，大家用崇敬的眼光仔仔细细把长人木藤伯父迎接过来。而木藤伯父不卑不亢，步履缓慢，当年看来，像是很老的老人了。现在算起来，他那时根本没到五十岁。他来了，校长鼓掌，师生都鼓掌，噼里啪啦噼里啪啦。他像是熟门熟路，自管坐下来，不管别的人。于是就开讲。声音不响，只叙述不描写，但他好像在讲别人的事情。他说自己参加浙南游击纵队，粟裕已经北上抗日，刘英也已经牺牲。那时天州的地下党领导人叫龙跃。家里弟弟（木藤爸爸）被国民党抽了壮丁，父母相继死去，是他黄茅坪村的表弟拉他上山的，说到山上有饭吃。想不到到山里还有人教书，他认得不少字。

“只认得几个字，信还不能写。你们要认真学习。”

你说说打仗嘛！你说说打仗嘛！大家心里都这么想。好了，长人好像看到大家的心思了，他说到打仗了。

“那是在天州，国民党对共产党的最后一战。后来就和平解放了。”

他就此结束。

校长马上轻声恳求木藤伯父：“你这里说说具体一些，怎么打仗吧。”——

校长年年传统教育，年年请木藤伯父讲革命故事。但年年，木藤伯父到了打仗，死人，偏偏从略。见校长请求，木藤伯父只好继续，像是只好答应过来讲话一样。

“那时在地棠头村，永嘉县委所在地。”木藤伯父继续说，“当年的天州不叫天州，叫永嘉。当年的永嘉县委，相当于现在的天州地委。国民党知道永嘉县委所在地在地棠头村了，兵分两路，一路从东来，从藤桥方向来，一路从西来，从青田方向来。清晨四点钟，我们的军号响起来了。雾很大，一天雾都很大，一直打到下午三点，县委机关才撤退出来。”

“消灭了多少敌人？”前面的孩子发问。

“听说是有一二个。雾里我们也没看到。”木藤伯父说。

“我们有牺牲吗？”

“七个，陈岩星、张文弟、周金连、吴考生、林岩彩、吴成云、周定法。”

他完成了必须要完成的任务一样，站起来了，不看一眼僵硬着的孩子，一步一步回家了。

校长讲了一通我们要继承和发扬无产阶级革命传统之类，于是散会。我背着书包跑得很快，想追上木藤伯父，可是追到九间才算拉起他的手。他低头看看我这个邻居，脸上有了浅笑。我说伯伯，伯伯，我们怎么只打死敌人一两个呢？他轻轻说，他们是包围过来，我们撕了一个大口子，逃出一百来人，算是谢天谢地了。我说死的七个人，是敌人就好了。半天，他说，死人都不好，死人都不好。

他的话我不懂，他躺在屋檐下的竹椅上，很累的样子。

他躺着的竹椅上方，有一块红铁片，“光荣人家”。当时我疑心，他是老革命，家庭自然就是光荣家庭。后来才知道，他的女儿参军去了，多年前探亲回来过几次，现在的部队在吉林四平。这里我得补充一个事：木藤结婚的前两天，我到代销店打酱油，代销店方庭迪让我送一张二十元的汇款单给木藤，还说上面有一行留言：祝弟弟新婚快乐。

这时木藤父亲把马桶端出来，样子很重，不可拢身，需要走得快，差一点撞上我。见是这个臭烘烘的东西，我逃得飞快。

三

木藤伯父是革命战士，那么被抽了壮丁的木藤父亲就是国民党的兵。一九三九年，夜黑风高，来“抽”的时候兄弟都在家。逃已没处逃，逃了可能麻烦更大。保长却是笑笑的，说是这回是件大好事。一个很大的军官天州人，派他的副官长途过来代为探抚家眷，顺便招募一批少年入伍，副官带过去。这活新鲜，保长说，天州人会照顾天州人的，包好。木藤父亲觉得事已至此，村里也没什么好玩的，就说我去。

木藤父亲和伯父相反，愿意说自己的故事。他说往西南、往西南，终于到达军营，开始一个月的训练。后来他参加昆仑关战役。我们孩子不愿意他说路上的事，什么脚上起泡，身上长虱，也不愿意他说大局，什么昆仑关战役，杜长官，邱长官，你说就说敌人怎么打来，我们怎么杀去，飞机呜呜，马蹄嘚嘚，炮响烟飞，刀白血红。他很乖，说：“日本人的飞机很低地飞，他们是在侦察。同伴们躺在田畦里，我爬在树上，我能看见飞行员。飞机过去，我的帽子跟着飞了。我喊：‘我的头没了。’地上一个同伴就去捡来，给我戴上。不一会儿，飞机又来了，扔炸弹，捡我帽子的同伴一条腿不见了，大家东找西找，终于找到了，腿挂在我爬过的树上。”

这事怪吓人的，倒也过瘾。我们问：

“敌人死了多少？我们死了多少？”

“昆仑关我们死了一万，敌人死了五千。”

“那么我们输了，敌人赢了。”

“不是这样认定的。昆仑关被我们攻克了，没有日本人了，就是我们赢了。”

没有让我们服气。大人胡说我们也没有办法。问：

“你怎么同日本人打呢，为什么不同国民党打？”

这一问是“顶心拳”，木藤父亲蔫了。只说：

“抗战胜利我就回来了。”

“回来你也是国民党的兵。”不知是谁接着说了这么一句。

木藤父亲痛苦的样子，垂下了头。

我们坐在柚子树下。这一棵柚子树又高又大，像一把巨伞撑在碧绿的瓯江边上。这时木藤伯父来了。木藤伯父来了，木藤父亲向来就不再说一句话。

有一天，也这样在柚子树下坐着。有人通风报信，说要批斗木藤父亲。木藤伯父就叫弟弟往水竹丛里躲，自己起身去应付造反派。我跟着去了。见是木藤伯父，造反派头头笑起来，说：

“你是老革命，又不是走资派，我们不斗你。”

木藤伯父迎合着笑，说：

“他上午说肚子疼，可能到公社卫生院了吧。”

“我们已经派人找，找不到也就算了。”

“好的，谢谢。好的，谢谢。”

头头见人走远了，对边上说：

“这样的哥哥天下没有，为了保护弟弟，官都不当。”

四

木藤老婆还没怀孕。木藤老婆叫云香，姓什么我就不知道了。她和我母亲很好，在九间就和我母亲一个人很好。她可能深深懂得两位长辈最大的期望。哥俩是有见识的人，通情达理，不可能有让人不愉快的怨言。但儿媳妇的敏感，明明感知两位长辈最大的期望。她也觉得这是人之常情。

“别人结婚第二个月就没月经了，我都五个月了，还有。”

“这个别慌，一慌可能月经就癞皮狗一样缠着你。做那个事就做那个事，别想着这个事。平时也别多想，越想偏偏怀不上，不想它可能忽然就来了。”

“生怕流到外面去，我每次都枕头垫起来。”

母亲笑起来，蒲扇拍了我的脚，可能是赶蚊子，说：

“跟这个没关系。我生可可的时候，好像是吃了一碗豌豆。哎哟，肚子饱了，心情很愉快很愉快啊，就有了。”

“那么就是心情好？我和木藤做那个事的时候心情都好啊？”

“这就不知道了。人和人不一样吧。”

“你们过来人，有没有传达，一个月内，什么时候做那个事，容易……”

“每人不一样吧，”我母亲说，“我除了吃豌豆，那天还是个月圆夜，月亮铜镜一样，月亮里那个砍树的人都清清楚楚。就有了可儿。”

云香看了看天空，天很蓝，可是月亮却像镰刀一般。她有点泄气似的，说：“我们是天天做那事的，是不是……”

“人和人不一样。别慌就是。”

“好的，别慌别慌。”

后来的日子，我看到云香经常剥豌豆，她夜晚经常看天空，寻找圆月。她对伯父说，让她烧饭，伯父好像懂得她的意思，坚持自己来，不让给她。云香和我妈的谈话里，总好像亏欠两个长辈似的。我妈问她木藤的态度，她笑说，木藤只管锄地，长不长稻谷他才不管呢。

一年以后，一天入夜，天空蔚蓝，月亮圆圆的，金黄金黄的。村庄明亮，瓯江那一面的山都看得分明。可是，慢慢地，天空和大地都暗下去。村里的先知叫起来：“月亮被天狗吃掉了！月亮被天狗吃掉了！”接着有铜锣的声音，咣，咣，咣，咣……

多天过去，云香过来，脸上花开，对我母亲说：

“我总是准时的，现在三天不来了。”

母亲有些高兴，也有些担忧，说：

“不一定，再等等，一个礼拜再说吧。天狗吃月亮那天，你和木藤有没有做那事？”

“那是做的。”

我母亲欲言又止。这使云香不安，连问：“怎么呢？怎么呢？”我母亲就说：“村里的老人说，天狗吃月亮，是不宜怀上的。”“怎么不宜呢？”云香追问道。“据说是命不长。”我母亲说。云香神情黯然下来，我母亲连忙又说：“谁知道真假呢？重要的是，即使有了，也不一定是天狗来了那一天。”

云香的确怀孕了，肚子一天鼓如一天。她来我家说的都是利胎的话，主要是问吃什么。而我母亲警告她不能做那个事了。她说这怎么行，即使木藤熬得住，我也熬不住。我母亲只说要熬，要熬，起码前两个月要熬。每每回去之前，云香脸上多云。她担心天狗。我母亲这回聪明起来，斩钉截铁地说：“老人那是瞎说。再说我替你算了一下，你有了，也不是天狗那一天。”

母亲的话非常受用，对于云香，天狗似乎从此被赶走，没有踪影了。

次年春三月，瓯江水满，云香生下一个儿子。取名木孔孟。这名字大，是木藤伯父取的，他期望孩子今后有文化，因为他们少文化，木藤不要文化。我对孔孟喜欢极了，一天几次抱他，他像是我的物件。除了我们两家亲好之外，其实是我从来没有一个玩具。孔孟五六个月的时候，有点沉了，刚抱上身，可是孔孟滑掉在地上了，我的手里只有一张薄薄的襁褓。只见“咚”的一声，很响很响，孔孟的头撞击着石板。这时候他爷爷在我身边，赶忙把他抱起来，孔孟没有声音了。我当时想，孔孟肯定是死了。他爷爷掉泪，在孔孟耳朵边吹暖气，吹了又吹，吹了又吹。一会儿，孔孟总算哭出声来。我好不内疚，等待他爷爷的数落，他爷爷一个劲地抱着，没有说一句话，始终没有说。当然，他也没有看我一眼。这件事我一直记得，使我一直没有再抱别人家的孩子。当然呢，后来孔孟还是见我就笑，我时不时地去跟他玩，特别是他爷爷不在家的时候。

有一天，我推开他家的外门，又嘣的一声破了他家的内门。我傻眼了。大白天，一个赤身露体的女人出现在我的面前。却不是云香。边上有个大木桶，她是刚刚出浴呢，还是将要入浴？不知道。她的大眼睛在笑，直直地看着我，脸上皎洁而美丽。乳房饱满而圆润，大屁股像要撞过来似的。她哈哈哈哈笑起来，声音非常好听。她问：

“你是谁啊？”

“我是可可。”

“是可可，可可这么大了，几岁？”

“九岁。”

“可可都九岁了，英俊起来了。我还抱过你呢，记不记得？”

“不记得。”

“那你现在想想，我是谁？”

“不知道。”

“不知道。我是你木耳姐姐啊。”

哎哟，原来是木耳，木藤的姐姐。不是在军队里吗，她怎么会突然出现呢，而且赤身露体？

“可可，你来干什么？”

“我找孔孟。”

“哦。我还以为小伙子看我洗澡来了，哈哈哈哈……”

“我不是看你洗澡来的，我找孔孟。”

“你的话我相信，小伙子。我好看吗？”

“我不知道……孔孟呢？”

“哈哈哈哈……他妈带他江边玩去了。”

木耳那个时候已经怀孕，后来她生了一个女儿，随她姓，叫木斓斓。两年后，她又生了一个儿子，叫李军。

五

应该说，木耳在天州也是个名人。她是天州中学的学生。和天州中学有交集的名人很多，郑振铎、朱自清、夏承焘、王季思、赵瑞蕻、林斤澜、唐湜……他们凭文出名。木耳凭的是美。我们村里在我之前唯一的大学生程雄，挺拔英俊，是木耳的同学，现居美国。当年他爱死木耳，木耳却当作什么都不知道。木耳就是罗敷，见她的人很多，有事没事和她说话的人很多，校外有人过来看他，差一点和门卫动刀子。每天她都收到情信，一般不拆，悄悄扔了。她目不斜视，成绩很好，老师对她非常器重。

她是要上大学的。

一天老师找她谈话，后来校长又找她谈话。谈话把她的眼泪谈出来了。他们说是上面的意思，让她参军，有人护送她到杭州文工团报到。也有人已经找她父亲谈话。事情只能是这样，照着走。我们村的程雄报考志愿只有一个，浙江大学。如愿以偿，在杭州，他能挨近他心上的木耳。但，程雄找她却不得，投信不见回。后来总算收到木耳一封信，大意是不要再想着我了，我只能给你最美好的祝愿了。后来他们还有没有交往，我没有收集到任何信息。

在杭州，木耳待了三年，忽然被编入野战军，派往东北，地点在吉林四平。她给她父亲的信里，木耳显示非常高兴。村里的人说起木耳，说起东北，却都为她担忧和痛心。说一粒珍珠掉在冰窟窿里了。说东北不是人生活的，那里的冬天，冷得人畜不能出门。大男人在路上走，搓一下耳朵，耳朵马上掉在地上。撒尿时候，要么前进，要么后退，要么原地打转。在一个地方也行，手里得拿棍子，否则就和大地一起冻住了。我们江南，鱼米之乡，那么美丽的木耳，却要发配到东北去，她肯定是犯了什么大错了。

这回探亲，木耳带来她的夫君。我见到他时，是个背影，他坐在矮凳上搓洗衣服，“唰啦，唰啦”。我觉得很新奇，男人洗衣服，这是没有见过的事。他的屁股很大，男人的屁股怎么会这么大呢？正这样想着，木耳说：“李营长，看到我洗澡的第二个男人来了。”李营长急忙回过头来，一见是我，笑了起来。他问我：

“阿姨的屁股大吗？”

木耳说：“他叫我姐姐的。”

我用普通话回答：“不大，没你的大。”

木耳笑起来，说：“哎呀，真的，可可有观察力，我也是第一次看见李营长的屁股这么大。”

不想李营长站了起来，屁股朝着木耳，话却是对着我说的：

“小伙子，屁股不大吧。军裤都是这样子的。”

他的身体很好看，我们村里的人怎么比！

我们三人在一起，只有这一次，只有这么几句话。我还记得木耳的夫君戴军帽，穿军衣。一米七三四的个子，浓眉大眼，红里透白。

那次木耳也到我家来坐过。我母亲能问的也就一个话题：

“你那里很冷的吧？”

木耳答：“冬天冷。”

“路上有掉下的耳朵吧？”

“那没有，这是南方人杜撰的。”

“据说狗都不出门？”

“也有人出来干活的。戴耳套，戴手套。”

“最冷是怎么个样子的？”

“脸痛，手没有知觉了。”

“哎呀，回屋赶紧用开水烫一烫。”

“不行，不能用暖水，更不能用烫水的，先要用雪擦擦。”

我母亲根本不相信，哪要雪擦手，手会暖起来。只说：

“你到那里去干什么呢？”

木耳无法回答，还是笑着。

木耳夫妇回东北之前，家里出来一件事。那就是木藤“推牌九”被公社抓去了，关在“笼子”里，要罚一百元钱。我们村田少，农忙过去了，年轻人没事干，经常聚玩。今天你赢，明天他赢，来往多了，输赢也就差不多。“推牌九”是每人抓两张牌，看两张牌的组合大小，和庄家比。不想比到“笼子”里去了。

木藤老婆哭起来了。木耳说别慌，我来解决。她来到村支书家，问公社书记是谁，村支书说是某某某。木耳说是不是东奥村那个某某某，答说正是。木耳笑起来，说，他是我小学同学呢。

木耳到了公社，站在书记面前。书记眼睛大亮，天上下来的绝顶美人！木耳说：

“某某，我是木耳啊。”

书记马上站起来：

“哎呀哎呀哎呀哎呀哎呀哎呀！”

六

云香有一个小妹妹，比我小两岁。娇小白净，喜欢和我玩。我也喜欢和她玩，有时把她给抱起来。我抱她的时候，都是她跑不过我的时候，有时她故意跑不过我，我就抱她。她姐姐看到，就对我母亲说，这两个那么有缘，长大也有缘就好了。我母亲没有什么文化，很少人生阅历，好像是说到她的心里去似的。实际上这种应许像是打一个嗝，而我母亲固执，后来对我的初恋相当仇视，这事就不说了。

有一天，我和她站在我母亲和云香前面。云香正在奶孔孟。孔孟好像吃饱了，嘴巴离开奶头。奶头是褐色的，不是别人说的粉红色的。奶头还在外溢白汁，却被云香用衣服掖藏了。云香对我母亲说：

“木藤含住奶头的时候，人很舒服。孩子含住怎么没有这种感觉？”

“当然，木藤是老公嘛。”

我拉着云香小妹妹跑一阵，说：

“你姐夫这么大了，还吃奶。嘿嘿……”

“我姐不是说姐夫吃奶。”

“不是吃奶，含着干吗？”

“我姐是说舒服。”

“这怎么能舒服呢？含着气都喘不过来……”

“我姐是说她自己舒服。”

“你姐真是奇怪，这怎么会舒服呢？”

“大人的事，我们不知道。我姐说，我长大了嫁给你。你要我吗？”

我点了点头。

“那个时候，我们就知道了。你也含着我的奶头……”

“我才不呢。”

“为什么不呢？”

“气喘不过来，我会死的。”

……

大了两岁，我们都腼腆起来，走不拢来了。后来我读小学高年级，读初中、高中，女同学中比她漂亮的多得是。她读了小学就完了，我怎么还想到她呢。

多年以后，我高中毕业教书了，十八岁，她来带姐姐生下的第二个孩子。夏天，月夜，她坦然地抱着孩子到我家来。那时我家已经离开九间，在几十米外的瓯江边择水而居。孩子睡着了，她把他放在我的床上，而她也躺下去。我也躺下了。我的手放在了她的胸脯上，半天，她说：“单单这样有什么意思嘛。”我第一次碰到女性的乳房，乳房大，却松软不集中。年岁大了我想，她当年只有十六岁，是否已经怀孕过？呀呀，鬼才知道。

和她再没有碰面。

她很快就结婚生子，据说很不顺心。她死了，她的死是我母亲告诉我的。忙问其详，我母亲说一个家庭经常缺衣少吃，这一回她和她老公吵架，想不开，喝了农药敌敌畏。她嫁的那个村庄在丽水和天州之间，她的老公穿着拖鞋，用板车慢悠悠地拉她到丽水去，路上死掉了。她生了两个孩子。她的二姐，也就是木藤结婚时当伴娘的那个二姐，也是喝敌敌畏死的，死得比她早几年。我对我母亲说，老公或者邻居应该用手指挖她的喉咙催吐，再用凉水灌她洗胃，就没有问题了。我这几句话很有用，因为后来云香也喝敌敌畏，是我母亲和木藤两人挖她，又灌冷水，她才活过来。四个姐妹中，三个想死就死，毫不犹豫，绝不留恋，是不是着魔了，这魔是什么？这魔又是什么基因？

活过来后，云香打了木藤一巴掌，说："你没日没夜去赌吧。"

木藤让她打，流着眼泪，握住云香的手，说自己也没有办法啊，但今后决心把赌戒了。

七

木藤戒了四天的赌，又去推牌九了。如果戒得了赌，那就不是木藤了。据说赌君子和毒君子，心里有虫，瘾上来了，虫多如麻，横七袅动，让人受不了，如同狗舔脚心，猫抓肋肷。整个人没办法啊。村里的人都认为老实务农是正经，没活干，睡着坐着走着都是可以的，木藤这是游手好闲。都说木藤是被父亲和伯父惯的。这也不无道理。

但木藤是村里的赌王赌神。

天州的赌法一般也就两种：搓麻将，推牌九。推牌九是一家坐庄，三家压钱。庄家是固定的，钱多的人，一般是几个人合伙。推牌九很快，一个回合也就一两分钟。天牌、地牌、神牌自有比法，通常的也就九点比八点大，八点比七点大，以此类推。全是三家单独和庄家比。你的牌大，庄家赔你钱，你的牌小，庄家吃你的钱。有一种情况是，你的牌和庄家一样大，怎么样？对不起，庄家赢，庄家吃你的。规则明明白白，谁也不敢赖，谁也无法赖。就是因为有天理昭昭的规则。回合快，输赢也快。当然这和押注多少有关，也和"风头"有关。风头好，老是赢，押注又大，那么赢得就多了。

木藤经常做庄家。但不是他有钱，而是他经常赢，别人喜欢和他合伙。这很奇怪。他洗牌、组牌、分牌干净利索，一气呵成，出神入化。有人说他的手是“金剪刀”，什么意思呢？就是说他是神偷，他要调牌作弊的话，你的眼睛根本看不见。他每回出门都自己带牌，你看去三十二张牌完全是一样的，可木藤看去却每一张都不一样，清清楚楚。大家都这么说。木藤笑笑否认，只说：“我也不经常输吗？”

木藤脾气很好。

当然也搓麻将。麻将的庄家不是固定的，麻将是轮流坐庄。座次是没有钦定的，全凭骰子说话。公平公正公开。是北风家，谁也没有怨言，谁也不会利用别的渠道摇身变成东风家。对，坐庄的是东风家，依次是南风家，西风家，北风家。东风家没有胡，立即变成北风家，南风家变成了东风家……。坐庄是老大，是能赢的最大机会。你胡了，南风家，西风家，北风家把成倍的注给你。每和一盘翻一番。但，你最多只能连和四盘，也就是连坐四庄。你不会恬不知耻说还要坐庄。——这是指你坐庄做得好的情况下。做得不好，第一盘输，立即换届下台。你想永远做老大？没门！

麻将是七分运气（风头），三分技巧。运气太重要了。运气就像一条狗，运气来了你赶都赶不走，运气去了你用什么办法都招不来。但，把什么都压在运气上，结局肯定是糟糕的。常年算来，老麻将总是赢。为什么？因为老麻将冷静镇定，充分利用了他的三分技巧，于是东山再起。

或曰：“人死了有鬼，麻将有鬼。”非也。麻将不外乎三种情形：老是赢老是赢；老是输老是输；输输赢赢、赢赢输输。运气好时，可上天揽月、可五洋捉鳖，半张牌都能自摸。运气坏时，满身是叫，可不幸让别人一个嵌三万，和了！这些情况之下，老麻将一不得意忘形，二不气急败坏。他总是自信，目光如炬，高瞻远瞩，精打细算，他很可能叫好运气持续很久，他很可能把坏运气给变过来。四两拨千斤。大吉大利。云开日出。

木藤就是这样的老麻将，就是这样的赌神。

人各有才。在这个村庄，木藤的才发挥在赌上。但是木藤一家人经常生病。村里批判“四人帮”大会，硬是要木藤伯父上台讲话，他颇为难，因为他太不熟悉“四人帮”了，结果是在台上晃了几晃倒下了。是中风。叫了救命车，在天州医院待了半年出院，用了很多钱。他的父亲天天胃痛，每天都吃大把大把的药。云香是妇女病，我就不多说了。

村里的“闲嘴巴”对木藤说，赌来的钱，对人没益处啊。

八

木耳家信很多，对父亲和叔父一个亲态度，对木藤和云香以及侄儿嘘暖问寒。我高中毕业以后，由我代笔回信。因为木藤不识字。木藤小学时读过两天书，第三天把书包整个扔到瓯江里去了，一点也不拖泥带水。伯父摇着头，父亲也从了他。我来写，他家里的事什么都真真实实写，不隐瞒。记得木藤伯父讲过的话：“人生一世，草木一秋。什么人都有生老病死。”他和他的弟弟，硝烟里出，弹雨中来，什么都看淡了吧。我直写：木耳的父亲中风后，现在基本康复，右手举得不高。她的叔父老是胃痛，但不叫。云香死过一回，还有妇女病。木藤还在没日没夜打赌……

我的回信一般很短，把木藤家要回的写好了即封口。而木耳的信就很长，问得特别多，叫木藤别玩牌九和麻将有时都写一千多字，当时觉得怎么这么啰唆啊。她知道是我捉笔，有时直接写给我，如“可老师啊，你惜墨如金呢……”等等。

有一天，她来信说要复员回来。她说复员过程可能漫长，不可能两人一起调到天州城，一人走还要一步一步走。人们调动，都像下跳棋。我把信念给二老听，两个寡言人也没有特别高兴，说了两个字“好的”。木藤伯父还嘀咕道：“真难调就不要调，那边也是城里，都是生活。”我说：“木耳姐是考虑离你们太远，回来好照顾。”他俩像两段木头，不再说话。

次年新春，木耳一家回到天州。是木耳老公先复员回来，非常奇怪，是到我的镇里当副书记。木耳说这是暂时的，终究会进城的，她的老公似乎听她的，没有什么不高兴。他们带来一对宝贝，木斓斓和陈军。这两个孩子大眼睛，高鼻梁，皮肤光洁像是剥壳的鸡蛋，真是美丽得不得了，又是完美得不得了。只是儿子陈军舌头有点大，说话在嘴巴里像是转不好。后来在东北当过兵的人对我说，东北人说话都是这样的。

一个月后，木耳就带木斓斓和陈军回东北了。

由于无限孤寂，木耳老公和我关系特好，他想不通，怎么会复员到乡下来，还是镇里一个副书记。他经常到市委组织部去谈调动。他经常在我面前叹气，说："你急他不急。"后来又经常说："度日如年哪。"一有喝酒的机会，我总叫上他，他好高兴。他进城时候，住在木耳"女战友"（同在杭州文工团，年岁大了转回天州）家里，久而久之"女战友"老公不高兴。而我们镇所在地村庄，有一个吉林女子嫁过来的，他便经常去她那里坐坐，开始女子的老公还高兴，他总是镇干部，时间久了还是不高兴起来。他究竟有没有不当或不轨的言行，我当然不清楚。他给木耳写信或打电话，怨气很大。

木耳请长假回到天州，他的脸春光荡漾。半年后，他调到天州电厂去了，他对我说是副书记。他好像满意他的工作。可木耳自己还没能调来。正像木耳所说中国的人事调动很难，夫妻调动像是下跳棋，是很摧残人的。一边是单位"放"，另一边是单位"收"。放要放得利索，收要收得妥帖，很难很难。还好，一年后，木耳总算调来了，在天州市公安局，具体我记得在什么"三科"。木耳父亲一天无意中透露，为了调动，夫妻俩花了一年多的工资。那时没有奖金和"绩效"，一年多的工资是多少呢？一年多的工资怎么花呢？他俩是营职干部，其他我就不知道了。

木耳一家在天州总算安顿下来，木耳让父亲去城里一起住，父亲摇头，城里房子太小了。

万万想不到，不是很久，灾难就降临了。

九

木藤在搓麻将，有人过来，慌慌张张，说："木藤，快起来！快起来！"木藤转头问："什么事？"那人说："你快起来就是！"木藤还是问："什么事？"那人说："你姐姐姐夫死了！"四个人同声问："怎么死的？"那人就说："溺死了。"也就完成任务似的，走了。木藤坐着不动，继续出牌。另三人对木藤说："起来吧，不要难过。"木藤说："三圈搓好吧。"天州的麻将，三圈一小结，六圈一总结。总结可以算钱结账了。刚才的三圈只搓了一圈半，还有一圈半没搓好。木藤是赢了。木藤说继续把一圈半搓好。通常说，赢了起来走，不完成总结，连小结都不完成，是无赌德，是不耻的行径。今天事出突然而且不幸，三人都认为可以散伙，然而木藤坚持搓好三圈。

木藤心不在焉，一圈半不知在搓什么，一手牌都没有和到。三圈终于完成，他起来，把输了的钱付清。后来有人把这事说给我听，我也曾把这事说给别人听，有人说木藤是职业操守，有人说是生理（不只是心理）习惯。

可能也在这个时候，我教完上午第二节课，回到办公室，同事说："木耳死了，她老公也死了。"是溺死的，两船相撞，夫妻下水，死了。那天回到村里，村里的人全是一个话题：木耳死了。说，木耳是会游泳的，她是被老公拉缠着溺死的。的确，我们村在瓯江边，女子个个善泳，但被老公拉缠着溺死之说，没有明证。我想，缠着不缠着，反正是死了，难道要她老公赔人不成？

事情后来清晰起来。那个时候，天州近海的瓯江边有个地方叫里隆，是个渔村，非常有名。凭什么有名？买卖走私货，基本是家用东西，也有邓丽君小姐的歌带。非常便宜。木耳和老公有了新居，新居里要置办家电什么的。为了省几块钱，为了邓丽君小姐，他们偷偷乘船去了。他们是回来的船上出事的。他们买了什么呢？同船没死的说男的手上拎着收录机。究竟怎么样，大家也不清楚，但到里隆买走私货，这事确凿无疑。因为木耳失踪，兹事体大，那时国安公安没有分家，木耳干的是国安的活。有关部门铺天盖地张网，很快有了证据。木耳老公的尸体先行找到，木耳的尸体却多日不见。有快艇在瓯江穿梭，木藤划着仰天小船，整日在瓯江里。有人说，在水中，男尸覆着，女尸仰着，男尸整个背部可以看到，女尸只有肚部露出一点点。一天天亮，木藤刚刚出船，木耳就在我们村庄边上出现了。木藤赶紧把姐姐抱上船。大家都觉得这是不可思议的事情。她到天州中学读书，又到杭州文工团，又到吉林四平去，复员到了天州城，终于，她还是回到自己的村庄，回到了亲人身边！

有人会说，即使穷，可政治觉悟哪里去了？这样一对夫妻怎么会去买走私货，听靡靡之音？哦哦，你去问木耳吧。

夫妻死后，漂亮的木斓斓和陈军被姑妈带回东北。他们再也没有回到天州。

十

不到一个小时，木耳的尸体被有关部门接走。同时警告村干部，木耳的事情任何人不许再说。干部唯唯。木耳和她老公的尸体埋在哪里，没人问起。据说木耳的坟墓，只有一个人知道，那就是村里第一个走出去的大学生，程雄。我也没有为这事去问木耳的父亲。清明时节有时我想，在天州，他俩的坟墓应该在锦山或者松台山吧。

有关部门把木耳夫妇在天州城里的房子给了木耳父亲。木耳父亲带着木孔孟去住。有一回，云香哈哈笑着，说：

“孔孟说，爷爷都带他到浴堂里洗澡，爷孙俩都一起脱得赤光光的。”

我想这有什么呢。

木藤的两个儿子（后来云香又生了第三个，我的印象不深，现在彻底忘了）也不读书，据说初中都没有毕业。这应该也是顺理成章的事。

我在外面读大学期间，木藤父亲和伯父都死了，都不长寿，我也不知道他俩最终死于什么。村庄里的人死了，都说某某人没了，或某某人走了，一般不细问。什么村上的人死了，开个追悼会，用这样的方法，寄托我们的哀思……是没有过的。木藤伯父革命有功，而木藤父亲参加国军有过，互相抵消，而当年组织居然同意，是很有意思的一件事。几十年后登记抗战老兵，也没有问到木藤父亲。愿他俩九天或九泉安息。

记得十几年前，木藤的第二个孩子给我打电话，他叫我叔叔。问我有个叫吴树乔的人认识不，我说干什么。他说他在做打火机，打火机中的银片技术含量高，做不了，天州最大的银片生产商叫吴树乔，从文联下海。我说那你去买嘛。他说银片做得少，要的人多，自己肯定会被拒绝。

孩子寻找吴树乔，找到了我，肯定花了大力气。木藤有这样一个积极的孩子，我自是高兴。我即给吴树乔打了一个电话，吴树乔为难，说订单已经很难完成。我说吴兄，我第一次求你办事呢。他笑起来，说那是那是。问我要多少银片，我说让孩子直接跟你说吧。他说好的。

我为木藤家办第二件事，是前年的九月。云香给我打电话，说九间是危房，她家在自己的宅基地上造房子，而四面都已经是房子了，镇政府却要拆除。我打电话问了村里从前的好同事，情况和云香说得有些出入，一是九间还没鉴定为危房；二是造房子的地还属于农保地，虽然周边的确有新房；三是云香骂了村支书。我想云香怎么会骂人呢，这个想死就死的人，世上还有大事吗。我又问从前的好同事应不应该让木藤一家造房子，他说太应该了。他说孔孟在西班牙，没有好职业，还吸毒，没有老婆，二儿子离婚了，三儿子没结婚，整日在村里晃荡……我问镇长是谁，答曰某某某，是我们原来的学生。

我让我的司机开车，到了镇里。镇长见是我，忙站起来："哎呀哎呀哎呀哎呀哎呀哎呀老师！"

镇长坐上我的车，抵达村里。我先带他参观我仄逼的九间，早年我的家，和今天木藤的家，后来又到了木藤造新房的地方。村支书也来了，原来也是我的学生。我让云香给他道了歉，他立即消了气。镇长对木藤夫妇说，看在老师的面子上，你们抓紧造吧，我很快会调离，明白吗？

夫妻俩点头如捣蒜。

我问木藤，你现在还是推牌九、搓麻将？木藤嘿嘿嘿嘿笑着，却不正面回答。云香也笑说："他就赌到死为止。带进棺材的麻将和牌九我都为他准备好了。"木藤嘿嘿笑说："不知是谁死在前面呢。"

我明知故问：

"孔孟怎么样？"

木藤夫妇半天不说话。还是云香说：

"可可，人不读书就没用。学坏很容易。木藤打赌，孔孟吸毒。把他卖到西班牙去，还是吸毒，两次过量了抢救，他肯定是死。他被天狗吃了。"哦，云香还记着天狗！

那柄巨伞一般的柚子树，撑在瓯江边上，和我童年时一模一样，枝丫和叶子都没有变化。没有变化如同两岸青山。两岸青山依然那么绿。瓯江水涨了又落，涨了又落，永永远远。看山看水的人、乘凉的人走了一拨又一拨，包括我的母亲。

十一

今年夏天，我到长春开会。当年“四野”围困，城内是“国军”和百姓，那场战争死了多少人？我不清楚。长春离四平不远，我一定要到四平看看。是不是了解“四野”在四平吃了亏？不，我想起了美丽的木耳和她的老公，我想起来两个漂亮完美的孩子。

我包了一部出租车。司机问：

“先生到四平哪里？”

“就四平。”

“四平导航定位哪里？”

“不要定位。到四平就可以。”

司机看看我，想想是否会拿不到钱。

“是否高速下来就是目的地？”

“四平六十年代、七十年代的军营你知道吗？”

“不知道。我是长春人。那么，定位在四平军分区怎么样？”

依木耳他们的级别，能坐在军分区里边？但可能不是没有。我说：

“行啊。”

下了高速，我还是让出租车先绕城一圈，后进市中心。中国的城市面目相同，没什么看头。军分区也是一样，上有大红大字，下有士兵岗哨，和天州一模一样，让人感觉错乱。

日月如梭，木斓斓和陈军应该都有事业了。木斓斓的孩子应该很大了，陈军的孩子也应该很大了。尽管找到他们并不困难，但我到四平就没有找他们的意思，见面毕竟是伤感和无趣的事。

中饭到点了，我问司机，四平有什么名吃。他说没有什么吧，好像就李连贵熏肉大饼。我说李连贵还在做吗？他说这是招牌，李连贵是河北人，这道小吃是他到东北后创制的。他的后人落脚点在四平。熏肉是由特别选择的猪肉加入中草药和调料炖煮熏制，“肥而不腻，瘦而不柴”。大饼使用煮肉老汤加入油和面，烙制后色泽金黄，里软外酥。我说好好好，我们就吃这个。

我打开导航，李连贵熏肉大饼店很多，最大的店离我们七公里，我身边不远处也有一个。我叫司机就近这个店看看，卫生和环境怎么样。

店不大，靠墙四座的十二桌，倒挺干净。空调效果也不错。人没站定，服务员已经递来菜单，不仅是熏肉大饼，我还点了一个韭菜馄饨。问司机要什么，他说随你先生。服务员问我大饼切开还是不切开，我说切开，司机说他的一份不切开。心想应当跟司机不切，话已出口，不习惯立即就改。后来司机把熏肉、葱丝、面酱用大饼卷起来吃，够北人风格，我只能把熏肉、葱丝与面酱慢慢放入大饼夹层内，样子小心翼翼，小家子气。

服务员领我到台上付账，说消费五十二元，收五十元，现金、刷卡、微信、支付宝都可以。免两元钱，是天州人的风格，东北好像是毛毛计较的。我看收银的，是个漂漂亮亮的东北大嫂，似乎眼熟。有人说，见漂亮的异性，都是眼熟。刚听得大嫂问我："您吃好了？"我不假思索，叫道：

"木斓斓！"

木斓斓放下手机，站起来，说：

"您……？您怎么知道我的名字？"

"我认识你已经几十年了。"

"怎么会呢？"

"还有你弟弟陈军。"

"怎么会呢？"

"我是你舅舅。"

"木藤舅舅？您是天州人？不会吧。"

"我是你可可舅舅。"

"可可舅舅？不记得了，不好意思。"

"当时在天州郊外九间里，我家和你木藤舅舅家挨着，两家就像一家人一样。"

"哎呀，我有一点记起来了。可可舅舅，你叫陈军是大舌头。"

"是。当时我以为陈军有残疾，后来人说东北人说话都卷舌。"

"您怎么到东北来呢？"

我递给她我的名片，说：

“长春开会。”

“《东海早报》主编。可可舅舅，您官不小啊。”

“一般般吧。”

“那您和四平报业的领导熟悉吗？”

“刚刚熟悉，你有事可以找他们。”

“昨天有记者过来找碴，说我们有苍蝇问题。”

“这个事可可舅舅替你摆平。”

“谢谢舅舅了。您在长春开会，怎么想到去四平？”

“我也不知道。是他把我拉过来的。”我指了指出租车司机。“你一直开饭馆？”

“我原来是药厂的，改制下岗了。”

“陈军呢？”

“他原来在钢铁厂，也下岗。”她要服务员把陈军叫过来，“陈军现在是本店的大厨。”

陈军赤膊来了，神韵像极父亲，只是挺着肚子，全身肥膘。八字脚，脸上有汗渍，胡乱头发。木斓斓和他说了半天，他才笑起来，说不好意思，自己天州的印象全部没有了，说请我吃夜宵，喝酒。我说我是明早长春飞天州的飞机，夜宵只能留待以后了。

大厨不能久离厨房，而提他们父母的话题当然不宜，我拥抱了陈军，很快和姐弟道别。我只想对他们说，起码在我们那个村，只有你母亲木耳，是个有境界的人。世事如烟或不如烟，有的需要牢记，有的需要遗忘，那就不说了。

车子飞奔，阳光晃晃，窗外虚幻，影影绰绰，不知西东。我两眼模糊，两耳恍惚，好像进入洪荒隧道。

雪夜，有人捣门

一

读初中时候，李立龙是我的同桌。我们很要好。之所以要好，首先是俩人的父亲很要好。他的父亲打游击出身，公社书记，我的父亲是公社所在地的大队书记。他的父亲太喜欢喝酒了，到我家和我父亲喝酒的时候，胡乱说话，常常无故大骂。

作为公社书记，我没有发现他干过一件什么好事。当然我的父亲也一样。他们都是开会，成年累月地开会。开会开得天昏地暗，现在看来是非常滑稽而且可笑的。他们多是传达重要讲话或者什么精神。一个公社有十八个大队，队头儿都要去开，听公社一个一个头儿轮番讲话，头儿捧着茶杯，摇头晃脑，煞有介事。

李立龙父亲有一个情人，白皮肤，大眼睛，有酒窝。她的女儿也是我们班的。公社书记有一天酒喝多了，对我父亲讲他情人的事，我亲耳听到的。他让他的情人夫妇一天摆一桌酒，钱有得赚。那时割资本主义尾巴，私人酒店是不准开的，他倒是叫情人长出一条来。会议一结束，他便把自己看着顺眼的干部带过去喝酒。被叫到的都觉有亲信之感，非常荣光。他们都争着买单。有一天我的外婆病了，母亲不在家，我父亲就带着我去吃。我的女同学一闪，不知哪里去了。我看见李立龙父亲喜欢猪拱、猪脸、猪耳朵，喝很多酒，脸红了又白，白了有红，但是不醉。他开口说话，别人就不响，他不说话，别人才说话。他的话硬邦邦的，一句是一句，上下也不连贯。

他从来不笑，即使对自己的子女和老婆。

那天的菜还有生炒雄鸡、猪肠炖血、咸鲜鲈鱼、火腿笋干、肥肉球菜，主食是炒面。李立龙父亲一抹嘴，大家就知道结束了。一个大队的书记买单慢了一步，说，明天我来。当然喽，随便谁买单，都不会割自己的肉，都拿白条子到自己大队里报销。

李立龙的母亲是台州人，据说是地主的女儿。快要解放时，李立龙父亲睡在她家，顺便把她睡了，她倒是愿意。她的话我很少懂。她现在公社供销社工作，具体是卖什么生产资料。比起卖油烟酱糖之类，她不忙，像是整天无所事事，来钱却不少，因为她是大宗买卖，对象是生产大队。她是娇小型的女人。有一天，站在磅秤上称一下，又端起一碗饭，说，我吃了这碗饭，就多少多少斤了，嘻嘻。那时社会处于半饥饿状态，大家来来往往，都为的果腹。因此她的话让我记忆深刻。

她的话是对着搭档说的。搭档是个男的，体力活都是男的干的，她坐着只是收钱做账。他俩占一间房。关系特好，上下班经常一起走路。大家疑心他俩有一腿。鬼知道呢。

有一天，李立龙叫我到他家玩。忽然，不知为什么，他父亲咬着响牙，吼着骂李立龙，可是我听到的竟然是这样一句话：你妈给金波×的！这一句无头无脑，云里雾里，心想骂儿子怎么能这样骂呢，冲着儿子到底是骂什么呢。这一句也叫我记忆深刻。

金波，就是李立龙母亲的搭档。

那时我和李立龙差不多形影不离。本来我可以回家吃中饭，因为学校离我家也就一二十分钟，李立龙要在学校里吃，我也就拿个饭盒，带上白米，放在食堂里蒸。我的饭菜是我妈煎好的带鱼，李立龙是肉松。我的带鱼差不多半条，指头一般切成十来根。李立龙每天的肉松带来半袋。这些菜都是其他同学吃不到的，他们围过来，我俩就分给他们。他们没有白米饭，饭盒里装的是番薯干，黑黑的泥鳅一般。菜就根本没有。这个事近五十年同学们都不说，不知他们还记不记得。

我到李立龙家，或者他到我家，一周总有好几次。我不喜欢李立龙父母，只有李立龙跟我说，今天他们不在家，这样我才会去。

暑假里一天，李立龙和他的妹妹做了一大锅饭。做好后，李立龙让妹妹把米饭倒了，倒在马桶里，剩下锅巴。我说我饿了，你这是干什么？他说你等等。他妹妹真的把一锅米饭咚的一声，倒在马桶里。香饭倒进去，臭气冲上来，暴殄天物啊，我甚是惊悚。只见李立龙从橱子里取出一听猪油，把猪油用勺子抹在锅巴上，再烧一下，锅巴炸响，他又把白糖匀在上面，焖一下，白糖化了，然后把锅巴从锅壁上铲下来。锅巴分成三盆，李立龙和妹妹和我都一份。那个脆，那个香甜，是我生平第一次吃到绝好的美食！

李立龙又拿出一瓶啤酒，外面有麦穗的，是上海啤酒。他说我们就喝一瓶，多了老头会发现的，会骂人。我说那就别喝。李立龙说，你喝过啤酒，上海啤酒？我说没有。那还不喝！这也是我平生第一次喝啤酒。他用条凳边角搓下啤酒盖子，不想白沫喷涌，小半瓶泼在地上，煞是可惜。啤酒经过喉咙，辣辣的刺激，一路欢快到丹田。

他的妹妹没有喝。他的妹妹比我和李立龙小三四岁，在我看来就是小孩。身子圆滚滚的，脸上油光光的，整个人像个糯米做的、从油锅里刚刚篱出的“油卵”。她推着我的肩膀，要我讲故事。她经常要我讲故事，我讲了许多“抓特务”。这回特务抓完了，我打着啤酒嗝，讲了《肖飞买药》。

二

我和李立龙上高中是一九七三年。那时高中已经停止招生三年了，忽然恢复，又忽然考试。事情有些特别。天州中学高中部只招十个班，一个班五十六人，每个公社分到名额二十多人。我的成绩马马虎虎，李立龙是一塌糊涂，但我们都“考”上了，连同白蓓蓓同学。白蓓蓓就是李立龙他爸情人的女儿，成绩比我差远了。当然，她是李立龙父亲为她“考”上的。

我们到天州中学，坐车进城当然快，半个来小时，但要花几毛钱。我们三个公社的同学都翻一座山，崎云山，上下要一小时。有时我跑，上下只用二十来分钟。如果和白蓓蓓一起走，那当然是慢的。

白蓓蓓当然白，脸上有酒窝，胸部青苹果一般拱出来了，整体比她妈好看。她分在一班，也就是我班。李立龙是三班。白蓓蓓当然知道母亲和李立龙父亲的事，开始的时候，见到李立龙，有些羞赧。原来我们初中班级过来的，就没几个人，课后或者晚上，大都在一起玩，白蓓蓓自然也过来了。白蓓蓓见我，自是自然，她的眼睛碰到李立龙的眼睛，呼啦就躲开。我觉得好笑且高兴。

白蓓蓓挺适合我的。

白蓓蓓不是我的同桌，但我们两张桌挨着，我的手肘都能抵得到。有时是我有意抵她的，有时好像是她有意抵我的。抵一会儿，她才缩回。我觉得很好，这样很好。我的数学天生地好，我只想上数学课，数学课老师讲得很好，课后就有作业，作业白蓓蓓就要抄我的。她的眼睛朝我忽闪一下，她是有求于我，我的身子一阵幸福地哆嗦。我就把作业本悄悄推给她。她抄好了，也是悄悄放在我的空屉里。数学考试，我都是扁担挑蛋一百分。我做得飞快，然后推给她，她很聪明，总是不全抄，故意自己做错几题，每回八十多分。不像我的同桌，全抄，一回把我的名字都抄去，俩人都一百分，闹成全校笑话。

有一天下课铃声响，李立龙踱过来，见我和白蓓蓓还坐着，大声叫我的名字：陈从晨！下课了还坐着！

我扭头看李立龙，心想你喊什么，哪根神经短路了。

那天晚上，李立龙拉我到闹市区喝酒。我们喝的是啤酒，生啤。生啤一大青碗两角钱。酒菜是鸡翅和炒面。酒到八分，李立龙跟我说，白蓓蓓归他。我说我喜欢她，应该是爱她了，因为她坐在我身边我很好过。他问怎么个好过法。我说这怎么表达呢，好过就是好过，不想和她离开，白蓓蓓应该归我。李立龙说，白蓓蓓喜欢你吗？我说应当也是吧，你不是看到了吗，下课了她也不愿意离开我。我们经常手肘碰在一起。李立龙说，是你碰她，她没有骂你对不对？你是一厢情愿。我说你怎么知道是一厢情愿，说不定是两相呢。李立龙说，两相白蓓蓓也要归我。我说你这就没有道理了。李立龙说，你知道吧，他妈是归我爸的。我说我知道啊，他妈归你爸，她归我，这有什么矛盾吗？李立龙说，他妈归我爸，她归我，顺了，顺理成章了。我说你们家黄世仁啊，黄世仁也就霸占一个喜儿嘞。李立龙说，陈从晨，今生今世我第一次求你吧，是不是？我说什么今生今世，你这是无理要求，我不会答应你的。李立龙说，那好，我们走着瞧，我爸是公社书记，你爸是生产大队“队头儿”！他的话的重音，落在“队”字上。天州话，“队”和男性生殖器的发音是一样的。

他是真生气了。

我同他说，你爸和她妈好，你娶她是不好的。

怎么不好呢？

你自己想去吧。

你不要啰唆，你远离白蓓蓓就好了。

我们是最好的朋友，事情当然要和你讲。

闭嘴。你再不要用手肘去碰她了。

你想想，她和她妈白白的，长得太像了。东西也是一样的。你们结婚，你爸老是看到白蓓蓓，也会老是想着白蓓蓓的东西……

我当时怎么会说出这种话来，真是奇怪。李立龙一拳打了过来。还好我躲得快，没打着。他急了，你你你地想说一句什么话，但一时找不到恰当的句子，半天，找到了，说，想不到，你还是一条淫棍呢！

嘿，他那时说我是条淫棍。

三

第二个星期回学校时，我经过白蓓蓓家。她母亲说蓓蓓走了。我问蓓蓓一个人走了，她说跟立龙走了。我觉得不对了。我觉得难受。心想白蓓蓓不至于不跟我好吧。

过了一个星期，我又到白蓓蓓家。白蓓蓓又是和李立龙走了。她的母亲话音里，对我这个大队书记的儿子似乎不感兴趣。我离开她家，赶紧去追，可是没有追上，这真是奇怪又奇怪的事情。后来有同学对我说，陈从晨，不要追了，李立龙骑着自行车，驮着白蓓蓓走了。自行车放在崎云山下金岙村，李立龙和白蓓蓓再爬山。

事情变化很快。一半是试探，我的手肘有意轻轻抵住白蓓蓓的手肘，白蓓蓓赶紧把胳膊缩回去，像是我的手肘长刺。哎哟，我有些心痛。

数学课来了，我自是兴奋。我看白蓓蓓还抄我的作业不。她不抄了。我说蓓蓓，你作业还没做呢。她说我会做的。她真的在那里做了。后来我拿来一看，简直是胡做一气，全是错的。我就把我的作业本递给她，说，你做的都是错的，抄吧。

她说抄来的成绩也不是我的，算了，谢谢你。

这谢谢多叫人难受啊。好不容易到了期中、期终两次考试，我想你白蓓蓓不抄我你就难看了，成绩单上一个鸭蛋，你怎么向家人交代？我只管自己做卷子，略无旁顾的样子。暗地里偷偷瞄她一眼，她好像也在做。心里好生奇怪，没有办法。她会向我要卷子的，她会向我要卷子的，这样想着，可是几个同学交上卷子的时候，她也交了。我的天哪。

我和李立龙朋友还是朋友。他还是拉我去喝酒，手拍着我的肩膀，说，数学成绩好有用吗，你讲我听，你爸成绩好呢，还是我爸成绩好，省市干部哪个成绩好？他拉我喝酒，拍我肩膀，有安慰，也有胜利者的得意。我只说，白蓓蓓不抄我也行，但要认真学习，否则毕业考试不过关，拿不到毕业证。只见李立龙大声说，陈从晨啊陈从晨，你杞人忧天。你、我、白蓓蓓高中都是考上的吗？如果按成绩，你也考不上，还不是我爸勾几勾，中间有你吗？

这个我心服，嘴上还是说，你和白蓓蓓数学考零分，保证能拿到毕业证书吗？

我们的校长金炬和我爸有旧，金炬校长别的没有，分数有的是，陈从晨，你说对不对？他又在我的肩膀上重重拍了一下。

白蓓蓓是爱上他了。李立龙有什么魅力？白蓓蓓妈妈肯定是一个因素，爱屋及乌，她想让自己的女儿嫁给公社书记的儿子，我想。

有一天，有一个大发现。李立龙把一叠饭票递给白蓓蓓。白蓓蓓坦然自然地接去。是的，那时社会半饥饿，读高中的同学还和从前一样，带番薯干的很多，饭盒一开，里面全是黑泥鳅。也有带白米的，多是优裕农民的子女，我就属于这一种。居民户口，干部子弟，带的是粮票钞票，到学校换成饭票，轻轻松松。爬崎云山的同学，不背粮，多好啊。我这个人就是迟钝，应当发现白蓓蓓早就不带番薯干了，怎么就不知道呢。

四

还没毕业的时候，李立龙和白蓓蓓就走到一起来了。

星期六下午回家时候，李立龙还是和我走。李立龙原要和白蓓蓓一起走，白蓓蓓害羞不愿意，她说和女同学一起翻山，翻到金岙村的时候，让自行车驮。我和李立龙走着走着，远远有两个女人东张西望的，是不是我们高中同学不清楚。忽然，俩女人一闪，在一爿田墙下不见了。李立龙一捏我的手，好奇了，俩女人很快出来了，而且小跑了一阵。看得出来，是我们同学这个年龄。

李立龙跑起来，我也跑起来。呼呼到了田墙那里，在那里转了转，什么也没看到。李立龙仔仔细细起来，觉得女人不可能不留下点什么东西。果然，他的手在黄黄的油菜籽地里搛出了一条血红的东西来。是叠折的厚厚一条卫生纸，中间满是血。这东西叫月经，我认识不久。那天在李立龙家，我要小便，卫生间门闩着，里面油卵说，从晨哥，你等等。后来我看到这东西。我悄悄拉来李立龙，说，不好了，你妹妹出血了。李立龙看了，说，大惊小怪，她是来月经了！还说，有了月经，就是大人了，可以谈恋爱了、睡觉了，以后你就娶她吧。我不声响，心里觉得油卵就是个小孩，长得也不好看。

李立龙脸白了，呼呼喘气。裤裆里有手枪顶出来。我也觉得下面又烫又热。李立龙说，陈从晨，你先走，你先走。我知道他要找事情干了，要找白蓓蓓干事情了。但在这些地方怎么干呢？我走了一程，靠在一棵香樟树上，我要看看他怎么找白蓓蓓干事情。

李立龙往回跑。我远远地看到三个女同学往我处走。李立龙到了三个女同学处，四人站住。李立龙拉住一个女同学，这个女同学不停步，继续走。李立龙又拉，这个女同学还是和另两个女同学继续走。李立龙无奈，只好和三个女同学一起走。我心想，手枪呢，手枪呢。他们渐渐走近，我觉得不好意思，先跑了。李立龙没有得逞，我暗暗高起兴来。

爬上崎云山顶，回头看不见他们，他们在山坳里。我便飞身下山。我从金岙村出来不久，见自行车铃声远远地揿响，铃铃铃铃，铃铃铃铃，铃铃铃铃……明显是朝着我的。我回头，果然是李立龙驮着白蓓蓓。白蓓蓓一只胳膊挽着李立龙的前身，胸脯紧紧贴着李立龙。他妈的这不是示威吗！到了我的身边，我故意做出推人的姿势。李立龙紧急避险，差一点人仰车翻。没有跌倒，白蓓蓓笑了一声。

几个星期后，李立龙和我说，白蓓蓓让他睡了。事情还真的像他所说，因为白蓓蓓人更好看了，身上也有淡淡的香水味。晚自修白蓓蓓经常不知去向。我好事，晚自修白蓓蓓不在，我到三班窗外往里看，李立龙自是不在。我的心有刺痛感，我真是自找烦恼。

五

拿到高中毕业证书后，我和李立龙就去教书了。当时安排工作，一个公社除了进农械厂外，就是当民办教师了。我们当然选择当民办教师。民办教师不离书本，上大学就方便些。每一年，每个公社，推荐工农兵学员上大学，总有几个。但高中毕业后，必须在社会待三年，才有资格推荐。李立龙上大学是铁定的，我的把握性也大。因为公社领导子女中，这一茬已经没有了。公社所在地的大队书记，像是北京和杭州的书记，比其他大队书记似乎要大。我的民办教师一职，李立龙父亲先是要给白蓓蓓的，他权衡利弊，想来想去，还是给了我。我爸是公社所在地的书记呢。

白蓓蓓当了农械厂的工人。她和她妈她爸都高高兴兴。

我们中学的校长把我和李立龙叫去，问教什么，李立龙第一个先选择。李立龙可以管学生思想工作，再兼几节课。李立龙说：什么思想工作，头痛。我还要上大学的。你就让我教体育吧，体育不用改作业，雨天可以休息，休息了课都不用补。这样就定下了。校长又问我，我说教数学，保证能够教好。校长说好好。

李立龙教体育当然不认真。比如说做广播体操，他让一个高个子学生先学，然后高个子上来带做。他站在一边，嘴里衔着哨子，凶神恶煞一般瞪着眼。有时就让学生绕着我们大队马路跑一圈，整整四十五分钟。或者爬山到了白庙那里往下跑，都正好一节课。

白蓓蓓到他家睡了。白蓓蓓起床了，她要到农械厂上班。李立龙躺在床上，问，外面有没有下雨？白蓓蓓看了，说，晴。李立龙知道大事不好，嘟噜一声，他妈的。他一会儿要到学校了。倘若白蓓蓓说，雨在下，大着呢。李立龙一声不响，只管睡到中午。

那个时候，每个礼拜六上午上课，下午政治学习。那种政治学习沉闷无趣，但大家都得去。那时公社教育界的最高长官叫“贫管会”主任。他喜欢表扬李立龙，老说他来得早。一天主任也这样表扬，不料李立龙大声说：早，早，我哪里来得早！这种会就不用开，读读报纸，有什么名堂！主任的脸扭曲了，但说不出一句话来。而大家觉得李立龙说得好，眼神告诉他，你说得好、说得好。这样，李立龙受到鼓励，铁肩挑道义，经常在会上公开顶撞主任。主任和我爸关系蛮好，暗暗同我说，以后开会，李立龙可以请假。我很高兴把事情告诉了李立龙，你又可以休息了。不想李立龙粗起喉咙，说，政治学习怎么可以请假呢，不行！

主任是个胆怯的人，他怕公社书记。计莫能出，最后叫公社书记的酒友，也就是我的父亲帮忙，方便同公社书记说说。我父亲答应了。有一天李立龙父亲在我家喝酒，八分了，我父亲把“贫管会”主任的意思说了，立龙不要捣蛋顶撞。李立龙父亲拿眼睛问了我，我笑笑。他怒了，吼道：

这贼蟹儿不是我生的哪！

他回去后，我父亲嘀咕道，立龙正是你生的。

有一天，白蓓蓓碰到我，问，立龙开会时有顶撞“贫管会”主任吗？我说你问这个干什么。她说他父亲打了李立龙。

白蓓蓓也认为当面顶撞领导是不对的。下面的人也顶撞公社书记，怎么办呢？她说。

说这个话时，白蓓蓓肚子有些大了。

六

白蓓蓓提出结婚，摆几桌酒，说这是她妈的意思。李立龙妈妈以为对。李立龙妈妈开初不喜欢白蓓蓓，她知道白蓓蓓妈妈和自己老公的事。但自己的屁股都不干净，白蓓蓓的确是李立龙自己喜欢的，白蓓蓓懂事有礼，她认为应当尊重白蓓蓓，尊重她爸爸妈妈。

在这个问题上，李立龙父亲和母亲高度一致。李立龙父亲从来没有和儿子好好讲话，和女儿却是从来好好讲话的。今天他放下身段，说：立龙，蓓蓓的话是对的，你妈也这样认为，我们定个时间吧。立龙不搭话。他爸爸又说：就定元旦吧，只有三个月了。这下李立龙搭话了：肚子都大了，还结什么婚！你不经常嚷嚷破四旧、立四新吗！李立龙父亲腾地站起来，随手抄起一个酒瓶，向李立龙砸过来……

李立龙妹妹大叫，爸爸，你干什么啊！

李立龙到了我家。晚饭时候已经过去。他说白蓓蓓和他爸形成统一战线了，要他结婚。我问，你妈什么意见呢，他说我妈也一样。我说结婚是应该的，全世界都说是人生大事，起码的礼数总是要的。李立龙说，这老不死的说元旦结婚，元旦时肚子就很大了，客人怎么看。我说你就同你爸好好说，提前嘛。

他说，不结！

我说，你觉得白蓓蓓不好？

李立龙不说话，久之，说，没有。

我说，你不喜欢白蓓蓓了？

他不答，两只眼睛黑药丸一般死死盯着我，欲言又止的样子。

我说，当初我是喜欢她的，你硬是用饭票、自行车什么的把她夺走。现在还给我？我可不要你还。

你别啰唆了，喝酒喝酒！他说。

喝了一通，他比我多，我送他回家。

夜九点多，那时的人早睡，他的村庄一片宁静，似乎竹叶掉下来都能听到。

白蓓蓓在门口。穿着白色短袖，长裤子，肚腩微微隆起。我感觉非常性感，比读书时好看多了。她和我打招呼，挽着立龙的胳膊，像是她的老公受伤了一样。李立龙也似乎真的有一肚子的委屈，嘴角下挂。我不便再进去了，便要转身回家。

从晨哥！油卵从三楼探出头来叫我。你等等！

她穿一双拖鞋啪啪啪啪啪啪啪啪地下来了。她拉起我的手，往楼上走去。到了楼上，她说你坐，我泡一杯蜂蜜给你。她又啪啪啪啪啪啪啪啪地下楼了。她的房间窗明几净，白纱帐，白篾席，木地板干干净净。我想，公社书记家，就是不一样。她上来，把蜂蜜递给我。我看看她，真是个姑娘家了，变化真是快。她没有戴乳罩，乳房饱满挺立，乳晕若隐若现。这样一来，整个人就很有韵致了。她说，我就知道你会到我家的。我说为什么。她说我哥心情不好，现在没地方走了，人家老公回来了。我惊奇，问，什么意思，你？她的嘴巴贴着我的耳朵，说，我哥雄鸡一样，逮着一个是一个。我真想说，你真是胡说八道！嘴上却说，不会吧？她说，真的，她和村里那个金银花睡觉，比和我嫂子睡觉还早。人家有老公，在外面做工，现在回来了。

金银花比你嫂子还漂亮？

差不多吧，人家年龄大，骚。

这真是奇怪又奇怪的事。按理说，这种事，以李立龙的性格，他会同我说的，怎么瞒着我呢。忽然想起，李立龙已经把手伸到我堂妹那里了。好几次我回家，我堂妹和李立龙都在我的房间，我刚到房门，我堂妹就出来了。又一次，见我席子上有水，我以为是我家的猫太随便了。

我堂妹不是个漂亮的女孩。

我想油卵和我说这些干什么。我判定，油卵有点二，是公社书记醉酒后生的。

咦，从晨哥，你怎么有白头发了，好多根耶？她整个人贴着我的背和肩。我说遗传，我爸少年也是这样，现在五十多一点，满头银丝。她说我把你扯掉，手指就在我头上捡挑起来。我感觉背部有两个奶，——对，我们说话不说乳房，都说奶，多少年向往的奶，就在我的背部摩挲，弹跳。她的两条腿抵着我的屁股。我的全身烫热异常，啊，下部也紧急出动，像是很没有教养。

我想说不要扯了，我想就去躺在她的床上。但又有莫名其妙的力量压制着我。让我就这样端坐着，让她的奶和腿抵着我。我的口水咕噜咕噜冒上来，又咕噜咕噜吞下去。我一动不动。当初我怎么这样冷静呢？

油卵比我小三四岁吧，却知道“人家年龄大，骚”。或许是她过分大方了，这种不请自到让我惶恐。现在认真想来，我还是觉得她不够聪明，有点二。我真是少年老成。

谢天谢地，当初没有睡了她。

七

白蓓蓓要生孩子了。李立龙父亲说到城里医院生，母亲觉得公社卫生院就行，李立龙说，当年大家都到城里生吗，生孩子就是生蛋。白蓓蓓说，好吧，就公社卫生院吧。羊水来了，到了公社卫生院，很快生下来了，是个儿子，八斤七两。大家都夸白蓓蓓有能耐，有力量，那么大的孩子一下子就生下来了。李立龙说，这和鸡生蛋不是一样的吗！

李立龙父亲换了一个人似的，喜欢抱孙子。有时吸着烟，把烟吹到孙子脸上玩；有时酒后，满脸通红，他亲亲小脸蛋。大家都说隔代亲。李立龙抱孩子了没有，我没有看到过。

“四人帮”早已粉碎，推荐读大学的事已经搁浅。我和李立龙喝着酒，李立龙说，我们读大学的事怎么办？我说不是考试吗，大家都在复习，我们也抓紧复习。李立龙说，把我的头剁到屁股这里，我也不复习。心想依你的成绩，的确是没药救。白蓓蓓也一样，而且有了孩子。我说那你怎么办呢，民办教师是永远没有出路的。他说，船到桥边自会直。我说好吧。

隔年之后，我考上了之江大学。我原先填的志愿是数学系，录取却是中文系。原因不明，当时大概是党的需要吧。油卵到了我家，给了我一个五百元的红包！五百元！我懂得她的意思，或者说，我懂得她一家人的意思。但我不会收。我只说谢谢，最后看她要流泪了，收了一百元。油卵走后，我父亲有些不高兴，说，收起来有什么不好？她又白白的嫩嫩的胖胖的，体格多好。她爸是公社书记，他们是居民户口，不读书也可以顶替，有工作。招生政策也是哪里来到哪里去，你也要回到天州，我和你妈也只有一个你。云云云云。

我一声不吭。

我到之江后，对于一百元，我两次买了东坡肉，寄给油卵。油卵很喜欢吃肉。

不想油卵来劲了，以为我以物传情。三天两头给我写信。有些信明显是“情书选”之类上抄来的。我也给她回信，只说你很好，你应该有比我更好的人。她以为我在赞美，来信说，再好的人我也不要，我就爱你。封口那儿还有唇红。写信最能激发爱情了，我决定少回信，不回信。我说当年和你哥你嫂同学，没有很好读书，现在大学里吃力得很。我原来强的是数学，现在倒是读中文，紧张得不得了。我们放假慢慢聊。她回信：这个我懂，哥。

放假回到家中，我对我妈说了油卵的事，总而言之是油卵不能当老婆。我妈极赞成，她对油卵父母很了解，且认为当官人的女儿是不适宜当老婆的，是动不得的。我说倘若油卵来找我，你就说我不在家。我妈点头。

油卵两次来找我，都被我妈回回家了。第三次还是来，拿来了一大袋白糖。我妈还是说我不在家。油卵鼻子抽了几抽，跑出了我家，站在屋前，对着我二楼的房间，大喊：

从晨哥！

从晨哥！

从晨哥！

我的心被喊得猛跳。因为我听到了凄哀之意。她是什么时候爱上我的？为什么爱上我呢？小伙子很多啊，为什么偏偏爱上我呢，而且那么热烈？

哦，被人爱也是一件很难受的事情。

八

一九八三年吧，我大学毕业。天州在之江大学的同学分配都不错，比如公检法、市委办公室等，我被分配到《天州日报》。一日，李立龙来到我的办公室，他说自己体育不教了。我说你当领导了？他说当个鸟啊，我能当领导吗，辞职不干了。我说你妈你爸你妹你老婆都好吗？他说我妈还行，那老不死的脸色红红的，身体牛一样。现在退休了。我说，你可以顶替他。李立龙说，我不提这事，你猜猜，他提出给谁顶？我说给你妹呗。他说，老不死的要给蓓蓓顶。我说好啊，白蓓蓓不是你老婆吗，很好啊。也是先人后己。李立龙说，他和我妈是不一样的。我妈的编制是集体的，他的编制是干部的。今年的政策，顶替他可以进派出所、税务局，都是吃香的单位，顶替我妈就只能是供销社。我说，让白蓓蓓顶不是很好吗？李立龙两只眼睛死死地盯着我，又是两粒黑药丸似的，似乎有钉子射出来。

后来他说，他反对，他妈反对，他妹反对，白蓓蓓才顶替了他母亲，到了公社供销社，他妹进了税务局。我说按传统，应该你进税务局啊。对了，你当警察挺适合啊。他哼了一声：我才不要顶他的替！“他”当然指他父亲。心想父子哪里有什么不可调和的矛盾呢。

李立龙把一双牛皮鞋给了我，说是他妹妹送我的。我说，她自己买的？李立龙说，现在她还用自己出钱买鞋吗，就是拿十双二十双人家都高兴。我说这是怎么回事。他说人家拍我妹马屁啊。我说为什么。他说人家可以少纳税啊。我说这怎么可以。他说这有什么不可以的！我说，大家都要依法纳税，少纳税、不纳税都是违法的。他说，什么叫少纳税，什么叫不纳税，都是我妹说了算。我说，立龙，你父亲一辈子做过好事了没有，没有吧，我希望你妹吃公饭，应该做好事。李立龙说，你真是迂，越说越多。我无语。

李立龙说，我妹知道你的脚大，是四十五码，对不？我点点头。心想她怎么知道我的脚是四十五码的？我说，你妹有男朋友了吗？没有！李立龙看着我，说，你和她挺般配，一个日报的，一个税务局的，不是很好吗？你们一辈子不愁吃、不愁穿了，都好。我说我已经有女朋友了，是我大学的学妹，明年毕业。李立龙好像没有听见，站了起来，说，借我二百元。又是出人意料，我赶紧拉开办公桌，和身上的钱凑起来，给了他。

他走了。我想起牛皮鞋，可是他已经走远了。

过了一个多月，传达室来电，说一个老人找你。我说请他进来。不想是李立龙父亲。见他苍老许多了，头发也多数白了。让座，沏茶。心想他找我有什么事呢。我们报纸专门报道好人好事，你有好人好事吗？

待我把茶杯递给他，自己坐下来，见他的脸色时，他的微笑里凝固着不尴不尬的气息。从前的果断、蛮横和威风荡然无存。看得出，他明显是有求于我。我还是想，要登报，你有什么好人好事呢。下水救人、拾金不昧之类也要有新闻点才是。

半天，我说李伯伯有事吗？他才说了事。原来他是为女儿的婚事来的。这回轮到我尴尬了。这事我爸来说还好一点，怎么是你来说呢。——我爸也是个势利之徒，人家不是公社书记了，想必已经服从了我妈的意志。我想，李伯伯，你来谈这事多么掉身价啊，你曾经是堂堂公社书记啊。

原来，听到我已有人，油卵哭了。她让她父亲来最后做做工作。她的父亲拗不过，反正没事，老脸拿出来最后试一试吧，也就来了。万一说动我改变主意呢。这是后来油卵自己找过我，她说的。他说，你们俩很般配，为什么不可以走在一起？他和李立龙的论调是一样的，真是的。我说，李伯伯，我已经谈了恋爱，你家女儿那么好，以后嫁的人一定比我好。你放心吧。他说，你们已经在一起过，怎么还可以分开呢。我心一颤，马上辩白，没有啊，没有在一起过，绝对没有。他说，就是蓓蓓提出结婚那阵子，那天在三楼，那么久，你半夜才回去。

这不是讹人吗。我耐着性子，说，李伯伯，那天我是送立龙回家，他酒喝多了。我回家是迟了点，但一直坐着，没有躺下过。真是这样。心想这件事是否是油卵告诉她爸的，油卵是否有癔症？

他慢慢站了起来，不再说一声，又慢慢踱出了办公室。

后来油卵来过，拿来了两双牛皮鞋。哎呀呀，我见到牛皮鞋就看看油卵的脑袋。我在报社当编辑，喜欢平底布鞋，李立龙转来的 双都没穿呢，油卵又送来了两双。放到油锅里炸了吃吗。心想，二，二。我让油卵坐下，沏茶给她。她说他哥哥这个人不行，什么事都不干，经常带女人到外面过夜，老是问她借钱，没有断过。现在倒要离婚了。我问离了吗。她说离和不离差不多，结果总是离。我说白蓓蓓有什么不对的地方吗，油卵说没有吧，不知道。

我想油卵今天可能会坐很久，因为她还没有说到自己。我传呼同事，让同事给我的办公室打电话。一会儿，办公室电话响，我胡乱接了电话，对油卵说是总编打来的电话，叫我到他的办公室去一趟。站了起来。油卵也站了起来，说，从晨哥，你让我抱一下好吗。哎呀，编辑部门开着，玻璃窗又那么明亮……我还没有回答，她就把我抱住了。很紧很紧。我明显感觉到她的眼泪哗哗地流，因为我的肩膀烫湿了。她大哭，声音很响。天哪，这怎么行呢，这怎么办呢，急中生智或是急中生愚不管了，我就用嘴去堵。这效果很好，她和我吻起来，轰轰烈烈，昏天黑地，她的口水都流进我的肚子里。

我的眼睛盯着窗外，提心吊胆，生怕有人走过。若干年后，儿子上小学，拿着一个作文题“一件难忘的事”问爸爸，我就想起这个事。

后来我到了“总编”办公室，半个小时回来，她还是坐着……

九

从此，我和李立龙一家很少来往。几十年来，只有李立龙找过我七八次，几次到我单位，几次到我新居，都是借钱。我想起油糖锅巴和啤酒，不借也不行。最后一次明确告诉他，以后除了做生意、办事业，我可以借，其他都不行。他还真行，有一次说自己在做外墙油漆生意，利润可观，他要做大，叫我借他八千元。我给了他五千元，随便说了一句，不用还。后来就再也见不到他了。借钱这种事总是叫人渐走渐远。但碰到老同学，还是打听他和他的家人。其实，他从来没有做过什么事，借钱把世界借遍了。油卵嫁给她的同事，同事脾气特好，但也差一点因为李立龙离婚了。他几乎全是吃油卵的，还吃油卵夫妇管辖的所有企业单位。白蓓蓓有一段时间曾经脑子不好使，后来远房亲戚帮忙，到法国去了。据说一直独身。我问她和李立龙离婚了吗，答曰他们离不离反正早就一样。

我和妻子一回旅游甘南，回来我母亲说，李立龙曾经带来一个重庆女孩子在家过了两三天。都是我母亲买菜烧给他们吃，夜里就在我的床上睡觉。离开的时候借了我母亲五百元。我妻子这个人洁癖，嘴上不说，脸上明显不快，竟然把枕头和席褥都扔了。

近年来，时有初中、高中同学会。我基本没参加。后来有传言，说我当了报社副总编，眼里没有同学了。这话并没有完全错，他们对世界的认知的确是浅显的，和他们尿不到一个壶里去。勉强凑在一起有意思吗。但今年正月初六，我还是参加了高中同学会。李立龙也在。我说你现在干什么。他说我现在吃低保嘛。我就不说话了。我想政府对你李立龙真是不错啊。

同学会结束，AA 制支付，我拿出手机，自觉把李立龙的一份也付了。

李立龙平静自若，要求和我建立微信。我把二维码给了他，我加了他，他倒是有网名：一条浮在空中的鱼。一条浮在空中的鱼把我拉进高中同学群，原来他们早已建群。

当天晚上，他发给我一个视频，是男女的画面。我给他一个微笑的表情。过几天，又来一个这样的视频，出于礼貌，我还是给了他一个微笑。我见他在朋友圈里也发，但是文字，我的朋友圈太多，实在是看不过来，但我常常总是手指一划，给予点赞。

有一天，一个记者得到一条新闻，雪山墓园一个骨灰盒被人偷了。我当即下令，这条负面新闻我们就别发了。那个记者年轻，脸上明显地不悦。我才不管你悦不悦呢。

高中同学群里炸开了，说金炬校长骨灰盒被人偷走了。他当了天州中学三十来年的校长，桃李成蹊。他的学生很多，各方面人才都有。

我给公安局的同学打电话，问金炬先生骨灰的事，他说的确有这么回事。我说应该是敲诈吧，狐狸露出尾巴了吗？他说敲诈还好，一打电话，准能抓住。如果泄私愤，骨灰倒入瓯江，那真是完蛋了。他说作案者明显有备，大前天夜里下雨，雪山墓园摄像模糊，一男子一米七三四的样子，穿雨衣，戴鸭舌帽，似有眼镜，取走骨灰时骑着自行车。监控到三维桥下一个死角为止，自行车无主，没有指纹。这人肯定在桥下乘车走了。线索基本没有价值。

他说金校长有一男一女，都很有钱。金校长德高望重，大州不要报道，说起来难听。公安局几天破不了案，说起来也难听。我说放心吧，我会给天州其他媒体的兄弟们打电话。

几个月过去，案子破不了。我给公安局同学打电话，怎么回事。他说警察事情太多了，重要的事多着呢。

我想，人已经死了，骨灰在哪里，还真无所谓。金校长，没事没事，哪里都可以安息。

十

凌晨时分，我醒来。我醒来是由于门警响个不停，楼下有人按数字。我冷得要命，年关时候的夜里，南方总是冷。我穿上厚棉睡衣，开了卧室门。只见有人捣外门了。我刚想你是怎么上楼的，只听门外有人说，是智能锁。我想听一听，来人是哪一部分的。这场景好似林冲在山神庙里，听陆虞侯、富安他们说话。我刚想问：谁？门已被打开，一阵刺骨冷风把四条汉子裹了进来。两个便衣，两个穿警服。一人说，你叫陈从晨吗？我说是。心想他们的下一句是否是你被捕了。只见一人掏出一个证，在我眼前晃一晃，说，我们是某某公安局的。我说请进，请进。

两个便衣进来了。两个穿警服的站在玄关里，执法记录仪红点一明一灭，一明一灭。

两个便衣坐下，一人记录，一人问，你认识李立龙吗？

认识。他是我中学同学。

你平时都关注他的微信？

谈不上关注，有时瞜一眼吧。

他负能量的话你都赞成？

李立龙，负能量，有吗？

你把你的手机拿过来。

我到卧室，拿来手机，递给便衣。便衣说你打开密码。我打开密码，又递给便衣。便衣迅速找到一条浮在空中的鱼，找到他的朋友圈。便衣指着一些内容，说，这些负面议论，下面有些地方有你的点赞。

这些是负面言论吗？

难道副总编看不出来？

信息太多了，我哪能看得过来。

难道你没有看？

没有看。

没有看为什么在下面点赞？

我都点赞了吗？

一部分。

是同学，中学同学，礼节性点一下吧。

哦，是这样。你是《天州日报》的副主编，你点赞了，别人就会看，影响很不好，知道吗？

哦，知道了。

今后不要随便点赞，知道吗？

知道了。

另一便衣把谈话记录给我，说请过目。我说不看了。他坚持说这个要看，这是法律规定，看了签字。他把笔给了我。我立即签字。他又把印泥递过来，说要按指印。我按了指印。两个便衣站起来，说陈主编，打扰你了。我一看时间，凌晨两点十五，说，我是副主编，你们辛苦。他们出了门，最后一人一只脚还在我家，说，我们也没有办法。走到外面的一人似乎惊奇，说，一片白，下雪了！

你们走好。

我关了门。

心里有火。我给公安局的同学打了电话。他竟然还没睡。说，是李立龙偷了骨灰盒你知道吗！我们是查微信上的负面东西，查到了李立龙，又查到了他偷骨灰盒的事。他和他的妹夫讨论骨灰盒的事。

我又火了。李立龙啊李立龙，你这大半生做了什么好事，轮到你议论社会吗！

金亮同志，请坐

一

我的美术老师金亮是个高个子男人，大眼睛、高鼻梁。大眼睛里的眼神冷峻，他从没有对我笑过。现在的同学回忆，说他是语文老师，还有说是数学老师和体育老师。他们唯独没有记得金亮老师是美术老师。的确，我初中第一个学期在分部，后来的三个学期都在中学本部了，是不是第一个学期他把三个职位兼了，我一来他就只教美术了？这个不可能。但金亮老师教美术是千真万确的事，我怎么会忘了呢，因为他在黑板上画了一把大刀，说："画吧。"就把自己整个人走掉了，终课不回。他只画了两笔，先画刀口刀刃，再一笔画刀背，那把大刀没有刀柄。他为什么不画刀柄呢，可能是画刀柄麻烦，要多画好几笔，有纹有缨的。或者他就根本不会画刀柄。没有刀柄的刀是多么难看啊，而且，这样的刀拿着也不好使。现在想来，他不会画画，会画的话画一把青龙偃月刀多好呢，说这是关老爷使用的，后来传给了他的后代、"水浒"里的关胜。这就可以在女学生面前显摆了。

"没有刀柄的"作业交上去以后，大约一个来月，作业本发下了。大家都是七十分，觉得别人的比自己差，怎么也得了七十呢？别人的是七十，自己应该得七十五总要吧。可是对不起，大家都是七十。也有例外，一个女同学得了九十。拿来欣赏了，觉得比自己的差多了。这个女同学胖乎乎的，笑盈盈地，经期已有一年了，她和金亮老师是同村的，和师母关系特别好，有同学见她们经常搂着脖子走路。有同学说，金亮老师把作业本交给胖同学，是她打的分数。那么，为什么师母和她关系特别好呢，为什么金亮老师把作业本交给她打分呢，原来师母是开照相馆的。当然喽，她的照相馆放在家里，那时“割资本主义尾巴”，是不能在街面上开的。可是照相是谁都需要的，周岁照，小学、初中毕业照，老人要照，出殡时没有遗像是说不通的。当然喽，国家工作人员也要照片，工作证、医疗证要用。所以，明明有“尾巴”，可就是不“割”。而胖同学特别喜欢照相，扶着竹子照一张，河边戏水照一张，站在桥上双脚一剪照一张，抱着大榕树回头照一张……胖同学父亲是公社供销社的职工，在烟酒糖盐专柜，特别来钱。

胖同学很有钱。

还是先说说金亮夫妻的事。金亮的父亲，读过黄埔，是第几期，具体当过什么官，村庄没有人知道。很多年后金亮拿出邱清泉写给父亲的字：“岁暮克昆仑，旌旗冻不翻。天开交趾地，气夺大和魂。烽火连山树，刀光照弹痕。但凭铁和血，胡虏安足论。”落款有“金鹏悍弟留之”六字。作为同乡，邱清泉用“悍”字，是戏谑，或是表扬他作战勇敢，不清楚，有一点可能明白，金亮父亲是邱清泉的部下。金亮和母亲，是一九四八年秋天，由他父亲的警卫员从前线送回家的。金亮两岁。父亲打了抗战打内战，死在战场，细节乡村人就不知道了。母亲是异乡人。后来的日子谁都知道。金亮长大后说那个警卫员是他的父亲，那个警卫员是贫雇农的儿子。警卫员完成了任务，马上返程。一九四九年后，那个警卫员鬼都找不到。这是他母亲教他这么说的。干部心知肚明，脸上笑笑而已。小学让金亮读书，初中村里就不让读了。后来他要当兵，体检完毕，政审却通不过。所以金亮的中学是在另外一个县的县城里读的，他的姑妈在那个县城。他的姑妈对他太好，供养他读完初中高中。他后来当上初中民办教师，应当非常非常感激他的姑妈才是。

二

姑妈的丈夫是那个县里不小的领导。女儿娇惯，十多岁嘴里总含着糖果，死活不读高中，以为读书太苦了。后来却喜欢照相。后来她要开照相馆。父亲笑笑，说，人各有志吧。

后来金亮爱上这位表妹陈芬芬。爱上表妹其实是爱上表妹照相这一职业，还有姑妈的家庭。金亮那个村庄，女孩们要么绣花，绣好的花布运到北京，转运献给非洲兄弟姐妹，绣花工出手快的一天也就一毛钱的所得。要么就是种田，记工分，收入低得可怜。照相是一门手艺，陈芬芬很来钱，金亮知道。但陈芬芬少年营养好，人长得很高。作为男人，金亮够高，陈芬芬似乎比金亮还要高一点。而且很黑，这很要命。金亮根本不管，他俩本来少年一起长大，感情在呢，她老早暗里爱上表哥，金亮把纸捅破，陈芬芬欢快难当，爱情风起云涌。姑妈的态度不置可否。姑父反对，听说近亲结婚大多不好，孩子傻，而且金亮那个村庄三面环山，也太贫穷了。

这当儿金亮当上民办教师。而最让姑妈姑父不能反对的，陈芬芬怀孕了。有一天晚饭，姑父坐下给自己斟酒，金亮自管对面坐下了。这时陈芬芬也挨着金亮坐下。姑父看了金亮一眼，恰巧金亮正盯着他看。姑父说：

“你也喝一杯？”

金亮把碗对面递去。

姑父拉出一线的酒。原以为金亮很快会说，姑父，够了够了。不想酒壶里倒得差不多，金亮还不叫停。芬芬轻轻拍了两下桌面，意思是说，爸爸你停，金亮你够了。姑父这才把酒壶放下。姑父把酒壶递给姑妈，说，你再温一壶吧。金亮喝了一大口，说：

“我和芬芬要结婚了。”

姑父不出声。姑妈坐下来了。

金亮说：

“创建《进化论》的达尔文，父母也是表哥表妹。”

姑父心想，这小子，学问忽然大了，芬芬不嫁给他可能是根本不行了。但他盯着金亮看，好像要看看金亮脑袋里的血是红的还是绿的。

芬芬在金亮大腿上狠狠扭了一把，金亮才记得似的，说：

“结婚后，我一定对芬芬好。”

姑父盯着他说：

“你说的可是真的？”

金亮说：

“对芬芬不好的话，我金亮还是人吗？”

姑妈笑出声来。姑父慢慢地，脸上有了笑容。

这就结婚了。

芬芬那么高，后来我的胖同学搂着师母的脖子走路，想来是很困难的。但这事太小太小了，不值一提。

芬芬过门后，金亮很快掌握了照相术，照相术很快超过了陈芬芬。暗房里红灯下，一张一张照片从药水里取出，顾客手拿照片，照照镜子，看到自己的身影，立即笑起来：“和我一模一样呢。”她们大多来自山上，要不是照片上眼睛闭着，完全满意。眼睛闭着，她会难过起来，金亮只得给她们打折。经常的，金亮的胶卷拍完了——胶卷要到天州城里买，那时是很麻烦的。姑娘们穿上最时髦的衣服，刘海条理清楚，想着心上人，譬如军营里的未婚夫，靓靓丽丽来了。金亮便装模作样给照相。他搭着姑娘的肩膀，说把胸挺起来，又把姑娘的脸板正，“笑一笑，笑一笑”，“咔嚓”，算是拍下来了。来取照片时，金亮会说前回拍下来效果不是太好，他自己不满意，重拍吧。“这回我给你多拍几张，包你好。”他说着，两手搭着姑娘的前后胸，“要端正，要有精神。”

芬芬从怀孕到孩子生下来两年时间，觉得自己幸福，因为老公脑袋活泛，对她不错。对她不错，这很重要，女人除了爱，别的还有什么要紧呢？可是，孩子两岁时，痛苦的事来了，儿子死掉了，是的，死掉了。孩子婴儿时，经常感冒，呼吸困难。吃奶呛咳，吃吃停停，面色苍白。能走路了，好像乏力，时常主动蹲下或坐下。平素多汗，嘴唇发青。有一天，样子好像是胸痛，晕厥了过去，再也没有醒来。公社医院的医生说是感冒引起的急性肺炎，导致小儿心脏衰竭。

死的是一个男孩。

痛苦啊。金亮的脾气变得很坏。他教书，又照相，你倒连孩子都顾不住。孩子老是感冒！他骂芬芬时，什么难听的话都能出口，怎么难听怎么骂。他好像已经忘了自己有一个姑妈。芬芬非常自责，她只有大声哭道“阿亮，阿亮”，听凭发落。金亮还动手打她，扯她的头发，觉得自己怎么会看上她并娶了她。哭着的陈芬芬又黑又高，是多么难看啊！照什么相，人还没有饭吃吗！

金亮有时大捶自己的脑袋。陈芬芬拼命抱着他，大叫："阿亮！阿亮！你可以骂我打我，你不可以捶自己啊！"

实际上这时的陈芬芬，第二个孩子已经怀孕。金亮明确妻子已经又怀上了，便住了口，住了手，让她好生躺着。到了腊月三十，生下一个孩子，也是男孩。金亮和陈芬芬都想把孩子含在自己嘴里。陈芬芬多月躺着，站了起来又高又大，两个奶子圆轮轮、鼓胀胀的，充满着丰沛的奶水。孩子吸得很有力，可是怎么吸都吸不完。陈芬芬让孩子左乳吸一半，右乳也吸一半。一会儿，双乳积满奶水，又鼓胀疼痛。儿子却睡得正香，夫妻对视笑了一下。陈芬芬把奶水挤在碗里，倒了又可惜，金亮便自己喝了。一会儿，碗边满是忙碌的苍蝇。蚂蚁也欢闹起来，黑压压从什么地方来，循着桌脚爬上来，像是部队结集，要渡江了。

孩子三岁内，什么病都没有，除夕下午，陈芬芬为他洗了澡，不想又感冒了。主要是呼吸困难，好像是喉咙很痛的样子，说自己不要吃饭，只想睡觉。儿子除夕饭都不吃，金亮急了，骂道："他妈的猪一样，天气这么冷，洗什么澡！"陈芬芬说："哦哦，我今后知道了，我今后知道了。"次日，却发现孩子嘴唇有些发青。金亮夫妇慌了，决定把儿子送到"天州一医"看看。他们想到第一个孩子。

金亮壮胆找到了我父亲。我父亲是公社书记，我的堂叔在"天州一医"是个领导。父亲便给堂叔挂了一个电话，让他们去。金亮夫妇千恩万谢，带着孩子进城了。

城里的医生问得细，当得知孩子的父母是表兄妹，心里就有数了。城里的医生还问陈芬芬，孩子吃的是你的奶水吗？陈芬芬说是的。医生摇了摇头，他知道，科学不发达，遗传干扰的药还没有发明创造。他说：一般地说，这样的孩子，能过四周岁，就没有问题了。陈芬芬眼泪洒满医生的袖口，只求救救孩子，救救孩子。医生说，我们在治，尽一切能力治。

当年尽管在"文革"，医生和医院把救人还是放在第一位的。进了医院，首先是救治。即使病家没钱，医院还是治病，也不停药。这样的，治了半个多月。一天上午查房，却发现只有死孩，金亮夫妇不见了。不久，医院把金亮夫妇不付钱的事告诉了我的堂叔，却也没有追究钱的事。可是我父亲很生气，认为金亮人格有问题，你可以说没钱，以后有钱还上，能把你关牢房吗！有一天，我父亲把他训斥了一顿。后来，金亮对人说：

“人都医死了，我还没有要他赔呢。”

三

所以，后来我做了他的学生，他是视而不见。对校长说，我父亲是大搞不正之风。意思是我的村庄十多个孩子都在分部读初中，唯独我到本部来。现在想想，除了帽子大了一点，他也没错，我父亲的确是搞特权。所以，一年半里，他把我当作空气，没有点名，也不提问，没有批评，更无表扬。四十多年过去，他的上课，我只记得黑板上一把大刀，没有刀柄的。对了对了，他还说过人的鼻毛的用途，是抵御灰尘，不让灰尘跑到肺里去。我怎么记不起金亮老师教过我数学，甚至教过我语文。他是否把数学课和语文课都用来说闲话了？鬼知道呢。

他总算对我笑了一笑。

他和陈芬芬的第三胎也是个儿子，年满四岁了，真是大喜事，但这和他对我笑没有任何关系。那是即将毕业，集体照已经拍了。同学们忙于毕业留念，买笔记本，再就是照相。同学鱼贯他家，拍单寸照片用于毕业证书。轮到我时，坐下，他只说：“眼睛看镜头。”几秒钟完事。他对我笑是我们三个男同学和有情愫的三个女同学一起拍照，拍了好几种，忙了好几阵。以大榕树和溪水为背景，个人还要来。这时雨来，其他人躲雨去了。我说金老师，为我雨里拍一张。他笑起来，说：“这就是男子汉！”金老师对我笑了！我很感动，于是我又把衬衫脱了，上身裸露，让金老师再拍一张雨里的男子汉。金老师很高兴，拍好后，向我竖起了大拇指。我真想再拍一张，但脱了裤子拍总是不行的。

那个胖同学没有照相。她在一个月前忽然辍学。大家都觉得非常蹊跷，只是不知底细。但世上的事难免会流露出来，搞情报的人也没有万无一失。等待上高中之前，有女同学叽叽喳喳，说胖同学很早就是大人了，毕业前胖同学怀孕了，坚决要和金亮老师结婚。可是陈芬芬不肯，陈芬芬怎么能肯呢。

陈芬芬父亲来了，找了胖同学，又打了金亮几个耳光。说你这个没有良心的东西，对我芬芬不好的话，我一定把你扔进牢房里去。你对未成年少女下手，而且是学生，怎么说也是强奸罪，可以枪毙！

胖同学的父亲愤怒极了，但又担心女儿的名声，只能在钱上做文章了。金亮通过中间人，他可以出五百元钱，让胖同学把孩子生下来。还偷偷给胖同学递信："山雨欲来。我们的儿子一定生下来。我们一定会结婚！爱你爱你爱你的金亮。"信却落到胖同学父亲手里。公社供销社烟糖专柜干部势力那是相当的大，五百元钱拿走了，胖同学去流产了。

那时的五百元钱，可是个相当大的数目啊，金老师要拍多少照片啊。每每想起事件之后他对我的笑，那笑有瘆影，那笑够上洪荒古书，那笑比石头还硬。

高中读了两年，我来教初中数学了。也就是说，我和金亮师生变同事了。我曾经在小说《人们来来往往》里说："好在只教一个学期，第二学期校长把我改教语文的事作为政治任务去完成了。我真是快活异常。我去教数学，多么滑稽，而且一个学期下来平安无事，反映尚好，像是在匈奴的大本营里睡了半年，骑回一匹汗血宝马。我真是个有异秉的人。"

校长后来对我说：当时你来工作，金亮反感，说你父亲以权谋私；一个学期后你改教语文，他也在背后说我拍马。这个人只会说人家，要不是我保护他，老早开除了。校长说到我那位胖同学，金亮为了她的初中毕业证书，夜里来求，女同学没有毕业考试，怎么办呢？校长看在金亮这时还像个人样，网开一面给了。说到对我的反感，我想金亮老师是对的，如果没有父亲，我怎么也没有工作。但这个社会，哪里不是这样呢？他是记恨我父亲对他的严厉批评，儿子死了，他从医院赖逃了。但他毕竟是我的老师，他在我学习的黑板上画了一把大刀，虽然大刀是没有刀柄的。我教语文时，金亮老师也教语文，我多次向他请教，他好像没有听到。听他的课，他不高兴，他可不想让别人看着他呢。

说是一心扑在工作上，那几年，我真是这样的。学校里除了一个叫蓓蓓的女教师，其他都是我的老师，教过的和没教过的。我平均每天得上五节课。许多老师是有事，偶尔也有病，都让我来代课。天州话"课""裤"不分，校长的政治课要我代，他对我说："明天把我的裤扯下来。"蓓蓓的音乐课要我代，也会对我说："明天把我的裤扯下来。"我都一个劲地说好好好。不论一年级或二年级，不论数学、化学、农机、体育……我都上我的语文课。那么，他们回来以后，我有没有还课呢？没有，他们根本不提，像是没有这事。

金亮老师叫我代课是最多的。"明天把我的裤扯下来。"他说这话时，也不正眼看我，好像他吃亏了，是我剥削他的劳动力似的。或者，他认为我是他的学生，让我代课天经地义。当然，他是去照相。集体照当然能赚钱，人手一张。一人退休，单位里人一起拍一张。学校毕业照当然更好，一般一个级段都有几个班。但这种事不是月月有，天天有。最要命的，是公社所在地另外有人学会照相了。金亮名声已破，许多姑娘的父母，女人的老公都不让她们到金亮处照相，多到公社所在地那家了。山里的姑娘们渐渐领悟金亮经常"空照"，路多远啊，她们要走两次，急死了，不去了不去了。少女间不知哪来的传闻，说让金亮照相会怀孕的，他的手碰到肩膀碰到脸，偶然碰到胸，你就会怀孕，哎哟哟，怕怕的。

这时，金亮学会放大照片，说自己放大的照片，眼睛会跟着人走的，人走到左边，照片上人的眼睛也会看你走到左边。他对一个新婚别离的女人说："照片挂在军营里，他到哪里心里都是你的眼睛。"

但生意还是发霉着。

金亮和陈芬芬却觉得人生有意思了，因为儿子已经超过四周岁了。儿子之所以不出差池，关键是生下来就让村里的几乎是同时生产的"大奶子"喂养。住在"大奶子"家。他以为这是万无一失的保育方法。"大奶子"太厉害了，比陈芬芬厉害多了，奶沟长年长痱子，奶水溪水般日夜流淌，两个孩子根本吃不了。有一天，金亮面试"大奶子"："大奶子"掀起衬衣，下巴压着下摆，两个"大奶子"如同两个大蒲瓜悬挂在空中。"大奶子"先让金亮儿子吃饱，又抱来自己的儿子吃饱。"大奶子"还是鼓鼓的。"大奶子"拎来一只热水瓶，对着金亮端着的热水瓶挤奶，"哧啦"，奶水喷了金亮一脸，金亮笑起来。"大奶子"使劲挤，后来竟还有满满一瓶。金亮倒上一碗，仰脖子喝了，味道好像和芬芬的不一样，他笑起来了，和"大奶子"夫妇谈好了四年哺乳的价钱。至于其他吃食，金亮另外付费。

儿子四周岁那一天，金亮把儿子接回家。他罕见地摆了一桌酒，把姑妈和几个至亲叫来，我们的校长也被请去（没有“大奶子”）。儿子穿着新衣，把桌上的筷子乱扔一气，金亮哈哈大笑：“这狗生的，这狗生的。”躬身把一根一根筷子捡起来，重新洗。从这开始，金亮对儿子进行教育了。这在乡下是极其稀罕的。他要把孩子教成人中之龙，有大理想、大抱负、大成就。儿子也不辜负老子的期望，一年下来，常用字能认识一百多个，十位数的加减都会了，比如三十九加二十二、三十六减二十七。还能背诵唐诗“鹅鹅鹅”“两个黄鹂”“床前明月光”，甚至还背“伐薪烧炭南山中”。金亮夫妇喜出望外，金亮除了教书和照相，所有时间都用在儿子身上。金亮悄悄对陈芬芬说，达尔文，达尔文……

儿子原来有个小名“狗儿”。现在没有健康隐忧了，金亮给儿子取了个名字：金高远。

四

一九七六年九月后，世事改变，领袖逝世，一个叫作“四人帮”的被逮捕起来了。有一天，我全家像着了魔，慌张、慌忙而慌乱。父亲被隔离审查了！我们探访父亲，也被允许，见父亲跷着二郎腿在喝茶，我也就放心了。

次日早晨，有人发现公社街道上有一张冲我父亲的大字报，叫作《打倒淫棍李心涛》。下款人是“临江中学全体师生”。我们兄弟姐妹十来分钟全知道了。大字报说我父亲几年来和公社妇女主任勾搭成奸，像是开夫妻店云云。我们肺都气炸了。我父亲传闻有桃色，说是和某村干部的妻子，我父亲到来，村干部很快把自己喝醉了，说：“李书记，你再喝，我先睡了。”和妇女主任是绝不可能的，父亲不经意间多次透露对她的蔑视：不诚实，调拨离间，两面三刀。我父亲隔离审查，她的功劳应该不小。这时她跳得很高，县委书记很听她的话，她年轻漂亮啊。

我一眼认出这是金亮的笔迹，校长也看了，对我说了一句：金亮这下让我长见识了。我想马上把它撕掉，校长说不可，要撕夜里撕。——那时主张“大鸣大放大字报大辩论”，撕大字报是有罪的。就在这时，只见“嗖”的一声，有人出手撕了！真是出其不意。我一看，见是一个小青年，妇女主任的弟弟。我真想和他拥抱，但还是特意离他很远很远。校长到了公社，向我父亲和妇女主任问好，讲明他根本不知道这张大字报。妇女主任点点头。第二天，公社里很“戏剧”，我父亲恢复工作了，公社副书记被隔离审查了。因为副书记对妇女主任的看法和我父亲一致，作为第一把手，我父亲面上和她关系尚好，而副书记年轻气盛，和她的关系，可以用上“恶劣”两字。偏偏，党委里头，副书记和我父亲并不融洽。很快，妇女主任罗织罪名，说副书记是“双突”人物，是“四人帮”在临江公社的反动爪牙，我父亲嘿嘿笑着，全面配合，副书记很快被开除出党。

我父亲得知金亮写这张大字报，不解和惊讶一色，气愤和痛恨齐飞。晚上正在喝酒间，不想金亮和校长来了。校长递给我父亲一支“牡丹”烟，互相点上，他坐了下来。金亮站着。我父亲说：“金亮同志，请坐。”金亮还是站着，低着头，他试着做些解释。父亲“哼”的一声，打断了金亮。父亲说：

“金亮同志，我已经被撤销了党内外一切职务。真的。你还不知道“？”

金亮一声不响。父亲说：

“我被撤销了党内外一切职务，你还来看我。嘿，金亮是个好同志啊。”

这时，只见金亮“扑通”一声跪了下来。

父亲不管金亮，让他跪在那里。他招呼校长喝酒，说桌上酱油肉也有，鳗鲞也有，江蟹生也有，花生也有……

校长是个酒神，一口大半碗，一口大半碗。他频频和父亲碰碗。但他经常拿眼睛看金亮，有人这样跪着，他不适应。父亲似乎心安理得，好像根本就没金亮这个人。或者说，他非常享受。他只接应着喝酒。半天了，才说：

“金亮同志，你没有任何问题。你是积极响应毛主席号召，‘大鸣大放大字报大辩论’，所以大字报的事我李心涛不会记仇。但‘天州一医’的账要算，一百年也要算。你强奸少女学生，可不可以枪毙你啊！”

金亮双手落地了，他哭了，淋下一地眼泪。

校长海喝。父亲本来就喝得不少，很快晕乎乎了。父亲说：

“金亮同志，我们做个交易。这样好不好，今晚我到你家，和你老婆睡一夜……你老婆叫什么……芬芬，对，芬芬，芬芬，我和芬芬睡一夜，我们什么事都算没有，都算过去，两讫了。你不欠我，我不欠你，你说怎么样？”

跪着的金亮连连地点头，说：

“好。”

父亲站了起来。碗里还有酒，掷在地上，大喊一声：

“滚！”

五

金亮照相生意好起来了。正像金亮自己所说，他放大的照片，人物的眼睛总是盯着人看，人走到哪里眼神跟到哪里，这是真的，不是说说的！大家传开了，金亮好厉害喔！金亮生意好起来了，需要代课就多了。他较少让我代课，较多的是叫女教师蓓蓓。现在，他看到我有点谦卑。叫我代课时，请求意味重，笑容是扭曲的，令人联想到麻花。我盼望他不要这种笑，他总是我老师，我对他说，金老师，你照相，只管让我代课，没事。他“哦哦”几声，笑起来还是不好看。

陈芬芬很早就转做暗房了，出去照相的都是金亮。金亮认为女人出头露面不好。有老女人来照相，陈芬芬可以拍，其他的，都是金亮来。有一天，陈芬芬在暗房时间久了，金亮问她为什么，陈芬芬答是什么什么，金亮不满意，说陈芬芬欺骗他，她在暗房里待那么久，肯定是端详照片上一个男子。陈芬芬说没有，真的没有。金亮就说你是嘴硬。一来二去，吵起来了。金亮的声音越来越高，话又是越来越难听。顺理成章，最后就是痛揍陈芬芬。陈芬芬哭不成声，气哭顺后，成声了，屋顶都差一点掀翻了。这时，出人意料的事情出来了：七八岁的儿子金高远拿着菜刀，向他父亲砍过去。好在陈芬芬眼尖，看到了，把刀夺了。抱着儿子，把刀扔给金亮，大哭道：

“金亮，你把我和高远杀了吧！”

金亮要打儿子，可巴掌掴到一半又住了手。半天，他也跪下来，揽着儿子嗬嗬大哭起来。儿子理都不理他。

那一天晚上，金高远神不守舍，像是一个小老头。可是作业还是做了。吃晚饭了，坚决不吃，说什么也不吃。这使金亮非常慌张，非常痛苦，但计莫能出。金亮对陈芬芬说，我出去躲一躲，你想想办法，你辛苦。陈芬芬说：哦。陈芬芬对儿子说：“爸爸脾气不好，心是好的。”儿子一声不响，就是不吃。陈芬芬哭着说：“爸爸没有吃，出去了。你不吃，妈妈也吃不下。妈妈做炒粉干给你吃，你就当代替妈妈吃一点吧。”儿子还是不答应。陈芬芬煎蛋炒肉，做了炒粉干，端给儿子。儿子看了一眼妈妈，妈妈在流泪，他吃了。

夜里，金亮潜回了家。具体问了陈芬芬，看了睡着的儿子，长嘘一口气，躺下来，说：

“聪明的孩子，脾气就大。”

陈芬芬说：

“哦。”

金亮把陈芬芬的屁股扳转来，动了一下私处。陈芬芬哈一哈腰，脱了短裤。

金亮做了一会儿，陈芬芬忽然严肃起来，说：

“你叫什么！”

“我叫什么了？”

“你好像一直叫‘蓓蓓！蓓蓓！’怎么回事？”

“没有啊，奇怪！什么蓓蓓啊？”

“就是你学校那个蓓蓓吧。”

金亮下来了，好像气坏了，说：

“天方夜谭！我叫她干什么，我什么都没有叫，你他妈神经病了！”

陈芬芬有些胆怯，抚摸着金亮的肚皮，说：

“没有？那……我们重新来过。”

第二天，儿子金高远失踪了。事值周日，学校是不上课的，而学校也没有，各个班级都找过，没有。金亮动员邻居去找，邻居平时和金亮从不招呼，被金亮当成空气，看在陈芬芬的面子上，敷衍着随便东看西看。村庄被一条大溪劈成两半，有人说重要的是在溪边去找。在其他地方总能回来。金高远从小不学游泳，金亮边找边哭起来。就是没有。中饭没回来，晚饭时间到了也没回来。

晚上八点了，金高远回来了。是“大奶子”送回来的。金亮一见儿子，喜从天降。一见“大奶子”，怒火中烧。他大骂“大奶子”：

“你哺育高远，我不是给你钱了吗？你当时是奶妈，现在你什么都不是，你知道吗？”

“大奶子”奇怪了。本来以为有功，让乳儿吃了两顿好鱼好肉，她护送回来。想不到这个金亮却恩将仇报。她说：

“金亮，高远自己到我家，我没有拉他过来。他在我家到中饭了，我总不能不让他吃饭吧。在我家玩得好好的，到晚上，他自己上桌了，我总不能赶他回家吧。”

围着的人很多，主要的，金亮见高远的眼睛火辣辣地冲着他。火冒三丈呢还是五丈?不清楚。反正金亮畏葸了。陈芬芬不失时机地对“大奶子”讲好话，“大奶子”也是有个性的人，对高远说：

“高远，你什么时候想到奶妈家，你就什么时候过来，住十年也没关系！”

回头就走了。

事情算是过去了。

说到蓓蓓，她根本和金亮没有什么事。这个我清楚。她对我说话，就是呼吸，就是她从我身边走过，我都能感受到她对我的情愫。我的相貌难以讴歌，对着镜子心想自己长得这么难看实在不容易。我的父母少年被人称为金童玉女，父母面颜的短处却都摆在我的脸上了。蓓蓓之所以喜欢我，当然是因为李心涛，我的父亲。父亲每天两顿酒，基本上是吃别人的。谁请到他就是谁的福气。我家的米、油、茶，我们穿的衣服，都是别人送的。我的父亲一九四六年入党，那时十六岁，在“36 支队”干两年就是个干部，脑袋好使，但没文化，到现在还在基层。他的“战友”，一个是省委组织部副部长，一个是某军区的副司令员，都在台上，所以，他隔离审查的时候跷着二郎腿，只管喝茶。所以，在这个地方，基本上可以说，我喜欢谁就是谁。父亲说了，我家要搬到县城去，县城和天州市区是挨着的。蓓蓓就算了吧。

学期结束的时候，父亲让我把一个包裹当面送给县委书记，这肯定是进贡的东西。我说今天是学校里评比县级先进教师。父亲说，评比重要，县级先进调到县里就顺理成章了。他又说你只管去吧。他给校长挂了一个电话。

那天评比，七八个教师，只有一个县级先进。校长说：

“今天李老师到县里去了，是公出，是我让他去的。李老师好学上进，工作积极性高，在教师中上的课时是最多的。这不是说县级先进就是他，评比嘛，评一评，比一比。大家说说吧。”

大家心里明白了。而且我那时工作实在是OK的。他们就不再说什么了。

金亮说：

“我看蓓蓓老师更合适。”

校长剜了他一眼，心想他妈的，这个煮不熟的笨瓜。校长眼睛转向蓓蓓，问：

“蓓蓓，你和李老师比一比，怎么样？”

蓓蓓想都不想，立即说：

“李老师比我好。李老师当县级先进更合适。”

后来我把这事向父亲说了，父亲眉心隆起，像是昆仑山那些地方。

六

金亮老师摊上事是几年后的事了。我已调到县中学，而且发表了文学作品，在天州市颇有名气。组织上找我谈话，让我当县中学的团委书记兼团县委副书记，隔年“转正”，以后走仕途。文学就不要弄了，稿费那么低，爬一年的格子抵不上吃一餐。做官梦的人太多，而你文学弄得好，只怕就不能走仕途。我说我就教语文吧，有时间可以搞搞文学。这人起身，和我握手，说，好吧，人各有志。当然喽，这时我父亲已是县委副书记，临江镇的书记他还兼着。妇女主任已是镇委副书记了，我父亲等待她稍稍成熟些，即把书记的交椅给她坐。方略是父亲向虞副市长（原来的县委书记）提出的，说是投其所好也没错，主要是父亲要培育一个能力低的、口碑差的接替他的位置。一是容易控制，我家七亲六戚毕竟还在临江镇；二是妇女主任做派不良，和自己对比，一镇的人都会怀念我父亲，他就是临江镇历史上一个伟大的镇委书记。

一箭三雕啊。

有一天，一男一女到了临江中学。男女很像，一看就是兄妹。他们一个一个教室找，到了金亮的教室，站着不动了，女的向男的说了一句什么话。男的推门进去，不管三七二十一，一把抓住金亮的领襟，忽然拖出去。在教室外，金亮同女的眼睛对视了一下，魂飞魄散。女的咬牙大骂：

“你这狗生的!”

金亮赶忙一个劲地说：

“对不起对不起！对不起对不起!”

男的抓着不放，把金亮拖到派出所。学校到派出所有几里路，金亮被拖着不反抗，脸色煞白，见者哗然。

事情很快清楚了。原来是金亮进城买胶卷，见一女的白白胖胖，淫心摇曳。和她搭讪，女人倒也爽快主动。金亮长得帅气，俩人越说越甜。女人是邻县人，问她晚上住哪儿，答曰山水宾馆。金亮说哎呀呀凑巧，我也住山水宾馆。金亮忽然大方起来，请女人吃饭，喝酒，俩人相拥进了宾馆。女人艰难地开了房，金亮用脚推关了门。很快，他们躺倒在床上，做了一次。一会儿，他们又做了一次。女人很快睡着了。看着女人雪白的胴体，只觉自己死了也很划算了。相比起来，陈芬芬就是一头黑黑的母猪!

到此为止，问题没有出来，出来的问题是这样：金亮一捏女人的裤兜，满满是钱。他把女人的所有衣服卷起来，塞在一个包里。他整了整自己的头发，悄悄关了门，叫上“菲亚特”出租车，回家了。他数了，一共是一千一百元。

我的父亲接到临江镇委副书记、那女人的电话，知道了金亮这事。哈哈大笑半天。那女人也哈哈大笑半天。我父亲说：

“当年大字报说我和某人有染，我哪里有这么高的待遇啊。”

又说：

“你一觉醒来，衣裤全无，那真是好玩。我真想看看你那个样子。”

又说：

“女同志啊，一定要当心自己的钱。不过虞市长是视金钱如粪土的人。”

又说：

“衣裤拿走，情节是恶劣的。你说开除公职我赞成，判刑还是不要为好。他当年贴了我们的大字报，判他的刑，别人会说是我们打击报复。我们宽大一些，乡人会说我们有胸襟。而且，这种事过分丢人，发生在临江镇，我们脸上也无光，不判刑别人不知道……明年书记归你了，我不兼任了，今年你就听我一次，好不好？金亮退回一千一百元，再罚一千一百元，好吧？……就这么定。”

第二天，门卫报告我父亲，有个叫陈芬芬的来找。我父亲对门卫脱口而出，煤炭工业部来人。门卫愣在那里。陈芬芬来了，半蹲在我父亲身边，捧着我父亲的手，父亲的胳膊感受到她饱满乳房的烫热，她的心跳。我父亲让她坐在那边沙发上，她站了起来，竟抱着我父亲。父亲说，我撒尿都没力气了，哪像金亮，一次又一次的。陈芬芬抱着不放。父亲假装大怒，说道：

“你这样的老公有用吗？值得你来说情吗？操累了人家，接着偷了人家，这像人吗？偷了人家，还把人家裤子也拿走，这像人吗？陈芬芬，如果这女人是你，被操被偷还光着屁股，你怎么想？金亮该不该判刑？你说吧？判个十年八年，也没有什么冤枉他，不对吗？”

陈芬芬只是一个劲地哭。我父亲这个人有个大缺点，就是怕女人哭，他口气平缓下来，说，你先回去，现在是法制社会，公检法会处理好，我说了不算。看在同乡的面上，我会提出参考意见，让他们从宽处理。当然喽，最后的决定还是依法办事。

七

时光的流走，比翻书要快。我的父亲老早退休了，退休之前不遗余力推荐那位女书记。她现在蹿至天州市委副书记了。她掌握了为官的路数，场面上的话有板有眼，真是蛮动听的。她对我父亲非常关照。由于我是省“拔尖人才”，她一下子把我调到市文联任副主席，这是副县级别了，倒是不起眼。事情没多做，工资却是大大提高，这倒是我非常乐意的。

有一天，手机响，一看不是熟人，那时话费贵，收听也要钱，我便静音不理。继而办公室电话响，传达室说有人找我。我说谁啊，传达室把电话给了来人。开始听不清，后来说是金高远。我一下还想不起来。他就是一直说：金高远，我是金高远，是金高远哪……我突然觉悟，说，是金亮老师家的高远吧？他说哦哦。心想你又不是余华、贾平凹，一提是金亮的儿子不就行了。

高远一进来，说，门卫盘查那么严，把他当贼。高远肤色黑，像他妈妈，英俊的模样完全像他爸爸。喉结也粗大了，大人了。我说门卫是例行公事，高远有事吗？他说你想马上打发我走吗？我赶紧说，那不是那不是。我沏了一杯茶，递给了他。我问高远，你爸爸好吗？他不马上回答，小一会儿，字正腔圆说道：

"浑浑噩噩！"

我心里大惊，儿子说父亲，怎么一出口就是这四个字呢？你可是你父亲的命啊。他见出了我惊讶，他补了一句：

"我敬仰我爷爷。"

这又使我惊讶了。看来他奶奶死前对金亮有所交代，金亮后来对金高远也有所交代，现在在发抗战老兵纪念勋章了。

只见他把包里一叠纸拿出来，递给我，说：

"李老师，我可以向你学习写散文吗？"

哎呀，这真是个问题，关系到一个人前途命运的大问题。我说：

"高远，文学青年十有八九是做不了作家的，走着走着离散了。有的不是文学料子，却走火入魔，荒废了时光，反添了偏激症状。所以，有人说，要害一个人，就是教这个人的孩子学作文。当然，如果只是把文学当作一项愉悦的精神活动，那倒是可以的，而且美好。"

"你的意思是不收我这个学生，对吗？"

"那不是。我不只是在天州有一点名气吗？文学不一定要有什么老师。但是，我们可以交流。"

"你可以看看我这些散文吗？指导指导我行吗？"

"当然会看，互相交流嘛。"

"那你现在就看我这些东西，好不好？"

我翻了翻这一叠纸，是四篇散文，合起来也就八九千字吧。说：

"好。"

我每看完一篇，他都急着问：怎么样？怎么样？怎么样？我说等等，等等，等等。

终于看完。高远的文笔远远超出我的预料，我立即高看了他一眼。我说：

“看得出，你读过不少东西。你的悟性很好。但是，你的生活苍白，你只有二十多岁。有说作家重要的是‘读万卷书，走万里路’。前一句清楚，后一句也不是说旅游，走的地方越多越好，而是说人生之路，说作家要有丰富的经历、经受和经验。嘿，写作这东西真是复杂。”

高远眼有笑意，嘴巴大张，说：

“李老师，我佩服，我就认定你做老师了。”

“以后多多交流吧。”

“你推荐把我的散文发表了好吗？”

“《夜色如水》和《凝望星空》留下，让《天州文学》发吧。其余两篇带回去放着，以后再改，改对写作很重要。”

那一天，我对他说，以后有事你就打我的手机。我把他送出大门。让他向他爸爸问好。他一声不响。我也不便多问。——现在流行数码照相了，金亮不知还在照相不，生意怎么样？

一段时间后，他来电了。他很激动，说自己要去钓鱼岛，保卫祖国的领土。船已经落实好了，后天启程。我们这里离钓鱼岛最近了，责无旁贷。而且，他说，他还要写下来，这个题材极好，不是吗。

哎哟，我深不以为然，涉及历史，涉及现实，有些话我也不好说。我只说，你听我的话，你不要去，靠近钓鱼岛那里，风大浪急，一旦和日本海警冲突，是很危险的。留住生命，爱国有的是机会。这个，你一定要听我的。后来他听了我的话，真的没去。

又一天，我的电话响了，是金高远。电话里似乎有些气喘。我说高远，你是否有点感冒了？他说有一点，没事的。他说已经把爷爷的主要事迹查清了，他要大写一下自己的爷爷，通过爷爷，写写中华儿女的抗战往事。他这下在南京，他的爷爷参加过南京保卫战，他还要到广西昆仑关去，爷爷作为邱清泉的部下，那场战役最出彩了。最后是到滇西，缅北不知去得了不。再说了。

我知道，这家伙先斩后奏，是怕我不让走，否决他。这回我倒是肯定他，为他点赞。书写抗战，怎么写都不够。

隔了几天，我接到校长一个电话，说：金亮慌里慌张，动员所有的人去找高远，说他的儿子高远失踪了。“大奶子”也急死了，无头苍蝇一般乱撞。虽然金亮对人不怎么样，但村里人都出来寻找了。临江中学所有老师也出来为老同事寻找孩子。山背、水边、竹丛、草窝、田畦、水沟都找遍了，没有。我听到高远曾经吹嘘，自己的什么文章马上要发表，我便想到了你。

我笑了起来，说校长问对人了，金高远的行踪我的确知道，他在南京，他还要到广西、云南，他要去捡爷爷的脚印，他想写一写抗日英雄。

呵呵，是这样。校长高兴死了。

十分钟后，金亮来电。他要亲自问一问，心里踏实。我只得再重复说一遍。

“哎……哟！”金亮长嘘了一口气。我问他你都好吗，师母好吗，不想他早已挂了电话。

后来，接到高远一个短信：

“李老师，我现在往广西的路上。”

“李老师，我现在往广西的路上。”这一句话现在还在我的手机上。多年来，我的手机换了三个，手机里的所有信息都拷贝转存。但是金高远再也没有给我其他信息。他到了昆仑关了吗？采集了哪些素材？后来有没有再到滇西去、缅北去？

不知道。

大约二十来天之后，“大奶子”和蓓蓓进城找到我。特别是“大奶子”，焦急得要命。说高远手机关机，信息不回。他们让我联系。我马上打电话，对方关机。我一脸茫然，继而也慌张起来，我又打，当然还是关机。那天晚上，我忍不住再打，电话里的女人说：“对不起，你拨的手机已关机。”

次日，金亮来了。他的头发白且杂乱，脸也黑枣一般打皱，想见他生活的艰难。他把一个镜框旋转一下给我，原来是我少年赤膊在雨中的照片。多少年了，他还寻找到这张底片。他一定在千万无数的底片中寻找到，且放了大！虽然我觉得对我意义不大，但我已经非常感动。

我知道他来干什么。我对金亮老师说：“我一定好好联系、寻找高远。一有消息，马上让他回家，而且我会马上通知你。”

想不到的是，金亮老师竟然跪在我的面前。这使我非常慌张。从前跪在我父亲面前还情有可原，我父亲论年龄比他大。可他是我的老师！我急忙把他扶起来，说了许多宽慰的话。像送高远一样，我把金亮老师送到大门外。

回来，我给金高远发了一条短信，当然，这也是我给他的最后一条短信：

“你在哪里？见此短信，立即回复！”

没有回复。高远至今没有回复。

苔丝给我打电话

一

苔丝给我打电话，说你还没回来啊，在三亚已经整整五天了。我说我得陪我爷爷几天，你想我了？她说想，你不想我吗？你不想我你是小狗。我说回家再聊吧。她说，这回是我奶奶想你，一天一个电话，叫你到她家去一趟。我说她有什么事吗，应该是你爷爷有事吧？对，苔丝说，爷爷耳背，人也委实太老了，有什么事总是叫奶奶打电话，这回好像是很重要的。我问，是否有关我们的事？她说，奶奶没说，我也不知道，我也不知道二老知道不知道我们的事情。我想，你我的事天州的人都知道，难道你爷爷奶奶还不知道。我说不管怎样，一回来，我就去见你爷爷奶奶。

关于我和苔丝的事，说来话长。但除了世交之外，一句话也可以说清楚，我们是情人关系，将很快发展为夫妻关系。

哈，我比我祖父、父亲高明多了。

二

苔丝说的爷爷，实是外公。外公少年时叫金元宝，他是长工的儿子。长工非常卖力，干活漂亮，地主对他很好。地主姓邱，和淮海战役中被解放军击毙的邱清泉是同一家族。不过地主对政治和军事没有兴趣，他经营土地外，还基本垄断上海滩虾米的生意。他经常在天州和上海之间奔波。儿子邱天宇六岁时，他让儿子读小学，也出钱让长工儿子金元宝一起读。开始俩人都有兴趣。老师在黑板上写1，问：这是1，1像什么？金元宝答道：1像一根指头。老师说：金元宝不错，得记住。老师写上2，说：这是2，那么2像什么？邱天宇抢答：2像鹅的头颈。老师说：邱天宇真乖，真不错。老师又写上3，问：3像什么？金元宝和邱天宇同声答道：3像秤钩。老师又是表扬。后来出现一件事，就是做作业。金元宝在邱天宇吃西瓜、吃枇杷的时候把作业做好了。邱天宇一个人做作业就觉得很无聊，他觉得作业这东西不好玩。邱天宇就想了一个法子，给金元宝一个枇杷，让金元宝替他做。金元宝非常高兴，他把自己做好的复抄过去就行了。金元宝父亲知道了，对金元宝说：你的书是天宇爸爸给你读的，我们要知恩图报，天宇让你替他做作业，你就应该替他做作业。今后你不能拿他的东西吃，知道了吗？金元宝说知道了。真的，后来，邱天宇给金元宝杨梅、橘子，金元宝一概不要。

到读初中的时候，邱天宇爸爸就不供养金元宝读书了。那时城边乡间的人，很少小学毕业的，金元宝能够小学毕业，长工自是感恩戴德了。那么，初中就只有邱天宇一个人进城去读了。邱天宇读了几天，觉得莫名地无聊。读书是一个苦差事。这个机灵鬼想了一个办法，出钱叫金元宝替他读！金元宝同意读，但不收钱。邱天宇一出家门，就把书包和饭包交给金元宝，金元宝就到学校去。老师让学生回答问题，有时一看名册，叫邱天宇，金元宝马上站起来。

邱天宇饭包里的白米足足有十三两，相当于现在的八两。饭吃得多，母亲很高兴，读书是费力的，儿子正是长个子的时候，身体才是最重要的。开始的时候，邱天宇经常回到学校和金元宝一起吃。后来，他发现天州城里好吃的东西太多了，油绳（麻花）、油炸果（油条）、马蹄松。马蹄松是很好吃的，它以面粉和红糖作皮，用糖心和咸肉丁、红瓜丝入馅，以及熟芝麻粉和桂花。还有长人鱼丸、矮人馄饨、西廓外的烧饼、县前头的汤圆、城西街的猪脏粉……都比米饭好吃。

邱天宇在九山湖里游泳。夏天的九山湖，少男少女多得很，游来游去，泼水打闹，笑声快乐，水声也快乐。

锣声响了，肯定是哪里变把戏，或者耍猴，那是很好看的，邱天宇就跑过去。有时跑过去，却是卖麦芽糖的，邱天宇就摸出一个角子，麦芽糖在上下牙之间撕扯着，甚好。

大榕树下，有人说书，有人唱天州鼓词。邱天宇开始随便听听，后来就听入迷了。陈十四娘娘收妖，程咬金卖柴扒，李建成血溅玄武门。几十年后，他觉得当年的说书和鼓词非常受用，那是人生启蒙，那是入世须知，做人就要做英雄。

金元宝放学时候，邱天宇通常已经到达学校门口了。俩人回家去。邱天宇偶尔问，老师教什么呢，金元宝便仔仔细细回答，国文老师教什么，算术老师教什么。凑巧邱天宇会说一句感谢的话，你辛苦。金元宝答，没有关系。邱天宇迟到学校门口也是有的，一般金元宝在等。等得时间太久了，邱天宇有交代，金元宝要先走，否则天黑了俩人一起回来会被母亲发现的。金元宝把书包高高挂在校门口不远处的樟树上，邱天宇爬几脚，就能取下来。

这样过了接近两年，金元宝代替邱天宇读书，终于被发现。邱天宇父亲每回上海回来，总是见儿子上学放学时候，和金元宝差不多时间去去回回。问儿子学了些什么，不是一问三不知，就是把金元宝说的随便拿来搪塞一下。快要毕业了，想不到老师来家访，称邱天宇成绩出色，请求家长让他继续读高中。邱天宇父亲叫，天宇，天宇，老师来了……原来这邱天宇是假的，事情水落石出。

邱天宇第一次被父亲揍了。但读书是铁了心，坚决不读了。关了几天，揍了几顿，宁死不读。母亲哭了，就求父亲算了，我们不也没有读书吗。父亲无奈，嘘出长长的气，这儿子大出息是没有了。

长工也痛揍儿子金元宝：

你不是说护送天宇吗！

你不是说护送天宇吗！

你不是说护送天宇吗！

你不是说护送天宇吗！

少年金元宝非常乖，而且有一表人才的气象，邱天宇父亲很是疼爱。后来的情况是，金元宝读了高中。学费和开销由邱天宇父亲包了。

一九三七年卢沟桥事变发生，金鼓连天、风石火球、热血化雾的时候到了。国共合作，方志敏幸存的余部在闽浙边一带游击，现在可以公开活动了，创建闽浙边抗日干部学校。学校的地点，在浙江平阳的山门。天州一群热血青年都往那里去，其中有怀揣初中毕业证书的邱天宇。

这是一九三八年新春的事。

三

邱天宇到山门，是冲着一个叫马涟涟的女同学去的。马涟涟两扇屁股往后拱拱的，两个炮弹似的乳房往前拱拱的，青春熟透了。严格地说，马涟涟是金元宝的同学。金元宝读书好，马涟涟仰慕他。她只是在路上经常见到邱天宇，见到多了，也就熟悉了。见金元宝尊重他，她对他也产生好感。边上的同学都到山门，马涟涟也要到山门，动员金元宝去。金元宝已在读高中，他问了父亲，父亲一阵呵斥，他只得低沉对马涟涟说，你先去吧。马涟涟心里难受，嘴巴只说，落后分子！屁股一扭，也就走了。遇见邱天宇，马涟涟把抗日的事一说，邱天宇想都不想，马上说好啊。邱天宇几乎天天被父亲关在家里打算盘，算盘珠都打烂了，人也发霉了。临走前，他留下一张条子：我到山门读书去，回来再做账房先生。

坐了一天的小火轮，又一天的航船，爬半夜的山，一大群的热血青年到了山门小镇。浙闽交界，人少山多，村庄疏疏落落散在山缝里。山拥挤在一起，挤得摆不平，拱起来，摞起来，松快一点的地方，也是勾肩搭背，肚皮贴着前边的后脊梁。而山门这地方就是松快一点的地方。山门中心地域，是个盆地。形似井冈山，比井冈山浅，而比井冈山开阔。都是易守难攻的地方。山门三面环山，一面可以吹进海风。所谓学校，就是两座两层的房子。一南一北。除天州之外，学员还来自宁波、台州、上海，一百四十来人。男女参半。邱天宇和马涟涟坐一条板凳。和马涟涟坐一条板凳，这个太重要了。

邱天宇当了学员，功课是从来没有听说过的。什么抗日统一战线，什么宣传工作，什么游击战术，什么辩证唯物论……邱天宇听不大懂，也不喜欢。但这不重要，重要的是这所学校好玩，没有作业，却有射击科目。先生和学生有说有笑，一天到晚闹哄哄的，还把唱歌、演出都当正经课业来做，叫人开心。

有一天，邱天宇约上几个男同学到后山拜访一个碉堡。这个碉堡高高地、默默地瞪着学校。这个碉堡要是安上一挺机关枪，学校里一百多人，就一动也不能动了。

他们进了碉堡，只见不过是一圈石墙。头顶的盖子早已掀掉了，地上长了厚厚的青草。草地上居然有男男女女几个同学，其中一个就是马涟涟。大家笑了一阵，有的坐下看书，有的躺下打滚。马涟涟问邱天宇，给家里写信了吗？

写了。

几张纸？

一张。

一个高个子男同学说，我是一张也写不满的。来了不到一个月，哪里有这么多话说。

邱天宇惊问，还不到一个月吗？呀，真的才二十几天哩。可是好像已很久很久了。想起以前的事，像是隔了几年了。

马涟涟也有点吃惊：我也觉得很久了，觉得已经做了很多事情了。

高个子男同学说，很久很久，你们想家了吗？

马涟涟叫道，我才不想家，为什么想家？

邱天宇看了马涟涟一眼，往草地上一滚，也叫道，对，对，这里比什么地方都好。没有比这里更快活的了。人说革命困难，可我不懂，革命怎么会有困难呢？说有人革不到底，我就奇怪了，革命这么好，不革到底是因为什么？

新年刚过，天仍然寒冷着。可是碉堡不透风，太阳好像只进不出，真是暖洋洋的好。不久，大家都软瘫在温烘烘的草地上了。马涟涟紧挨着邱天宇躺下，胸脯一起一伏，一起一伏。邱天宇觉得大家都睡着了，只有他睡不着。他想和马涟涟说几句话，可是说什么好呢？

邱天宇忽然听见有些响动，微微睁开点眼，却看见高个子男同学唰地吻了马涟涟一下，又躺下不动了。听见马涟涟说道，有什么味道呢？

高个子男同学说，什么味道也没有。

邱天宇咬牙忍着心跳。一忽儿，又听见响动，这回却看见马涟涟飞快吻了高个子男同学一下，说道，我是不吃亏的。

邱天宇奇怪了。马涟涟不爱我吗？怎么这样和别人吻来吻去呢？心头轰轰隆隆了好半天，好半天还不明白遇见了什么事情。

有一天，马涟涟在看一封信，模样兴高采烈。邱天宇问，是家里来信，是你妈妈想你了吗？马涟涟摇摇头。邱天宇说，看了让我看看，马涟涟还是摇摇头。邱天宇说，有这么私密吗？马涟涟说，告诉你，是金元宝给我写信了。邱天宇一阵难受，说，你给他写信了？马涟涟说，当然喽，我怎么可以不告诉他呢？邱天宇说，给我也看看好吗？马涟涟迅速把信折叠起来，放在自己的胸口，好像信就是他的金元宝。邱天宇问，你爱金元宝？马涟涟点点头。你爱他什么？元宝有才啊。他有什么才？他读书好啊。邱天宇还是问，你不爱我？马涟涟拍拍邱天宇肩膀，说，怎么说呢，我们也很好啊。

邱天宇很后悔。后悔自己没有好好读书，后悔作业让元宝代做，更后悔自己整个初中让元宝代读。自己好好读书，还有金元宝这个人吗。但他很自信，心想，马涟涟，以后谁跟你结婚还不清楚呢。

邱天宇妈妈过来了，被人抬着轿子来，叔公跟着。她让天宇回家，说这是革命，革命是要杀头的。学校教师找妈妈说话，这当儿，邱天宇拉叔公到山门九节街上吃野兔炒笋，喝黄酒。待见到妈妈，叔公说，这地方很好，这地方很好。邱天宇没有跟妈妈回家。他决心要做大事，他不会把长工的儿子金元宝放在眼里。

不是很久，学校解散了。学员一部分跟随大部队去皖南，邱天宇不去，追随副校长在天州留下来，说是宣传抗日，实则发展地下武装。副校长有浴血经历，枪法极准，后来就是天州游击队司令。短短几年时间，风起云涌，回肠荡气，惊心动魄，历练得邱天宇迅速成熟，成了一条汉子。

四

金元宝也加入革命了。国民党的腐败、专制，高中老师都敢在课堂上说，而同学间偷偷传阅毛泽东的《论持久战》，大家觉得中国的希望在陕北，在延安。他和几个同学宣誓，加入中国共产党。他不再叫金元宝，他改名何畏，很快成为学生领袖。潦潦草草的毕业典礼过后，何畏办报纸《前线》，他把听来的消息、自写的诗歌刻在蜡纸上，油印出来。大街小巷里，偷偷分发的事，经常由还不是共产党员的马涟涟来完成。

但是很快，天州政治形势恶化，国民党开始抓人了。共产党有指示，“隐蔽精干”，何畏听从组织安排，到永好县枫林镇一所小学当教员。这所小学的女校长，是永好县地下党的宣传部部长，大何畏几岁，他的老公是另一个县的县委书记。小学里还有一个女教师，柔弱，病态，大热天穿着夹袄，但待何畏很热情。她是天州城里人。

何畏教的是复式班，即四年级、五年级同在一个班上，四年级听课，五年级做作业，五年级听课，四年级做作业。有一个有毛病的闹钟，摆在何畏的办公桌上，通知上课下课都是何畏的事情，由他摇铃。星期六，他给学生讲故事。学生回家了，他便蹲在溪边石头上，像一只猴子，听水，看水。他觉得无边地寂寞，莫名地无趣。心想，这样的，闹什么革命啊。校长看在眼里，很快，柔弱而病态的女教师回去了，入秋，校长领着一位新教员出现在这所学校里，这人就是马涟涟。

校长只说了一句话，门要关起来。

她走了。

虽然入秋了，还没上课，学生还没到来。开头几天，俩人几乎都在床上。云烟雨水，颠鸾倒凤，糊里糊涂，不知今夕何夕。

大气喘定，马涟涟会说，何畏你压迫我嘞。何畏马上说，涟涟你是剥削我。马涟涟一拳捶在何畏屁股上。何畏说，哪里有剥削，哪里就有压迫。

天青气静时候，俩人手拉手走在野外。山很静，山的外貌和内心都透着静。山在天空的怀抱里，树林的唏嘘、草虫的叮咛，都和天空的吟哦混合一起。白云撞过来，乌桕比枫叶还红，在长满青草的山坡上，一棵一棵乌桕就是一团一团火。马涟涟在何畏怀里，说，革命真好。

他俩在山村一起，教了一个学期，潜回天州城。组织上让何畏到皖南去。何畏住在马涟涟家。何畏天庭广阔，大眼隆鼻，和女儿早已同居，马涟涟父母摆了一桌酒，叫来几个至亲，算是完婚了。

次日，西廓外一条蚱蜢船已在等候何畏了。马涟涟不舍，抱着何畏说别去了。何畏说船都在等候了，不去不行。

这样，划了两天的船，到了丽水的碧湖。那里有一辆新四军货车停在那里，再采购了两天，何畏坐上去，穿上新四军军衣。军衣穿起来，不必担心受怕了，因为这时国共还没撕破脸皮。连续开了五个小时，已是次日的清晨，到达浙皖边境一个小镇，后来知道这小镇名字叫威坪。在这里，何畏吃了大块大块的牛肉，这是他一生一世吃过的最好的牛肉。后来看到了牛肉，就想起了威坪，想起了威坪，也想起了牛肉。

到了目的地后，何畏向组织报到。因为他有文化，被安排在新四军教导团。每个初来乍到的人，必须先做一件事，削一百根竹片。把竹片一端削得尖尖的，像是刺刀。干什么用呢，插在几条要道、几座山的上下左右，如果国民党军打上来，非让他们脚板流血不可。何畏认认真真，这活干了两天。

几个月的时间里，何畏见到了新四军的实际负责人。他来做报告，说当前的形势和任务。在何畏看来，他不算高大，但很英武，说话铿锵有力。滔滔雄辩，令人信服，给人鼓舞。他也见到了政治部主任，那是一九四〇年十二月初。很快，何畏这些文化人作为第一批北上的队伍，到苏北去，政治部主任来送行讲话。说，你们只管北上，虽然只有少数武装人员护送，但国民党不会动你们一根毫毛，因为你们是“笔部队”，武装力量还在这里。

到了苏北盐城，何畏参加积极分子大会，见到一位威望很高的领导人。他身材很高，但是瘦削。手势有力。说话逻辑性极强，感染力也极强。手指一直夹着香烟，边抽边讲，休息间，大家都可以到讲台上拿那听罐装的大前门。心情激荡，夜不能寐，何畏写了《致××同志》：

> ……你的肩膀撞开了江南/香烟驱走了盐城的黑夜/您的话是阳光雨露/人民将有自由的明天……

只是夜里想念马涟涟，清晨醒来更是想得不行。一年以后，获得批准，何畏回到天州，要带妻子马涟涟到盐城。

他向马涟涟读《致××同志》，还没读完，他就睡着了。

他被捕了。

他夜里睡得很死，长途跋涉，和妻子温存后的人都是这样。狗叫他听不到，马涟涟父亲刚一开门，就被人摁倒。但他还是大叫，希望女婿从后门脱身。但特务们闯进房间，他才知道是怎么回事。

我会救出你的！在狱中，何畏的脑子，总是响着马涟涟最后的声音。

五

几年来，邱天宇跟随天州游击队司令，滚爬摔打。城里的地下党和他们有分有合，意见并不统一。浪荡，颠沛，生活困苦，革命异常艰难。粮食，枪支，建立据点，和群众搞好关系，都需要钱。只有八十来人的队伍，而土豪也打了不少，但总是入不敷出。有一天，邱天宇对司令说，打我家的土豪吧。司令说，这怎么行呢。因为司令是江西人，他家也是地主。天宇说，我对我父亲没有大的感情。司令说，他总是你父亲，生你养你。天宇说，我是他的独生子，我手头拮据，现在他也应该养啊。司令还是不同意，说今后有人知道邱天宇抓自己的亲生父亲，会当笑话流传下来的。而且，这种活容易出意外，伤残或者死亡，那就太可怕了。

最后，邱天宇决定不抓自己的父亲，改抓长工，也就是金元宝现在叫何畏的父亲。邱天宇知道，父亲对长工非常好，相处那么久，长工简直就是他的亲兄弟。抓了长工，父亲肯定出钱赎人。

邱天宇带人租了一辆三轮车，傍晚时候把长工住处指给行动的人，自己回到山上。夜里，行动的人轻而易举把长工的嘴巴塞上，手脚捆绑了，盖了被子。长工坐在车上，好像一个病人。到了荒郊野外，长工自己走路了。而留下的条子，是说三天内拿多少钱到哪里赎人，否则我们替你收尸了。

邱天宇父亲亲自走向指定的一棵树，把钱交了。邱天宇远远看见自己苍老的父亲，心里忽然有些不忍。他只是苦笑了一下。

不久，司令牺牲。司令为了收编一股土匪，亲自与之谈判，席间，酒过三巡，土匪端盆过来，手枪横在盆下，开了枪。

司令牺牲后，邱天宇成了老大。不想半年后，局面打开了。他在两州三县地方，成了头领人物。他控制三大事业。一是“绿客”。“绿客”一词古典侠义小说有，就是干绑架的活。邱天宇叫手下人把作恶的地方官绑架过来。这些手下人，如果进草棚，不用改扮，也不必拿起镰刀锄头，模样完全是种田的山民。三个县各有头领，邱天宇却是头领里的老大。枪支弹药进进出出，绑票讨价还价，最后总是他一句话。二是私盐。海涂上晒出来的盐，不用工本，只花工夫，可是纳税很重。盐民把逃税的盐，挑上山来，控在关帝庙。围上篾席，权当盐仓。再一秤一秤地卖给盐贩子。私盐上山下山，方圆百里的山地之内，保险出不了事，出事包赔。谁敢保险？邱天宇们。三是“花会”。“花会”就是民办彩票，是一种赌法。有庄家，有彩民。山坡上直立竹竿，仿佛旗杆。逢五逢十开“会”。大清早，宝倌把宝筒高高挂在竹竿顶端，四乡男女赶来押宝。

一张大桌。宝单上三十六个花名：桃、李、梅、兰、荷、菊……又分六组，六六三十六，六六顺，也就是路路顺。押宝可押单名，一赔三十。可押一组，一赔五。庄家吃赢者的零头，单吃六，组吃一。“吃头”最后都送到邱天宇这儿来。

开宝之日，阳光照耀竹竿，宝筒反射五彩。随坡漫搭席棚，后棚打麻将、推牌九、掷骰子，前棚蒸气腾腾，大锅米饭、大碗黄酒、大块肥肉。坡上坡下，男女老少，会亲访友，混合军机生意、私盐买卖，走来走去不离竹竿，家长里短不忘宝筒。晌午时分，有人抬桌子，搬凳子，上下人等呼叫吹哨，齐朝竹竿下边来。做宝的上桌子、上凳子、抻手、抻着宝筒。这宝筒原是国画条幅一般卷起来的，这时慢慢放开，一丝一毫下蹭，刚刚露出点墨色，人群里就有忍耐不住，杀猪般号叫：“草头！”“木旁！”蹭到四分之一、三分之一，识字的大多认出来了，做宝的两手一松，通体暴露，满坡骚动，那就几家欢乐几家愁了。

马涟涟找到邱天宇。邱天宇快乐得心惊肉跳。他知道她来干什么，自己同志被捕，都有通报，以防叛徒，应对复杂情况。而邱天宇也不知多少次找过马涟涟，要马涟涟跟着他走，但每一次都被马涟涟拒绝。说自己已经结婚，说何畏有才。

邱天宇说，你先看看我的阵营，再看看我的诗歌。

阵营我都看到了。你说你写诗歌？你也会写诗歌？

我的诗歌肯定比金元宝好。我爸是什么脑子？长工是什么脑子？

请你不能这样说话。

你请回吧。

诗歌不是想写就写的。要读很多书，要读很多诗。

你真不知道，为了你，我读了多少书，读了多少诗，写了多少诗。我孩子时候听说书，听天州鼓词，金元宝有吗？写作好还要靠人的经历，金元宝有我经历丰富吗？我闯入叛徒、天州组织部部长家，亲手杀人，金元宝能吗？你看看我的诗。

邱天宇递给马涟涟一本手写的诗集。

> 我骑着白马，从篝火里闪现
> 婚装已经做好，戒指是现成的
> 高山之巅
> 跃入东海深处
> 海龙王的女儿，我今夜的新娘就是你了

山大王。你这也是诗吗？先不读诗了，先说救人。马涟涟说着，把诗集还给了邱天宇。

龙王女，你再读几首，再读几首。

马涟涟没有法子，耐着性子，又读了几首。

邱天宇说，关进天州监狱而没叛变的有六人。四面岗哨，壁垒森严，怎么救？

你总有法子的。

我没有法子。

邱天宇，我是山穷水尽啊。我家的钱花光了。你父亲也拿钱出来救人了，但是不顶事。这六个人被警察局长盯得紧，很快就要枪毙。你不能见死不救啊。

我家不是救金元宝了吗？你就做我的妻子吧。

马涟涟抱住了邱天宇。说，你爱我，我很感动。你答应我救金元宝，我可以在你这里住几天。

邱天宇住在树上。具体地说，是他的睡房做在千年香樟树上，远看，像个巨大无比的鸟巢。入夜，床上起了急急的节奏。邱天宇对身下的马涟涟说，涟涟，这也是诗啊。只见涟涟喃喃叫道，何畏，何畏。邱天宇问，你叫什么？涟涟说，这一刻还能叫什么，不是叫床吗。

邱天宇派人去踩点。一个礼拜后，出发营救金元宝。邱天宇制订了严密的计划，设想了各种预案。只是心想，金元宝不死，马涟涟的心就不是他邱天宇的。他决定绑架买菜的警察局长母亲，把要求释放金元宝的信，让警察局长女儿放学时带回家，请求释放金元宝一人。待五人牺牲后，假托城区地下党名义，处决“叛徒”金元宝。

但，深夜里，邱天宇还是派人追上行动组，取消了杀害金元宝的计划。

母亲和女儿受到威胁，是最最要命的。局长以示友好，逐个拉他们出来谈话，然后让他们悄悄回家去了，然后离开天州。

六个人都放了！邱天宇高兴坏了。那天他拎着酒壶，走到山顶，一个人喝得酩酊大醉。这酩酊大醉，主色调还是高兴。

六

新中国成立后，何畏已是天州大学的教授，之前读过大学，在上海星光出版社出版过诗歌《远方集》《明灯集》。他的名字都用何畏了。他自己也觉得拿着这个名字有些不好意思。出狱后，他就再也没有寻找组织了，马涟涟一家人都反对他再去干革命，认为还是做学问好。他接受了事实，可也一步三回头。他对共和国的建立，满心欢喜。他和马涟涟拜望过邱天宇，这时的邱天宇是天州行政公署的副专员。他的夫人美丽贤惠，浙江天台人，高中毕业。邱天宇的儿子也很可爱，比自己的女儿大一岁。他们喝茶谈天，算是摒弃前嫌。虽然邱天宇心里看不起何畏，嘴里叫何畏，可心里何畏还是金元宝。他说何畏，你想法挑头成立一个组织，把写诗作文的、唱戏跳舞的、画画写字的等等团结起来，为新中国服务，为共产党服务。现在从国民党手里接过来的是一副烂摊子，一穷二白，你们只能兼职干，编制是没有的。何畏很高兴，很快就去做这件事。后来，成立了天州市艺术工作者协会筹备会，他自己担任头头。和邱天宇商定，宗旨是改造旧有艺术，发扬新兴艺术，为人民大众服务。

何畏干得很起劲。

很快，镇反运动伴随着土地改革开始了。群众发动起来了，匪夷所思的事情当然免不了。有人说，何畏是国民党特务。何畏原名金元宝，实际上是地主的孝子贤孙。地主不让自己的儿子邱天宇读初中，却让金元宝读初中、读高中。后来他潜入新四军军部，回来伪装被捕，向天州国民党报告。解放时，天州国民党头头连同警察局长逃往台湾，金元宝却在天州大学潜伏下来，组织什么艺术工作者协会筹备会，实际上干着文化特务的勾当。

正要吃晚饭的时候，何畏被人带走。在军管会里，何畏站在一段木桩上，审问的人让他坦白特务的事。何畏一脸苍白，一脸惘然，一脸畏惧，冷汗和热泪同下，只叫冤枉。

审问者：金元宝，你必须老实交代！地主为什么不让自己儿子读初中、读高中，而让你一个长工的儿子读小学、读初中、读高中？

金元宝：我不知道，他心肠好啊。

审问者：天下乌鸦一般黑，地主心肠哪有好的？他的儿子从小倾向革命，他就培育你这个代理人，为他服务，为地主阶级服务，为反动派服务。对不对？

金元宝：我真不知道啊，你问问地主啊。

审问者：那个邱清泉的堂兄弟？他已经被人民政府镇压了！你死不承认，顽固到底，也是死路一条！

金元宝心里一咯噔，想不到邱天宇父亲也被镇压了。

木桩在摇晃，在摇晃……金元宝从木桩上跌下去了。他又被人往木桩上架，但他再也站不上去。

审问者：你从新四军总部带回什么情报？

金元宝：我回来是带老婆回盐城，一起投奔新四军呢。

审问者：但你回来当天就向国民党报到了，交代情报，不是吗？

金元宝：我的确是当天被捕，我在狱中宁死不屈，没有交代党的任何事情。

审问者：你既然不肯站着说，那就坐着慢慢说吧。随即，有人搬来一张倒反的凳子。朝上的是两把寒光闪闪的斧刃，对着人的两瓣屁股。人必须半蹲着，否则屁股就切开了。

审问者：你在狱中演苦肉戏，演了多少个月？

金元宝：没有演苦肉戏，待了六个月多六天。

审问者：你如果不招供、不跪下、不出卖，能让你出狱？你怎么不死在狱中，为什么能够好好地走出来，上大学，当教授？

金元宝：这多亏党的营救。你可问副专员邱天宇同志。

审问者：什么副专员、同志！他已经被隔离审查。我问你，他不费一枪一弹，怎么营救！

金元宝心里又一咯噔，两股战战，全身冷汗飞溅。

审问者：金元宝，狱中出来还有五位。他们后来回归党的怀抱，有两位在解放战争中英勇牺牲，他们是我们的同志。而你呢，离开监狱就接受国民党安排，读大学，当文化特务。你还有什么话可说！

金元宝支撑不住，昏了过去，坐在了斧刃上。

……

从此以后，何畏经常被拉出去审查。而被捕入狱和离奇出狱，出狱后没有继续革命，是对他审之又审的重点。他也被迫写材料，包括按需编写邱天宇的材料。然后又审查金元宝被捕入狱和离奇出狱，出狱后没有继续革命，一个礼拜一个礼拜审下去，一个月一个月审下去！

七

话说邱天宇。十多年，在几个省的交界，几个州的交界，在天州所有的县，他坚持地下斗争。栉风沐雨，日夜颠倒，出生入死，迎来了共和国的诞生，迎来了天州的解放。打下天下，他觉得自己会是天州的第一把手，想不到的是，在副专员里面他排第三。很快南下干部又来占据了重要岗位。邱天宇和他的部下权力日益缩水。他不免发牢骚，闹情绪。有人找他谈话，说：没有人民解放军摧枯拉朽的伟大力量，你邱天宇能解放天州？只见邱天宇鼻子里发出一个音，哼！

有人要把他打成天州反党小集团，但省里觉得他毕竟游击有功。认为邱天宇犯了山头主义错误，决定先行停职，隔离审查。隔离审查结束后，邱天宇被降级使用。他的话没人听，什么事都办不了。邱天宇觉得非常没劲，工作更加消极。有人看在眼里，笑笑。

一九五七年，邱天宇被打入了另册。

邱天宇后悔了，后悔自己孤傲和冲动。但后悔向来是来不及的。

到了北大荒，邱天宇碰到世界上最可怕的事情，就是挨饿。

关于挨饿的事，我就不细说了，虽然邱天宇说得很多。他说的许多饥饿带来的痛苦细节，是许多人想不到的，如果我一一写出来，我自己肯定会非常难受。写了发表了，邱天宇还会看到，他老人家一定会非常难受。我就说说邱天宇饥饿的后遗症吧。

那时他已经平反了，回来当了天州市的副市长。作为市领导，吃还是问题吗，根本不是问题！但对于邱天宇，还是个问题。有一回，一个老部下带着孙女过来拜望，孙女手里拿着梨子，吃前先玩玩。老部下要培养孙女的好客吧，对她说："递给邱爷爷吃，递给邱爷爷吃。"孙女感觉邱爷爷不会吃的，大方地递过去了。不料，邱爷爷拿来就吃，女孩嗬嗬大哭，邱爷爷才如梦方醒。一天，邱天宇在大街上走，秘书跟着。忽然止步，捡起一颗花生，剥开就塞进嘴里。生的熟的？秘书不清楚。有时政府头头脑脑开会，前面总有水果和糖果。邱市长的手和嘴都不闲着，吃了水果吃糖果，书记让他说话，他的嘴巴经常还在动。许多人都避开眼睛。

何畏对我说，邱天宇北大荒回来后，俩人恍若隔世。有一天，他和邱天宇到卖麻桥吃牛肉面，吃了大半碗，谈起邱家对他家种种的好。邱天宇听在耳里，却看看何畏的碗，问，你不吃了？何畏说不吃了。邱天宇把何畏的碗端来，呼呼倒下。见碗壁上还有一点火柴头大的牛肉，邱天宇用筷子夹了半天夹不住，干脆用手指拈来吃——何畏别过了头，同时想起了威坪的大块大块牛肉。只见邱天宇抹了嘴，说，我也有阴暗面，把你从监狱放出，曾想到要杀你的。何畏说，别乱开玩笑。

邱天宇想，玩笑还真不是玩笑。死人不死人，有时只是一念之差的事情。多年来，特别是有了老婆之后，他为自己曾经的计划忏悔。一己之私，夺人性命，是为卑鄙。想不到后来老婆什么都比马涟涟强，特别是知书达理，那美丽，那温柔。

八

邱天宇和何畏两家的恩怨，还有两笔。

邱天宇儿子叫邱迟。南朝时的丘迟，算是天州的先贤。八岁能文，辞采逸丽。《与陈伯之书》中“暮春三月，江南草长，杂花生树，群莺乱飞”多么令人神往。他当年给儿子取名邱迟，想到的就是美好。儿子有才，儿子美好。更希望家乡美好，中国美好。

一九六六年底，邱迟贴出了一张《打倒大坏蛋邱天宇》的大字报。这是天州第一张贴自己父亲的大字报。他说自己的父亲新中国成立前就是土匪，打家劫舍，掠夺民女，无恶不作。新中国成立后与共产党为敌，攻击党，攻击社会主义。他要和他父亲划清界限。大字报的确辞采逸丽，引来很多人围观。儿子大义灭亲，围观者都觉得邱迟思想好，觉悟高。邱迟很快出名，受到赏识，成为天州市的大红人。

不久，邱迟把矛头指向了现任的市委书记了，贴出了《走资派还在走》。为他提糨糊的，是个大眼睛的美女红卫兵。她钦佩他，他们很快恋爱了。大眼睛叫何亮亮，何畏的女儿。大眼睛也想贴父亲何畏的大字报，划清界限，但就是没有勇气。她对邱迟说，我也想向你学习，贴我父亲的大字报，可就是没有勇气，怎么办？邱迟握着她的手腕，说，算了，亮亮，今后他是我的岳父。何亮亮说，哎邱迟，那你怎么贴你父亲的大字报呢，今后他也是我的公公呢？邱迟说，你父亲已经够苦了，我们就可怜可怜他吧。再说，我贴我父亲大字报，我父亲在黑龙江劳改场，看不到，看不到就什么都不知道。天州城就这么大，你贴你父亲大字报，你父亲马上知道，他会活活气死的。他很爱你。

何亮亮捶了邱迟肩膀一拳头，说，邱迟，我太爱你了。

何亮亮回到家，家里发生一件奇异的事情：她父亲向她跪下了。

父亲，你这是怎么啦！何亮亮叫道。

父亲平心静气说，亮亮，你不要和邱迟好。

我们谈恋爱了。我为什么不能和邱迟好？

一个人能够贴自己父亲的大字报，这个人还是人吗？

你不知道吗，这是大义灭亲！

关键是，他父亲邱天宇是个好人，不是大坏蛋。如果没有邱天宇出手，我早已被国民党枪毙了。

何畏绝口不提自己的父亲，邱天宇家的长工。不提邱天宇的父亲对自己父亲的好，当然也不提少年读书的事。

好人怎么打家劫舍，掠夺民女？何亮亮说。

邱迟污蔑父亲。共产党是要实现共产主义，消灭压迫、剥削人的资本家和地主阶级。打土豪是有的。邱天宇只是打了自己的家。

邱天宇打父亲的土豪，邱迟写一张邱天宇的大字报，顺理成章，有什么大惊小怪的吗？

孩子，你不懂啊。邱天宇是革命需要，而邱迟是踏着父亲的肋骨往上爬。你记住，当年，他爱着你的母亲，我在狱中，他完全有能力霸占你母亲，他尊重你母亲的意愿，后来才有了你。

原来还有这么一出。妈妈和他睡觉了吗？

胡说。不会。

父亲，你起来。

当天晚上，何亮亮就把自己父亲说的话学给了邱迟。邱迟说，这老头还斗不死，好，你写大字报吧。

我不写。我不敢写。

你不跟老头划清界限了？

父亲在我面前跪着，我觉得他挺可怜的。

他是装死。我父亲看着他可怜才成全了他，没有娶你母亲。我父亲吃亏了。现在倒好，我们自由恋爱，他倒演起苦肉戏，跪下，让你不跟我好！又让我吃亏。妈的！

我一贴大字报，他马上就会看到。以后好歹是你岳父。

看到就让他看到！

天有不测之风云。邱迟被关进牢房，因为市委书记兼“革委会”主任了。这下何亮亮傻了。父母乘机说服了她。她也觉得好险，好在自己跟他只是握了手。很快，何亮亮和别的男同学握手了，并且接吻了。

半年后，形势大变，邱迟出狱了。

邱迟理了发，洗了澡，换了衣服，当天找到何亮亮。

热恋中的何亮亮说，我不同你好了。

为什么？

不同你好了就是不同你好了，没有什么为什么。

不同我好了就要说清楚，讲明白。

我不同你好了！我不同你好了！说清楚了没有！讲明白了没有！

何亮亮吼着，收拾好屁股，只管走了。

有一天，何畏从自家县前巷到百里路去，他照例不走白马街。身不由己。走不远，只见身后有人嘟噜着什么。明白了，原来有人故意在骂，骂他何畏。而且村野难听。

你妈给我×的。

你妈给我×的。

何畏知道这人是谁，一回头，果然是邱迟。何畏走得快，邱迟也走得快，何畏走得慢，邱迟也走得慢。

你妈给我×的。

你妈给我×的。

何畏在小弄里转来折去。心里四海翻腾，脑里五洲震荡。邱迟还是裱褙着骂。

你妈给我×的。

你妈给我×的。

你妈给我×的。

你妈给我×的。

终于走到百里路新华书店，将要钻进人群里，邱迟还在骂。何畏忽然头晕眼花，金星火焰一般在前面飞溅，他一头栽倒在新华书店。

九

邱迟这个混蛋，后来成了我的父亲。

我就是邱天宇的孙子。

邱天宇从北大荒回来，平反当了天州市的副市长，何畏还没平反，他的叛党嫌疑还在。何畏过来拜访，邱天宇一声霹雳：

邱迟！

邱迟从房间里掉了出来。身子有些抖。邱天宇大叫一声：

向何叔叔跪下！

何畏急忙说不要不要。邱迟跪下了。邱天宇气坏了：

追不到人家女儿，怎么能骂人家的爸呢！

那时“文革”，那是少年。何畏说。

你这是流氓中的流氓！邱天宇吼道。

邱迟翘着屁股，跪法得体。邱天宇又吼道：

怎么向何叔叔道歉！

何叔叔，对不起，对不起。

何畏全身冒汗，自己也写过邱天宇的黑材料。邱天宇肯定知道。

后来的情形，都是邱天宇到何畏家去。有一次他把我也拉去，那时我很小。我见爷爷在马涟涟奶奶屁股上扭了一把，马奶奶只是笑笑。我当时想，怎么被人扭了屁股，还笑。还有一天，马奶奶居然抱着邱天宇哭，使我莫名其妙，只觉得有趣极了。

马涟涟提出何畏平反的事。何畏在邱天宇面前显出低三下四的样子。邱天宇不作声。这件事他好像不慌不忙，或者他记着何畏写他的黑材料，或者平反根本不是事，或者还要等待时机。我爷爷的城府似乎深了。他只谈当年的说书，天州鼓词，谈天州几个好玩的地方，谈天州小吃，比如仓桥街的猪脏粉干、教场头的猪油糕、将军桥的遁糖麻糍、犀角外的灯盏糕、卖麻桥的牛肉面。少年味蕾还在，但好吃的地点变化大了。他们商定，明天早上一起到哪里吃什么，后天早上到哪里吃什么。

到卖麻桥吃牛肉面，就是这之后的事情。这之后，何畏平反正式启动。实际上，还不是邱天宇一张证明书吗。邱天宇证明：营救六位优秀地下党员，我派出六人，先绑架警察局长母亲，又把条件信让警察局长女儿带回家，警察局长吓破了胆，从而照办。何畏继续从事地下活动，是和我单线联系的。在上海出版诗歌《远方集》《明灯集》，倾向共产党，内容进步，都是对党的响应。新中国成立后又听从我的安排，从事文艺工作。

参加营救的六位同志，除两人后来牺牲外，都写了当年营救的过程。

落实政策，何畏参加革命，从1939年入党宣誓算起。他做了天州政协副主席。

一天，邱天宇对马涟涟说，我一家前世欠何畏多少债啊。我爸让何畏读书，我让何畏平反。我爸让何畏读书，是他爸干活干得好；我让何畏平反，是因为什么呢，你说说？马涟涟只是一个劲地笑。笑久了，邱天宇大声说，还不是我邱天宇爱你马涟涟！马涟涟还是一个劲地笑。

何畏读过大学，做过教授，诗歌写得不错，说话有感染力。经历风雨后，他总是表扬人、鼓励人，绝不当众批评人，有些事点到为止。他的家门庭若市。但邱天宇还是实职，他说话少，声音轻，但办事却狠。他可不喜欢人们到家里来，说有事到办公室，除了老部下拜望之外。这时候的天州，南下干部多已上调或离去。有些留下的，也被地方同化了。邱天宇和何畏满面红润，很是风光。这当儿，这两个老人，也讨论为天州做出自己的贡献，使天州繁荣富强，但具体应该怎么做，他们六神无主，可说毫无思路。

有一天，邱天宇对何畏说，我们尸位素餐啊。何畏低下了头。

礼拜六，雷打不动，邱天宇和夫人到何畏家打麻将。也就两对夫妻，四个人。偶尔也郊游，在外住一夜。各县头头忙着接待，阿谀献媚。何畏喝着茅台。邱天宇面对山珍海味，出筷迅猛，他先要吃饱，吃十分饱，没有吃饱之前不说话，也不喝酒。吃饱喝足，听着好话，当年堆垒的苦难好像能够慢慢消解。

不管是打麻将，还是郊游，两对夫妻中，有灵魂人物，就是马涟涟。马涟涟决定大家的行止作息，马涟涟一说什么，邱天宇马上接嘴说，好。我奶奶水平高，是个优雅的女人，她绝对听我爷爷的。我相信后来的邱天宇和马涟涟，没有发生性事了，但他们俩肯定保持爱的情愫，我相信我奶奶是浑然不知的。即使知道，也没有什么。国破山河，风雨飘摇，沧海桑田，个人就是草芥，一粒沙子。因而采访何畏和我爷爷，他们毫无顾忌，什么话都说，即使是细微处。

我曾问邱天宇，我奶奶和马奶奶，你更爱谁。他说当然是你奶奶。我想这是真话，但对马涟涟的爱，他也决不放弃。

当年混蛋父亲跟在何畏身后骂，把何畏骂昏厥过去。何畏对我说这事时，一直在笑，好像在说别人的事。即使没有跪下道歉，我想也会是这样。又是他何畏，把我父亲一步步从中学教师，提拔到天州市九山学社主委的位置上。后来何畏六十几岁离休，我父亲当了天州市政协副主席。我父亲敬仰他，酒喝多了，说何畏高贵，说何畏的上代，是朱允炆，也就是建文帝。

十

我爷爷黑龙江回来后，经常心事重重，爬上雪山。怎么个经常法呢，差不多是每个月都去一趟吧。雪山埋着他的父亲。他的父亲手上没有血，当年随便杀他的父亲，是冲着他邱天宇来的。那会儿骄纵，好像天之骄子，自视过高多有得罪，是自己害了父亲。

他长吁短叹，有时简直是痛不欲生。他想起父亲种种好处。父亲到上海卖虾米，坐车都要好几天，路上是多么辛苦。又是多么勤劳的人，仁慈的人。这样的人，做儿子的对他似乎没有什么感情。打他的土豪，我邱天宇是怎么了？

太爷爷的死，是长工、金元宝的父亲收尸的，据说他一边收尸，一边泣不成声，几度晕厥过去。我太爷爷对他和他儿子那么好，这算是顺理成章的事情。

太爷爷一死，我太奶奶蔫了。特别是一九五七年，我爷爷起解黑龙江，太奶奶肯定后悔没有从平阳山门把儿子拉回家，而是轻信了爷爷的叔公。叔公在山门九节街吃了野兔炒笋，喝了黄酒，就说这地方很好，这地方很好。太奶奶病了，整天又哭又笑，不睡不吃，是精神错乱，折腾一年死亡。我爷爷都不知道。

太奶奶死亡，也是金元宝的父亲收尸的。而且，金元宝的父亲在我太爷爷、太奶奶坟墓右下方造了自己夫妻的坟墓，小很多，看起来就是一个守墓人的坟墓。这令我爷爷非常感慨也非常感动。后来我爷爷清明节和除夕夜率众上坟时，总也在金元宝父亲这里跪下来，点香烛，烧纸钱。

一九七九年清明节，我父亲邱迟说，当年我还死活追求何亮亮，她不是我们家长工后代吗，门不当户不对。听到这句话，我爷爷很是气愤，瞪了邱迟一眼，掉出了东北劳改场里的骂人话：

妈了个巴子的！

何畏相反。何畏在落难时，经常到自己父亲坟墓来，以示自己是长工的儿子，是贫苦农民的儿子。他的成分是雇农，雇农是最光荣的贫农。当上政协副主席后，何畏再也没有到父亲坟墓里来了，再也没有。

相知莫过于夫妻，马涟涟是否后悔自己的婚姻，他为什么抱着我爷爷哭？不清楚。人生许多事过于复杂，连他们自己都理不清，更不用说我们孙辈了。马涟涟晚年爱我爷爷，这一点似乎是明确的，不只是当年在山上过了几天的缘故吧。

十一

有人说父亲风流，儿子必定风流，我以为对。我爷爷怎么风流，我已经说了，没有什么了不起的；我父亲怎么风流，我就不说了，他近年来，耳朵只听好话。他可没有我祖父豁达。祖父当年有抱负，而父亲可是只唯上，不明是非。有句话说坏人变老了，我看他也是这种人吧。渐渐地，我有些不喜欢他。我就简单说说我自己的风流史吧，即使自己打自己也不犯法。

我和第一个妻子谈了三年的恋爱。她是商人的女儿，高挑、美丽、活泼。三年中，我们只有接吻、拥抱，她绝不上床。她越是拒绝上床，我越是爱她，觉得她是真正纯洁的。结婚那一天，心想今天你也别上床好了。从婚礼现场回来，我脱了外衣，她也脱了外衣，我笑说：今天你也别跟我睡。她说好啊，立刻重新穿上外衣。我急忙抱住她，说，这怎么行啊，你也要人道主义吧。她笑起来，马上关了灯。

一切都很美好。

好多天过去，她都忙着关灯，总要把所有灯关了。我说留点光好，她坚决说不好。有时周末，白天午睡，她忙这个，又忙那个，就是不来躺下。而且她洗澡，绝不让我进去的。

有一天，我生日。她为我办了一桌使我很开心的晚宴，我喝了很多，她也喝了不少。夜里躺下，她说：你有没有感觉到我身体上有什么异常？我说没看到，摸不出有什么异常。她说，好，我让你看看。她把自己脱得干干净净。说，我是个毛孩。她身上真的长满细毛，不长，但是很多。乳晕处有长毛，我是摸到过的。我以为所有女人都是这样的。

她说，你还像以前那样爱我吗？

我说这又不是你的错。我翻身就上去了。

第二天早上，她为我烧面条。面条上盖着一个煎鸡蛋，掀开煎蛋，面条中还有牛柳，还有香葱。她看着我吃，我冲着她笑了笑。

后来，我总想着一件事。什么事呢，别人老婆好好的，我怎么就娶个毛孩呢。慢慢地，慢慢地，问题就大了起来。

我经常深夜回家了，有时凌晨才回家，有时干脆在女孩子家睡了。我的老婆很无奈。但是我父亲找我了，说市委办这个单位容易上去，而且已经是科长、市委书记的秘书了，要约束自己，不要影响进步。

我想这是废话，但我不吭声。

还是老婆懂我。流着泪说，我们离了吧。但是有个条件，你不能对任何人说起，我是毛孩。

她这么一说，我有点不舍，但还是点了一下头。

不久，她跑到加拿大去了。她父亲让她在温哥华办公司。我曾随团到加拿大“考察”，她来接我个人，看大瀑布，看翠湖山庄，但死活不跟我上床。

我第二个老婆自有公司，经营婚纱、礼仪，有摄影基地，叫四季飞花。七十亩地，种着梅花、桃花、樱花、梨花、栀子、石榴、蜀葵、茉莉、木槿、菊花、蕙兰、大片的七彩格桑花。这方面，在天州，她做得最好。她成心要找一个官家子弟，而我也喜欢有钱的女孩。老婆有钱是好事，我可真不想当贪官。她根本不在乎我离过婚。当然喽，我也从来不问她跟谁谈过恋爱。只是对她说，恋爱过的男人别到我家来。

她早出晚归，我常常想起白居易的“商人重利轻别离”，比起挣钱，老公就轻多了。本来说，女人以感情为重，以家庭为重，可她不是这样的。周六周日也往公司跑。这怎么行！久而久之，我对她很是反感。我酒场舞场就去多了。同我一样，她也经常和别的异性朋友喝酒唱歌。有一天，喝多了，从KTV被两个男人架着回来。到家了，她开不了门，一个劲地捣，却叫着：某某某，你不要回去！某某某，你不要回去！

第二天，她什么都不知道。这某某某的名字，我记得很牢。叫小兄弟去查，查得某某某是她从前的恋人。我本来就有气，这下倒是暗暗有些高兴。我对她说，我同你说过，恋爱过的男人别到我家来，某某某昨晚到我家来了。她说，加拿大前妻回来，我倒是欢迎她，可以在我家住下。我说你是说真的吧，好的，谢谢你的大方，我现在就到加拿大去。

我即收拾衣物行李，找出了护照。——当年不像现在，国家工作人员的护照还没上交保存。她把我抱住了，说爱我，同异性朋友吃饭就是想气气我。诸如此类。但我知道，离婚只是时间问题了。我很少回家了，海鲜、牛肉、威士忌，酒醒经常在香格里拉和维多利亚套房里。身边总有美女。我真是天天做新郎，夜夜入洞房。但是，丝毫减少不了我的寂寞和无聊。

我想念毛孩了。她是真正爱我的。她模特身材，活泼乐观。没有任何错误，身上多几根汗毛有什么关系吗。影响什么，对什么都没有影响。我想着她种种的好，我竟然流出眼泪，继而嗬嗬大哭。我真是邱迟的儿子，我好混蛋！

在温哥华时间上午九点钟的时候，我给毛孩打了电话。

到你那里去玩一段时间，好不好？

还是公出吗？

私出。就是想去和你相处一段时间。

好啊，一段时间是多少时间？

十天半个月呗。

好吧。订了机票告诉我，我要排一排时间。我们到班芙去住吧，班芙远离尘嚣，清净、幽美、神秘。

……前回听人说班芙的房费很贵，好像一个房间要两百多美元。

你从来不说钱的，怎么现在手头紧起来了？

总得想好带多少美元吧。

在加国不用你掏钱。夫妻不成情意在。

对不起，过去都是我的错。

现在还说这些干什么，你还怀念毛孩？

不仅是怀念。

还有什么？

……爱你。

市委书记的秘书，还怕找不到女孩子？

别说这些了，想你，爱你。

……再也别说爱了。毛孩不在了，抹了加国的药，我的体毛就不长了。

不说这些了。我爱你。

……破镜是不能重圆的。……好了，你就别来了。

十二

我和苔丝正式相识，是厅级离休干部茶话会上。人数不多，苔丝陪着她爷爷。我爷爷糖尿病，哮喘，但腿脚尚好，一个人能够过来。何畏和邱天宇挨在一起。我作为市委书记秘书，拎手包过来。市委书记对他们很恭敬，他们是打江山的人啊。逐个握手，握到邱天宇时，何畏说，书记，你身后这个一表人才的小伙子，就是邱天宇的孙子。书记回头看看我，说，原来是这样的。邱天宇大声说，书记，我们打江山的人不懂建设，我们也曾想过怎么建设，一无所获。你们年轻人头脑活泛，天州，美丽江南，就靠你们描绘了。

书记微微有些反感，这个时候也不便多说。书记今天来，只为礼节。我便说爷爷再说，爷爷再说。

苔丝眼睛对着我，忽闪忽闪了大半天。她很小，刚从天州大学美术系毕业，分配到天州中学教书，显得特别天真和美丽。我的眼睛大亮，马上盯住她了，觉得这个美丽的女孩在哪里见过的。贾宝玉好像也是这要说林黛玉的。

天州有个刊物，叫《天风》，是天州市政协办的，十六开，每期二百多页。《天风》发表天州的人文历史，而党史又是重中之重。有一天主编找到我，说要抢救历史，让我帮忙，采写邱天宇和何畏两个人物，越长越好。还说政协的钱用不了，给我的稿费最高，可以一千字八百块。在我耳边轻轻要求，在书记面前美言他。——这些文章有什么用呢，但老人是喜欢的。

我答应采写。

我得先采写何畏。我陆陆续续采访了三个多月，发现了苔丝。我便到学校找到苔丝，天上地上地聊，让她和我合作。为了作品的完美，我们一起采写，一起完成，一起署名。而且即使只写五万字，也有四万元的稿费。——那时的四万元，可不是小数目啊。苔丝说好啊，好啊。不过要以你为主，我是搞美术的。我说这不是事。她说我爷爷是明朝皇帝的后代，这个可以写不？我说可以啊，写在前面，你爷爷求学部分也在前面，重点是闹革命，闹革命要详细写，大书特书。

我和苔丝俩人继续采访何畏，何畏非常高兴，常常笑得合不拢嘴。

《何畏传略》马上出版时，我开始给苔丝写情诗了。当然喽，我不会写诗，我给苔丝的情诗都是我爷爷诗集里抄来的。有些地名改一下，有些年代气氛变一变。《邱天宇诗集》还没正式出版。曾经寄给一家出版社，出版社认为诗歌太粗糙，古体诗不讲平仄，现代诗不讲押韵。如果出钱买书号，那是可以的。我说老革命的诗歌，很大气，不易得。出版社同志说，老革命怎么写的多是情诗呢。是啊，邱天宇当年全是写给马涟涟的，也就是苔丝的外婆。

抄写诗歌比较方便。我几乎每天给苔丝一首诗，苔丝非常高兴。三十多首情诗给了苔丝，苔丝受不了了，说，哥，我爱你，哥。

一次我陪书记出差，要十天。我特意给苔丝买了手机，我说我会每天想你的，我们发发短信，手机里说说话。苔丝接过手机，眼睛红了。说，哥，你早点回来。我吻了她的前额。

电话里，苔丝问，你怎么不给我写诗呢？

跟着书记，做笔录，写总结，忙死了。这下是偷空给你打的。

哥，有人说，你还没离婚呢。

是的。我一回家马上离婚。说到做到。我马上为你铺开红地毯。

哥，现在还不是时候。我妈不同意我们好，说你是花花公子，离了一个还想再离一个。她说嫁人不嫁官家子弟。

你妈的话不是没有道理，从前我的确有大错。现在爱上你了，我绝不会再做错事了。一生一世爱你，绝不会做一件对不起你的事。今后我的心里，世界上只有你一个女性。你可以把我的话记下来，作为保证。

我出差回来，和老婆协议离婚了。老婆的所有条件我都答应了。婚后两年多，她挣了上百万的钱。当然是她的，这有什么。

十三

从民政局出来，马上找到苔丝。苔丝欣喜若狂，抱住了我。她咬着我的耳朵，说，阿Q说，我要和你睡觉！我说，啊Q也来跟我睡觉？苔丝狠狠撕着我的耳朵。我说今天要庆祝一下，到酒店去。她说，我们自己买点菜，到你家去，不，到我们家去。

到了家，刚开了空调，她又把我抱住了。我知道接下来事情的顺序了。我脱衣服的时候，她脱得更快。饱满的玉乳那么坚挺，乳头微微上翘。顺序还是乱了，我们滚在地板上。前妻搬走了很多东西，地板很脏，这是后来我们才知道，因为看着我的脸，全是尘垢，她嘎嘎笑了。她自己何尝不是这样呢。我们才去浴室，胡乱涂抹和冲洗着对方，也不知道洗干净了没有。为什么要洗得那么干净呢。因为吃了一点，喝了一点，我们又来了一场厮杀。

如是者三。

苔丝喝了酒，体力消耗又大，她在我怀里睡着了。她还没入世，她就像一块未凿的白玉一样。我吻着她，她浑然不知。她的双手紧紧抱着我，这种动作说明她害怕失去我，她爱我很深。啊啊，我何尝不是这样，爱苔丝很深！我想，邱天宇追着马涟涟，邱迟追着何亮亮，都没有成功，而我成功了，邱金，对了，邱何到底是一家人！三代人追求的方式都不够君子，但都有真爱。

凌晨两点，苔丝醒来了。我说送你回家睡。她说就在这儿睡。我说万一你妈发现可不得了，我们到结婚还得走一段路。她说放心，我全知道怎么应付她。

起风波了。不可思议，何亮亮闯到市委办来了，闯到我的办公室来了。一进门，就用拳头捶打我。

你这流氓！

你这流氓！

你这流氓！

你这流氓！

你这流氓！

我不招架，让她捶打。办公室里还有我的两个手下，拼命把她给劝住了，拉到接待室。给她倒茶。问她具体，她又不说。

这事闹得很大。市委书记问我怎么回事，我说我家和她家是世交，我离了婚，和她女儿正谈恋爱。书记说，这事好啊，何畏女儿至于如此吗。但不管怎么说，大闹市委，你有责任。从前闹衙门，是要杀头的。

原来苔丝上午回家后，何亮亮问她昨晚在哪儿睡。苔丝答说在一闺蜜家睡，这闺蜜是中央电视台某频道的，刚回来。昨晚一群闺蜜在她家吃、闹，迟了，她把我留下了。何亮亮装作买菜，直接到了闺蜜家，事情就败露了。

苔丝抱住我说，我就不怕她何亮亮！我说你别激动，我是结过两次婚的人，你妈妈这么激动是有道理的，她打我是因为爱你，我们做好打持久战的准备吧。苔丝说，不，我们马上领结婚证，然后出去度蜜月。我说只能怀柔，我绝不能把老婆和丈母娘关系搞僵了。

苔丝和她妈吵了两天嘴。第三天，天鸿广告公司找我。说你妻子与我们订了合同，出资四万，请天州摄影家协会拍你俩的裸体艺术写真，地点在天姥山。我真是不敢相信这事。但我知道，苔丝和他妈已经斗昏了头。这是苔丝对付她妈的，她豁出去了，要出奇制胜。而且，也绑定了我。

我同广告公司说，这纯粹是一个玩笑。我还没有妻子。模特儿之一，我还不知道呢。这么冷的天，能“裸体艺术”？

我到三亚去。我要让苔丝冷静几天。我的爷爷邱天宇每年都要到三亚过冬。他在东北落下哮喘的毛病，主要的，那里有一个糖尿病食疗馆，不吃碳水化合物，多吃鱼虾和本地的野菜，护士会喂病人吃，会穿着比基尼陪病人跑沙滩。我爷爷太老了，经常笑翻在沙滩上。他每年都乐不思天州。

我带着打印好的三号字《邱天宇传略》飞到三亚，让他审阅，这是老人家的要求。见到我，还是先问，书记建设天州有什么新举措。我说你们本地官员都怠政，人家书记可是硕士毕业，真能干活。他比你们好。老人家说，哎呀，我们对不起天州人民啊。

我把抄诗给苔丝的事讲给他听，当他知道我将娶苔丝时，他得意极了，哈哈哈哈大笑，说我的诗就是好，可是当年山高路远，邮路不畅。说你这个鬼孙子哎，你可立了大功哎！我说，当年你拿下马涟涟，那就没有我奶奶，更没有我了，那怎么好？哈哈，他说，对对，那不行，还是你奶奶好。

我告别时，他给我一张在海水里刚上来的照片，光影适当，看起来不像耄耋老人。交代我给马涟涟奶奶。

十四

飞回天州后，苔丝已在接机。说母亲大闹市委办，已被爷爷批评了。爷爷说我母亲庸人自扰，人活一世，快乐就好。好好活着，什么事都不是事。一家人都说你三十多岁，风华正茂，前途不可估量。我说哪天我们“裸体艺术”去？她扭了我的大腿，说，对付何亮亮同志，我必须得这样，要让她看合同，像是真的让大家拍裸体一样。又说，何同志已经妥协了，让我传达给你，打你对不起。

我流泪，说，亲爱的，你妈妈打我也好，妥协也好，说对不起也好，都是爱她的女儿。她的性格像你的奶奶，大大咧咧，直来直去。你也一样。她现在在自舔伤口。苔丝，母亲就是伟大。

哦。苔丝陷入沉思。

你生了孩子，你就明白了。对妈妈，今后我们要给她加倍地好。

苔丝倒在我怀里，呜呜哭了起来。

我们的车直接往何畏家开去。

我说会是什么事呢？

不知道呢。

老人家不是说好好活着，什么事都不是事吗？

对啊。

应该是对我们的婚姻提提要求和建议吧。

对了，你不能离第三次婚。

应该是这个。

应该是这个。

车到了，我和苔丝上楼了。马涟涟见到我，问，你爷爷身体好吗？我说好。我把照片给了她。她一边陪我走，一边对里间大叫："老头、老头，客人来了。"她的脸色热情中有担忧，我知道，并不是你不能离第三次婚的问题。

何畏见到我，愤怒和热情相交织，或者说，他很愤怒，但尽量用笑脸去掩盖。他拿出油墨气味很重的《天风》，手指头指着四个字：

被捕入狱

这是一个小章节。

这有问题吗？心想没有问题啊。

我也看看苔丝，这一章节她看过，这是事实啊。

苔丝说，爷爷，你什么意思啊？

为什么要写被捕入狱？

你不是被捕入狱过吗？

何畏脸色煞白。呼呼喘气，说，这怎么可以写呢？

你这狱中表现忠贞，英勇不屈，后来邱天宇派人把你营救出来。不是这样吗？我说。

你采访时，这一段历史我没有讲啊。

这一段历史谁都知道，讲不讲都得写。

何畏无奈地摇摇头，还是说，不能写，不能写，不能写。

苔丝说，在国民党反动派的监狱中，你宁死不屈，才显得你伟大啊。

何畏还是摇头，不能写啊，不能写啊。

我和苔丝交换了眼色，是否神经病了？

我说，爷爷，今后再版，或者独立出版，我一定删掉这一小章节。

是啊，是啊，应该去掉。他说。

我和苔丝又说，爷爷，我们错了，今后改正。

改正就好，改正就好，何畏说。

我们和爷爷道别，和马涟涟奶奶道别。

我想"被捕入狱"就像褃褙一样使他洗不掉。一见"被捕入狱"四字，条件反射，神经刺痛，他就受不了。何畏永远不走白马街，就是这个原因。

邱天宇见东西就抓，见食物就吃，把自己吃成糖尿病，不就是这个原因吗？

我郑重地对苔丝说，我们的爷爷都犯这样的神经病了。我和你，以及我们的子孙，绝不能再犯了。

苔丝挂在我身上，说，哥，再犯还了得。

十五

马涟涟最早心肌梗死离世，邱天宇和何畏像是被抽走了脊梁，都觉得自己大行之期不远了。他们各自准备行装。在这之前，天州已经取消个体坟墓，改为公墓了，什么人都一样。这个政策很好。天州最好的公墓在天姥山，大家都说是李白“吟留别”的那座山。公墓周边和中间廊道，松柏如盖。何畏和马涟涟的墓地就在墓园的一排。

有一天，邱天宇突然说，把我带到雪山。邱迟和我都知道，老人家是想去看他的父母了。他已不能走路，喘气更加用力。雪山造了公路，我把他抱到副驾驶（他一直喜欢坐副驾驶），我在为他系安全带的时候，我看他有了泪花。轿车在山路上停下，我又把他抱起来，走五十级台阶，太爷爷太奶奶的坟墓算是到了。

邱天宇张望着周围很久很久。一会儿，喘着气，一手指着太爷爷太奶奶的下方，对我说：

这里很大，再做两眼，我和你奶奶死后，就埋在这里了。

爷爷是对着我说的，他也不喜欢我爸爸。我爸爸却马上说：

我会安排，我会安排。

爷爷说，我会安排是什么意思？

爸爸说，你很健康呢，不要想这些事情。

我活着不能安排我自己的后事？

当然能，我记着呢。

记着可要做到，我要埋在父母的身边。你不能把我埋在天姥陵园。

天姥陵园很好啊。已经订了，你和妈妈在天姥陵园第一排三号。

我就知道你会这一套。所以今天来，就为这事做个了断。我必须埋在这个地方。邱天宇指着太爷爷太奶奶的下方。他又说：

今天我的儿子孙子都在。这事必须要不折不扣执行。你们不许有任何更改。如果不照我的意志办，就不是我的儿子孙子，就是狗生的！你们听到了没有？

我立即说听到了。

而我父亲不吱声。

我说爸爸，你难道没有听到吗？我爸爸说：

好的，听到了。

邱天宇脸色有些缓和了。邱迟毕竟是他的儿子。

这事就这么定了。

邱天宇和何畏老死之前，都看到自己传略的单行本。当然喽，何畏“被捕入狱”早已去掉了。邱天宇诗集也出版了，苔丝是本书的校对。

邱天宇和何畏不止一次嘱托，把传记代代流传下去，我和苔丝都郑重答应。

两位老人都是笑着离去的，而且离去的那些日子，天州的山光水色都明媚得很，这给我们后辈很大的慰藉。

不久，我和苔丝辞职了，来到了加拿大，定居多伦多。

这是二〇〇九年的事。次年，我俩把苔丝父母带出来了。何亮亮换了一个人似的，知时知世，人性的光辉照耀全身。同年十一月，我们的双胞胎宝贝终于出生。何亮亮欢天喜地。

我说是否再生一个，苔丝说，随你的便。